古吴轩出版社

图书在版编目（CIP）数据

读书台呓语 / 邓超著. -- 苏州 : 古吴轩出版社,
2022.8
ISBN 978-7-5546-1861-5

Ⅰ. ①读… Ⅱ. ①邓… Ⅲ. ①文艺评论－中国－当代
－文集 Ⅳ. ①I206.7-53

中国版本图书馆CIP数据核字(2021)第262691号

扉页题字：虞晓勇
封底篆刻：沈韵之
插　　画：常洪涛
责任编辑：鲁林林
见习编辑：刘雨馨
装帧设计：孙　彬
责任校对：戴玉婷

书　　名：读书台呓语
著　　者：邓　超
出版发行：古吴轩出版社
地址：苏州市八达街118号苏州新闻大厦30F
电话：0512-65233679　　邮编：215123
印　　刷：苏州恒久印务有限公司
开　　本：787×1092　1/16
印　　张：20.5
字　　数：328千字
版　　次：2022年8月第1版　第1次印刷
书　　号：ISBN 978-7-5546-1861-5
定　　价：168.00元

我与读书台（代序）

一

我曾问过自己，为什么要出本和“读书台”有关的书呢？

一切缘由，就是家乡有个文化名胜，叫读书台。

观山脚下，大溪田畴，一拳青山耸立千年。这面积仅六七十亩的山包，毫不显眼，渔夫晒舟，牧童放羊，花开花落，草荣草枯。

距今一千八百多年前的一天，一位来自河南的读书人，带着全家沿中江一路奔波，寻找一处栖身之所。黄山湖畔，高邃山下，掬一捧清水洗去风尘，读书人决定就此安顿下来。“一片湖水画里看，异哉仙境在人间。”江南的秀山丽水，使他暂时忘却了中原的虎啸狼烟，他把这里作为第二故乡。

山麓修茅屋，湖岛筑书台。缘门前小溪，划一叶小舟，读书台上阅春秋，高邃山下斫焦尾。他隐居在江南的烟雨诗画中，一住十二载。留下一段佳话，留下一股书香，留下一曲遗韵，留下一脉文化。

这位读书人，叫蔡邕。

蔡邕读书台，是我国历史上最早的读书台。琴圣书祖，给我们留下了多么宝贵的文化遗产！

读书，在物欲横流、享乐至上的氛围里，几乎是件迂腐的事了。霓虹闪烁的娱乐天地里，有几人能放下一张安静的书桌？电子时代的快餐文化，挤压得传统纸质读物喘不过气来。什么地方能安放下一个读书人安顿心灵的平台？

2009年的春天，我在介绍地方文化的时候，讲到了蔡邕读书台和焦尾琴的故事。中央电视台导演舒云女士“咯噔”了一下，她忙问：“你讲的是真的吗？你赶紧把它写成论文，一个月后我带人来考察！”她说，她的另一个身份，是古琴爱好者。一个月后，舒云、毕可炜、张玉新等专家如约而至，看论文资料，实地考察。他们很激动，说：“中国古代四大名琴，终于有一张焦尾找到了故乡！读书台，应该是每位琴者心中的圣地！”

中国音乐家协会原书记冯光钰，向溧阳颁发了“焦尾琴故里”的命名铜牌和证书。

中国古琴界的前辈姜抗生，在参加了“中国百科全书之父”姜椿芳的纪念活动后，看到报上关于焦尾琴的文章，专程来溧阳考察读书台。远眺读书台，他说：“这就应该是蔡邕读书抚琴的地方！风水真好啊！”他不顾年迈，坚持要登山。荒山野径，荆棘牵衣，他乐此不疲。站在读书台顶上，姜先生讲：“这里是古琴爱好者都要来朝拜的地方！”

美音溧阳，自在茶乡。焦尾琴韵，绕梁千秋。

一晃几年过去了。不时有人问，你那焦尾琴的故事，是编的吧？琴呢？我只能报以一笑。我想说，你不妨去观山脚下随便找个老农问一下：读书台在哪儿？蔡伯喈在这里待过吗？他会告诉你！千年的口口相传，编得像吗？我想说，你不妨去查下溧阳史志，文昌阁的先贤殿上，供奉着蔡邕的神位，每次赶考的举子们都要去上香跪拜，这难道也是编的吗？虚假多了，编造惯了，文化就是编故事？但青山依旧在，书台依旧在，我不想多说。

我与“读书台”的情缘，还因我的书斋叫读书台。家贫屋陋，拆墙扩地，置书房于阳台，一半在房，一半在台。青灯黄卷，冷雨敲窗，半夜风声，半夜雨声。半城风雨半夜书，不知梦在几更里。书斋建阳台上，当然叫读书台矣。蔡邕筑台读书，我是阳台看书，不敢高攀，附庸风雅而已。

屋虽陋，心不能陋。心血来潮，胸无点墨，忽然想请名人名家题斋，从而衍生出许多故事来。

丰子恺一直是我心中的偶像。他文笔的简明生动、意趣的灵动活泼，没有人可与之比肩。借乡贤姜丹书先生的光，我来到上海一幢普通的居民楼里，采访了丰先生的小女儿丰一吟女士。丰女士是子恺先生笔下的“宝贝”，但已是白发满头。她酷似其父，画作也一脉相承。我拿出自己多年收藏的丰子恺先生著述，请她一一签名，她笑言：“看来你还真是位‘丰迷’！”对来自“太先生”姜丹书家乡的人，一吟女士热情接待。她说，父亲的图画手工课就是姜先生教的。

采访过后，我十分后悔没有请丰老师题斋。回家一段时间后，抱着试试看的心态，我给老人家发了一段短信（她平常不接听电话）。隔天，老人回讯：“邓先生，可以！”我兴奋地将“读书台”三字发去，孰料此后就没有了消息。隔了月余，老人来讯了：“我近因病住院。关于读书台，人家书斋都是什么斋、轩、阁，台字是否合适？”我赶紧将“读书台”的来历予以说明。不久，一幅文气盎然的书斋题字寄来了，成为我的珍藏。

白桦，著名作家，也是我的忘年交。我曾请他来溧做过文学讲座。他是位军人、诗人、作家，也是位和善的白发老者。一天夜里，他忽电告到溧阳了，我赶去涵田温泉与之相见，他那位曾为电影演员的夫人风采依旧。我提出让他题斋，他答应了。过了一阵，他让友人带来一张饭店里的大餐巾纸，上写“读书台”三字，也没有印鉴。一次去上海，我给他打电话，他说：“小邓，我在南京路喝咖啡，你赶紧过来！”我找了去，呷一口咖啡，抛出主题：重新题斋！他笑了，说：“上次不是写过了！”我说：“你是普希金还是贝多芬，写在餐馆的纸巾上，浪漫！但没盖印呢！”他又笑了。后来，字寄来了。那张纸巾呢，当然也珍藏着，算是额外的收获。后来，朋友来说，白桦中风了，坐轮椅了，讲话也不利索了。我一阵心酸，只能祝愿老人健康长寿！

吴文光先生是琴界泰斗，他的艺术造诣高深，书画技艺精湛。我曾在洛阳龙门博物馆欣赏过他的书展，深为其艺术修养折服。洛阳济中友曾提出赴京求其墨宝，我心虚。一个小人物哪敢开这个口？又听说吴老深居简出，鲜于交往，万一冒失登门被拒，岂不难堪？一日，济中兴奋告知，吴先生答应题斋了！他将拙作《濑水钩沉》寄给了吴老，里面有关于焦尾琴的文章，老先生知道是为了文化的事，而不是商业行为，欣然答应。老先生非常认真，不仅题写了几种字体，还特意撰了一联：“焦尾当横弹画月，韦编几绝倚高台。”真是意外惊喜！我知道，这是吴先生对“焦尾琴故里”发掘工作的一种认可，是对琴圣书祖的一种敬仰，也是对传统文化的一种尊重！

关于“读书台”的题斋，一张字有一个故事。我已陆续收集了一百多张，心想等到了百张，办个展览，出本书，也算是玩一把“文化”。以书斋书法结集出书，杭州有过一本合集，但个人的没有，也算创意吗？呵呵。

蔡邕父女在溧阳生活了十二年，有缘。我与读书台，有缘。

二

呓语，艺语也。

不懂艺术之人谈艺，梦呓也，荒谬糊涂也。

《读书台呓语》，坐在书斋里讲关于艺人、艺事、艺论的梦话也。

我知自己的愚钝浅薄，离艺术的殿堂相距遥迢。承艺术之神眷顾，在我平淡的生活中安排了与艺人的相交，与艺事的相遇，于是学着写下了艺论。一晃几十年过去，我把它们记录下来，汇集拢来，讲几句门外汉的呓语，也不怕贻笑大方。艺术语言，既要有专家学者的高论，也要有平民百姓的直言，不是吗？

呓语，胡言乱语之杂货铺也。“呓·人”，记人之面目，彰人之品行。“呓·艺”，讲艺之故事，述艺之魅力。“呓·记”，叙艺之趣闻，记艺之心得。“呓·论”，探艺之过往，挖艺之渊源。“呓·评”，论艺之风格，评艺之人物。“呓·序”，作艺之品赏，叙艺之品貌。呓语之言，我以短文为主，以直感为主，一孔之见，一挥而就。有文有白，半文半白，文白杂间，不拘一格。关于艺人艺事那点事，沾点边的都罗列到一堆，凑成这本拙作。说我荒谬也罢，骂我糊涂也好，无怨无悔。我只是想留下一点关于艺术的记忆，为地方文化留下一些历史的资料。仅此而已。而书中“呓·旅”一辑的短文，只是我行旅中的一个瞬间，一段记录，一种感悟。本不想凑数，但也与艺术有关，不妨啰唆几句，几句而已。

本书的下半部，是我历时几十年请诸位书家、学者、名人、友人撰写的“读书台”题斋，不论职务高低，无论名头大小，只要是有缘，我都会厚脸讨求墨宝。十分感谢他们的慷慨和大度，有的欣然命笔，有的回去写好后寄来或带来，在展示艺术魅力的同时展呈艺德风范，令我十分感激！看官在翻阅我的呓语之时，欣赏一下诸位艺术家的书法，也算是一种补偿吧！而为我题斋的前辈中有的已经作古，像蒋星煜、白桦、孔仲起等，墨迹已成绝笔，弥足珍贵，这也算是一种缅怀与纪念吧！

以自己的书斋为题，将相关文字、书法融为一本书，这是我的一种创意，一个夙愿，一次尝试。

但愿您能喜欢。

但愿天下多些读书的人。但愿天下多些读书人的平台。

邓超

辛丑夏月大暑于濑上读书台

目录

代序

第一辑 呓·人

第二辑 呓·艺

第三辑 吃·记

第四辑 吃·论

第五辑 吃·评

第六辑　吃·序

第七辑　吃·旅

后记

第一辑

呓·人

护生就是护心

日本文学家谷崎润一郎评论丰子恺言："任何琐屑轻微的事物，一到他的笔端，就有一种风韵，殊不可思议。"

平凡中显神奇，细微中见真情，这便是丰先生的本事。几近白描的文笔，"从不画脸"的漫画，看似平淡随意，却蕴含高深的人生况味，由简抵繁，由浅入深，由形及神，由表达心，这是真本事，这是真性情，这是真艺术。

艺术，繁华到一种虚浮，纷杂到一种烦躁，炒作到一种糜烂，堕落到一种商品，那就不是艺术。丰子恺的作品浅显易懂，老少皆宜，却富有哲理，寄托爱憎，这与他的人生观不无关系。他在《日月楼》上言："饮酒看书四十秋，功名富贵不须求，粗茶淡饭岁悠悠。"他在"文革"时写信给儿子新枚言："切勿诉苦闷，寂寞便是福。"正是他这种冲淡平和、甘于寂寞的修养，使其作品散发着历久弥新的艺术感染力。

丰子恺是一座山，一座遥不可及的高山。

忽然一天，我离这座山很近。

我们在上海斜土路一座公寓前踱步。

电话打给采访的对象，对方柔和的声音传来："能不能晚一点？家里人要睡懒觉。"我想象着她的容貌，是不是像父亲那么睿智秀朗？是不是像年轻时那么知性亮丽？

姜丹书是美术教育的先驱，丰子恺是姜先生的学生。为拍摄姜丹书专题片，姜书恺先生联系了丰一吟女士。我的小心脏加速跳动了几天。

门开了，一位头发花白的戴眼镜老太笑吟吟地迎着我们，她说："刚买完早饭回来，让你们久等了！"在寒暄客让之间，我感受到一种平易平和，陌生疏远消遁无影。眼前的丰女士，不是丰子恺笔下的小宝宝，不是丰姿卓越的美少女，而是面善的隔壁弄堂的阿姨。

居室不大，阳光温暖。靠墙的书橱里，装满了世界各国出版的丰子恺著作，各种版本琳琅满目。丰先生的半身像在阳光里栩栩如生，那轻扬的嘴角，仿佛会轻吐出一句"倷是姜先生的同乡？"我寻找丰先生的画作，橱上一幅，丰女士讲那是绣品。另一幅，她讲："那是我画的。"神似！

拍摄在客厅中进行。丰一吟面对镜头，笑言："姜丹书先生应该是'太老师'了，他教过我父亲。我至今还记得一件事，小时候我有一个洋娃娃，手、脚都是用橡皮筋结的，老掉，自己又弄不好，父亲一弄就弄好了。我问，爸爸你为什么这么能干？他说，姜先生教过我们手工课，学的呀！这件事我印象非常深！我那时还小，姜先生有没有来过我家，不记得了。"

试看效果，发现电池问题，录音不清楚，又拍一遍，还是不行。第三次拍摄，可以了。

她说："父亲说，李叔同老师平时很严肃，话不多，但说一句是一句，很有分量，我们都听他的。夏丐尊先生是舍监，管生活的，话很多，放假回家，他关照我少吃酒，少花钱！"

拍摄时，她脱去外衣，对我说："我们穿的都是黑的，不好看！"拍三次，她脱了三次，穿了三次。窗边有一盆腊梅，黄得艳，开得盛，她拿过来放在桌上，几次调整位置，问："这样好看吗？"第三次录过，她又问："还要重录吗？"

我是有备而来的，捧出一摞书，请她签名留念。我有点不好意思，她笑吟吟地说："带来了，就一本本地签，我知道的。"我说："过去有句话，叫'丰子恺的画不要脸'，不画五官就可以看到人物的表情，真是高手！他的文章也是前无古人，后无来者！"丰女士说："看来你真读了我父亲不少东西！"她告诉我："位于陕西南路的丰子恺故居，上面已租下来了，下面还住着人家。桐乡石门镇的缘缘堂重新修好了，和原来的一模一样。纪念馆馆长是个山东人，才38岁，姓吴，字写得很像父亲，缘分呀！下次有机会去打他电话，我给你号码。"

丰一吟送了我们一本《仰之弥高——丰子恺精品画集》，一本《子恺漫画》，一一签上名。临行，又送了一张徐悲鸿画的弘一法师画片。

我看了一下丰一吟的名片，说："您是翻译家、作家呀！"她马上笑着说："把那个'家'拿掉！"

十几年前，我在北京方庄的小书店看到一套新出的丰子恺《护生画集》，这是老板给别人留的。我等了几天，跟那位买主讲了半天好话，总算把书收入手中。我把这插曲和丰老师讲了，请她在书上题几句话，她说：“想题句不行了，刚好记得一句‘护生就是护心’。”她工整地写上，又写上日期：二〇一二年一月十五日。

在浙江美术馆书店购《名家题斋》一书，翻阅有丰一吟题“弘缘轩”一幅，心动，手机致函丰老师（她的手机只收发短信息）。

她回信：“邓超先生，《溧阳时空》一册已妥收，谢谢！你要我题书斋名，可以。只是我怕题错了字，是否‘读书台’三字？那‘台’字我不敢确定，因为书斋名以‘台’字命名较少见，还是问一声妥当些。承邀请游天目湖，谢谢！只是已八十五高龄，最近去了一趟日本，回来觉得很累。十二月还要去台湾，明年进入八十六高龄，还不知身体如何呢！祝健康！丰一吟，二〇一二年十一月十四日。”

我回短信：“丰老师，大札收悉，十分感谢！陋斋确为‘读书台’，非轩非阁，因为书房建在阳台上，故名。另溧阳有古迹读书台，乃蔡邕读书抚琴之地，所以附庸风雅也。今冬您忙，明春来天目湖一游吧？刚从杭州回来，观看姜丹书先生遗作拍卖会，与书恺先生有晤也。在浙江美术馆书店请了一幅丰子恺先生的印刷品画作《好鸟枝头亦朋友》，放在案头，缘也！”

不久，我收到了丰一吟老师的题斋横幅，并附有一信：“邓超先生：你要我写‘读书台’三字，我虽以（已）写好，但我已八十五高龄，写大字有点吃力，只好写小一点。你看行否？祝冬安！丰一吟，二〇一三年十一月二十五日夜。”

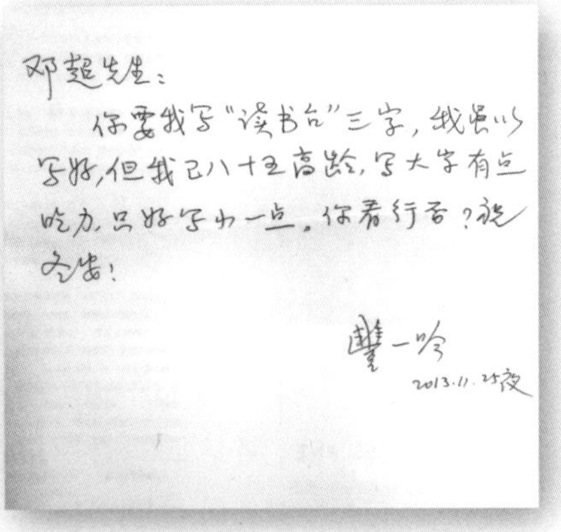
邓超先生：
你要我写“读书台”三字，我虽以写好，但我已八十五高龄，写大字有点吃力，只好写小一点。你看行否？祝冬安！
丰一吟
2013.11.25夜

朱自清评价丰子恺的漫画：“一幅幅的漫画，就如一首首的小诗——带核儿的小诗。”

忆起与丰一吟的交往点滴，也如俞平伯评价丰子恺的漫画：“一片片的落英都含蓄着人间的情味。”

耐嚼的橄榄，落英的情味，在世间渐渐少了。

梅花开后春才到

春雨潇潇，春寒料峭，春梦无痕，春花迟到。我一直不敢打探梅的花期。

舒拉兄发来赏梅之邀，心为之一动。那杭城第一的元梅，难道不顾这季节的反常，如约而绽了？毕竟是八百岁的高龄，她老人家还能放萼开苞？“空山梅树老横枝，入骨清香举世稀”，从“少求书屋”隔空传来那彻骨沁脾的幽香。

又接唐云纪念馆的邀请，参加《陈曼生研究》艺术首发式，心中暗暗吃惊：曼生是否知我要赴钱塘访梅，冥冥中撮合？这位西泠八家才子，曾钤“问梅消息”之印，又刻“绕屋梅花三十树”的闲章，可见对梅的喜爱。他的杭城书斋，名“种榆仙馆”；他宰溧五年，官厅斋名“桑连理馆”。托树生情，文人明府之面目，天真烂漫。

宜兴紫砂国大师汪寅仙，来电嘱我接她一同赴杭参加仪式，我们因曼生而相识，今又为曼生而同行。甫抵杭州，电告舒拉，他立马言：“晚上能否请汪大师一同赏梅？”夜宴，我私下问汪大师：“吃完饭我同你到朋友家看元代的梅花如何？”她笑答：“有东西看我顶开心，去！”推辞茶会，朋友开车送我们直奔钱江对岸。

大雨滂沱，春潮澎湃。从茅以升主修的桥上过江，忽生一念：这江之岸，该是越国的地盘了，我们两个吴国之人，雨夜“越界”来访梅，穿越到春秋战国，不可思议之事也！

车至尹府，舒拉兄早已持伞而待。“众芳摇落独暄妍，占尽风情向小园。”踏进院落，却也不见老梅的踪影。少求女士和儿子、儿媳热情让座，一壶酽茶端上原木长桌，驱寒暖心。环顾四周，字画悬壁，陶器满墙，文风扑面，文气醉人，一切似曾相识。艺术之家，陈设别具匠心矣。

少求先生说：“舒拉讲汪大师要来，这大雨的夜里，我以为他讲了玩呢！没想到真来了。”我说：“有梅花看，再大雨也要来！”汪大师说：“能看到这么多好东西，也是我的福分！”

来杭之前，汪大师拿出几件珍贵的礼物交我，说，你去送送杭州的朋友。受宠若惊，一把紫砂壶，一饼普洱茶，一张书法，我一一拿出，杭州朋友不多，还有谁比舒拉伉俪更配接受呢？

他俩与紫砂有缘，与徐汉棠、徐达明父子契合，曾合作过作品，还在某紫砂大师的作品发布会上与汪大师有过一面之缘。

汪大师说：“这把掇只壶是我学生做的，造型古朴，线条流畅，上面有我的监制章。主要是这泥很特别，是个新品种，叫‘降坡泥’。为什么叫这个名字？丁蜀的黄龙山是最好的紫砂矿脉，但那里坡高势陡，影响交通，市政交通上降坡平地，动了砂石，而这砂石正好有几层合成，十分罕见。我见状花钱买下一些，烧制后形成这特别的颜色光泽。壶用后多养养，还会变色。”

舒拉兄一听来了精神，说：“我提一小小建议，这‘降’字不念‘jiàng’声，而应该读‘xiáng’声，这叫改音不改字，降龙伏虎驾驭黄龙，如何？”汪大师颔首而笑：“好！好！”

少求先生抚壶而叹：“大气！多好！太珍贵了！”她不失时机地请教起养壶之道。

汪大师言：“顾景舟先生在世时曾说过，新壶只要用温水洗去壶中砂泥，即可沏茶。时下有很多人流行在锅里煮，还有人放在茶水里浸，那是速成法，能立马让壶亮起来，但不是正道。养壶要有耐心，慢慢用茶水浇，沏茶的第一泡是洗茶，可用来浇壶，可适当用茶巾擦拭，日积月累，才能养出岁月的包浆。”

我想，养壶如此，养心又何尝不是此道？

我拿出汪大师的赠字，乃“厚德载福”条幅。少求马上进房拿出一柄团扇来，原是孔仲起老师赏梅的新作“梅开五福”。夫妇俩说，两个福字接上了啊，赏壶是福，论道是福，相识是福，相知更是福。坐而品茗，忽想起诗：“寒夜客来茶当酒，竹炉汤沸火初红。寻常一样窗前月，才有梅花便不同。”哦，对了，梅花呢？

打伞张灯，我们到后园赏梅。舒拉兄本来说要“秉烛”的，春雨骤急，看来无法浪漫了。他倒也有办法，手提矿灯式的电筒照射，别有风情。

那株元梅，兀立在高楼的包裹里，顾自盛放着。“千百年铁杆，一两点玉屑。”这梅虽也干枯皮皱，花开得却是满树满枝，疏枝玉瘦，小萼珠光，一点不显老态。春雨浸淫，花瓣飘落满地，让人不忍迈步。石涛曾说：“梅花莫道无情物，也解故人结伴开。”老梅也许知道我们要来，开得如此尽情，如此灿烂。雨夜访梅，本是雅事，哪能少了与梅合影的雅兴？

夜深了，我们只能告辞。我有点愧疚地对汪老说：“今天拖累您了！”她说：“谢你还来不及！认识了这么好的朋友，看到这么多好东西，我顶高兴！”

翌日，返程路上，汪大师一路酣睡。不知她的梦里，是否有那株梅花？

大师家中，挂有程十发先生的书法“德艺双馨”。我想，这是对她恰如其分的评价。舒拉、少求两兄可能还不知“降坡泥”壶内藏的故事。学生家境不裕，购房欠款难以偿还，大师闻之，供其泥料及监章，让其制壶，壶成又返购作为礼品，终使学生摆脱困境。心善至诚，能有几人如此？何况她是国宝级的大师！其言其行，其艺其德，实乃晚辈楷模。关于《陈曼生研究》一书，汪大师亦是慈德善心，牵线搭桥，作序筹款，功德无量，圈内圈外，有口皆碑。吾与之交往，所学所得，非能言表。

大师礼佛。我总觉得，她自己就是尊活菩萨也！

雨夜赏梅，心潮不平。也想学舒拉一家，移居钱塘。“亦问梅花能妻我，我将抱鹤家西湖。”但仙春古梅，不是凡夫所能得的，几世的修德修行哦！罢，且耽春舟横溪去，但愿半夜梅花入梦香。

平民大师
——悼念汪寅仙大师

清明，我一个人手捧鲜花站在汪寅仙大师的南山墓前，心情十分沉重。墓碑上的汪大师依然笑意吟吟地看着这个世界，我双膝跪地，喊一声：“汪大师，我又来看您了！”热泪止不住滚滚而下……

春光明媚，鸟语啁啾，一年一年春相似，岁岁年年人不同。今日的相遇，谁想到已是阴阳两隔了呢？记得接到史俊棠会长的电话，告知汪大师赴沪治病的消息，我常常在心中默念：不会有事的！这么慈祥善良的一位大师，吉人自有天助，一定会渡过生死难关！她回宜兴医院治疗之时，我约了老友少林达摩院院长陆海龙专程看望她，孱弱的大师尽管连说话都很费力，但握着我们的手，说了不少……陆院长邀请她康复后再赴少林，她笑着点点头。我握紧她瘦弱温暖的手，祈祷奇迹降临，天遂人愿，让这双勤劳的双手再为人间多留点紫砂瑰宝……

志源出门送行，说：“母亲来日无多了。”

我有点愤然：老天不公，为什么这么好的一位大师，要早早地离开我们了呢！

与汪大师一家的相识相知，是缘分。

十多年前，作为一名喜欢曼生文化的学生，我踏进了丁山南面汪大师家的院子。大师平易近人，和蔼可亲，她说：“我就是一名做泥巴的工人，没什么文化，大师称号是社会给我的鼓励！”她的谦逊，不是虚伪的敷衍，而是发自内心的表白，越发使人肃然起敬。谈到曼生，她说：“陈曼生是紫砂文化的祖师爷，我们的紫砂艺人至今有口饭吃，全靠他留下的宝贵文化财富，所以他值得我们大家供奉！记得顾辅导（景舟）在世时常对我们说，陈曼生是他最佩服的人！”我向她汇报了自己研究陈曼生在溧阳的一些情况，她鼓励我：“你研究曼生一不为钱，二不为名，这样的人现在太少了！”

告辞出门，汪大师夫妇一直送到大门口，再三道别，令人十分感动。这样的平民化大师，现在实在太少了！

更令人感动的事还在后面。那年春节的年初二，我一早突然接到了一个电话，一听竟是汪大师的声音：“我给你拜年啦！你这么喜欢陈曼生，值得我们丁山紫砂界学习！”我吓了一跳，万分惶恐，她是长辈，我是小辈，哪有她向我拜年之理，我实在是太失礼了！我赶紧于初六赴丁山给汪大师全家拜年，没想到她一定要留我吃饭，并叫来了儿子儿媳和女儿女婿，让我坐上座，亲自下厨做菜……

我一介平民，非富非贵，何德何能享此待遇？我想，我是沾了曼生公的光！是曼公拉近了我们之间的距离，也是汪大师朴实无华、和蔼可亲的本质使然。

从此，我们有了十多年的亲密交往。

记得那年史俊棠会长带了十七位紫砂界的大师专家，来溧阳考察曼生遗迹，在凤凰公园的唐井栏前，在史侯祠的汲古泉旁，在桑连理馆旧址的银杏树下，汪大师看得很认真，她和这些曼生文化遗存一一合影，并诚恳地对我言：“这些宝贵的遗产要树碑立牌说明一下，要不然有几个人知道呢？”我后来写了一篇《曼生壶与溧阳景物》的习作，请她审阅，她说：“曼生公做壶，每款都和溧阳当地的景物关联，所谓十八式，把把有交代，高井栏和矮井栏在你们那里我都看到了实物，艺术来自生活，真是了不起！”

为筹划曼生纪念馆，我请故宫博物院的画家画了幅曼生公像，请徐秀棠大师题了款，请汪大师出面让宜兴诸位大师签名。不久，汪大师说此事办妥了，正好市里召集诸位大师开会，她拿出画像，大家一听是为曼公题名，纷纷提笔落名。她说：“只要是为曼生做事，有什么事你尽管说！”她甚至出谋划策，为纪念馆成立牵线搭桥，表现了她不凡的影响力和赤诚心。那张曼生题画，成为许多书刊引用的材料，成为不可多得的“大师集成”。京城有家杂志要用，汪大师致电征询我的意见，我说：“这都是您的功德！”每次见面，我十分汗颜，人微言轻，曼生纪念馆久未落地。汪大师总是和蔼地说：“别着急，有的事得慢慢来！”

记得那年受少林寺陆海龙之邀，我陪同汪大师全家赴登封等地考察，她很开心，说已有十年没有全家一起出门了。一路上，她和我谈了自己的学艺生涯，顾景舟、吴云根、朱可心、蒋蓉等诸位辅导的悉心教导，白天做壶夜里上课的青春岁月，上有老下有小的“蜀山生活”，罗贵祥先生到紫砂厂订货的情景，和张守志老师合作曲壶的经过，在日本展览时观众向曲壶献花的场景……她还谈到许多大师当年的趣闻逸事，兴致颇高。在少林寺，永信法师专门安排时间和汪大师进行长谈，双方还互赠了礼物。登封市领导出面宴请大师一家，并赠送了少林的开光宝剑。在洛阳白马寺的印乐方丈门前，不少游客竟认得出汪大师，我始知她在全国的影响力如此之大，毕竟在央视的《人物》《东方时空》栏目中，她出现的频率很高。谈及“紫砂泰斗”这个称号，她说：“不敢当，我只是沾了紫砂的光！”

记得那年我接汪大师到杭州唐云纪念馆参加活动，晚上我对她说：“到我朋友家去看元代的梅花如何？”她马上说：“好啊！有东西看我顶开心，去！”那夜下雨，在钱塘江西岸的画家尹舒拉、王少求夫妇院中，从天台山移植的元梅开得正艳，打着伞、提着灯，我们雨中赏梅。汪大师拿出几把她监制、徒弟做的壶给我，说：“你送送朋友吧！”朋友们如获至宝，我十分感激老人家的细心和慷慨。杭州书画家宋一洲当面说：“你们真像一对母子！”

我后来写了一篇文章，叫《梅花开后春才到》。

记不清多少次按动汪宅那院子的门铃了，我带着领导、朋友、家人、爱好者……无数次地去打扰汪大师一家，他们总是不厌其烦，热情接待，姚老师让座倒茶，汪大师亲自讲解，求书、求字、合影……他们从未表现出过一丝的怠慢和不快，我每次充满歉意地道谢，汪大师总是客气地送行至大门口，笑着说：“呒事，我们自家人哇！欢迎常来！”凡是我带去拜访的人总是有感而发：“这家人真好！”

做人难，做好人更难，做一辈子的好人难上加难。汪大师是个好人，这并不是因为她对我个人有什么看好，而是她的言行体现了对文化的一种尊重，对文化人的一种尊重。回忆和她交往多年的点点滴滴，怎不令人百感交集，潸然泪下！

在汪宅的客厅里，有一幅上海画家程十发的书法“德艺双馨”。我想，汪寅仙大师当之无愧！我是个紫砂门外汉，没有资格对汪大师的艺术评论什么。但她的平民化，她的亲和力，她的谦虚和担当，永远是我学习的楷模！

“我们家是双料溧阳人”

——访钱松喦女儿钱心梅

戊戌之冬，寒雨霏霏，我和溧阳籍画家范遵荣一起，赴南京河西一老小区拜访钱心梅女士。

迎门的老太太，笑意吟吟，怎么也看不出是位八十三岁的老人。不大的两居室，收拾得干净整洁，迎面墙上挂着钱松喦大师的照片，白发白须，慈祥可亲。客厅的四周挂着钱老的画作，包括那儿幅名作《红岩》《黄山黑虎松》等，还有钱老作画时的照片。黄养辉先生送给钱心梅的“名花乐石同春”书法匾额，放在客厅的中央上方，边上是心梅女士生活在德国的女儿的全家照和外孙女的放大照片，说起女儿一家，她开心地笑了，对外孙女的疼爱之情溢于言表。

面对溧阳来客，心梅女士十分热情。她身上穿着大红的无袖长袄，两朵鲜艳的荷花格外醒目。从气质风度来看，老太太绝对是位文化人士。“我是学工科的，没跟父亲学画画，但从小耳濡目染，看得多了，受影响。我在北京工作了三十多年，父亲的晚年是和我过的。”她爽快的言语，像极了溧阳人的个性脾气。

我也爽快：“钱老师，我读过您的文章《钱松喦的溧阳情》，您说钱老的家乡情就是溧阳情，那你们到底是溧阳人还是宜兴人呢？”她声音洪亮地回答：“我们家是双料溧阳人！”我不由睁大眼睛！

“据钱氏家谱记载，先祖自北宋吴越王钱镠算起，到我父亲已是第三十四世孙，祖上世代为官，乃至我曾祖父钱青堂（字清源）因偶然的原因只做了个廪膳生，在钱家祠堂办起了大书斋。我祖父钱绍起除了诗文书画无一不精外，还多一样医学，他在杨巷本村办私塾，带上我父亲读书，其学生中有一个是我的大舅秦惠卿，正是他成就了我父亲和母亲秦纯理的婚事。

“我家祖上从钱俶下传，金、木、水、火、土，五代一轮，我家家谱是龙边家谱，‘文革’中被毁，祖辈遵循读书育人之训。南宋皇朝害怕吴越王钱镠富可敌国，对钱家采取分而治之的方法，我祖上这一支分驻溧阳，曾祖父一家原住大钱家村，即现在溧阳市政府一带，那里有一条路还叫钱家路，村叫钱家村。

“太平天国时期，曾祖因妻儿被杀，后续舟山潘氏。曾祖在家乡周围找风水好的地方，再建家园，后买下了杨巷湖墅祖上被毁的老宅，共两亩六分地，前辈三代中举，门前有四个插旗杆的石墩子。曾祖母是舟山人，聪明乖巧，口才一流，办事果断，村上大小事情都由她来决断。她曾带领全村妇女去舟山普陀烧香，她们个个都是三寸金莲，靠步行，走水路，真是奇迹！父亲钱松喦是长子长孙，潘氏十分疼爱他。

“我外公秦绍周是秦梓第二十四代孙。秦梓是秦桧的哥哥，是岳飞的好友，是主战派，他为了和弟弟划清界限，把家从南京状元镜搬到了溧阳，因为他在这里当过县官，所以选择在此隐居下来。在东门外有座夏桥，又叫秦公桥，据说就是他出资修的。秦梓死后葬在溧阳屏峰山，是岳飞为他写的墓志铭。后来他的子孙迁徙到宜兴英墅一带，我外公就出生在那里。

“1934年，夏桥年久失修，外公出资重建，历时九个月修造了桥头一部分，还有山丫桥等，也都由他捐资修建。他一生乐善好施，修桥铺路，宜兴新芳、英墅通到溧阳的路也是由他修建的。大约在二十世纪三十年代中期，他续写了秦氏宗谱，之后无人再续。外公祖上做官做怕了，改做产业，低调做人，捐出巨资造福一方。他死后留下三百亩土地，二百多间房子。

“父亲钱松喦和母亲秦纯理相敬如宾六十四年，同甘共苦，勤俭持家。他们都是溧阳人的后代！

“1928年，父亲曾在溧阳小学担任校长，半年后去了无锡美专。他的出生地杨巷湖墅，曾是溧阳在宜兴境内的一块飞地，一会儿归宜兴，一会儿归溧阳，直到1952年才正式划归宜兴。父亲的外婆家在邱山，这一地区叫“邱麓”，后来老家的表弟来访，说“邱麓”改成了“后六”，是个笑话，应为它正名。父亲有个表妹一直在邱麓，活到九十多岁才去世。

“我有个表哥也是溧阳人，叫史维祥，是西安交通大学的校长，他是我父亲二姐的儿子，我也就这么一个表哥了，他的老家也是杨巷。你们的《溧阳时空》封面登过他照片。

“父亲半辈子都在溧阳，从1899年到1952年，你说不是大半辈子吗？我祖父、外祖父，祖上都是从溧阳迁到宜兴的，你说我家不是双料溧阳人吗？”

心梅女士还在忙。一本钱松喦的大型画册刚出版，她取过两本签名相赠；手头一本《岂庐画集》正在编辑中，她听说我要用照片，把样本给我带回，她还关心钱松喦艺术研究会的成立，要范遵荣老师挑大梁。桌上一只铜盆，她说这是她母亲的嫁妆，传给了她，“灭四害”敲盆赶麻雀都没舍得扔，这次要捐给湖墅的钱松喦纪念馆。

她说，曾到溧阳寻访，受到钱氏和秦氏后人的热情接待。

她说，人老了，哥哥和姐姐都进了敬老院，她一个女儿在德国，一个女儿在美国，以后也去敬老院，自然规律嘛！她爽朗地笑：“我外祖父生了12个孩子，我妈是老小，我们家我是老小，老小都八十出头了！日子一晃而过啊！”

我奉上自己的习作《濑水钩沉》，告诉老人：“书上的一篇《钱松喦的溧阳情》请您指正！我是参考了您的文章写的。”老人笑了，说：“这么厚的书，不容易啊！”

回家不久，我就收到范老师寄来的心梅女士的题斋“读书台”，字写得一笔一画，十分认真，一看就是小时候受过熏陶的。想到八十老人尚有如此功力，不易哉！

“江南苦丁”董丹东

多年前在旧书店买过一本书，叫《董丹东美术文集》，为什么会买呢？因为董丹东是溧阳人。

打开扉页，上面贴着一张董丹东的名片，写着广州美术馆研究员。这个研究员是研究什么的？书画与书画家研究、理论与研究、名画欣赏等，涉及面颇广，涉及人颇多。只是这个远在广州的画家，家乡人知之不多。

当董丹东成了我书柜上一本书的作者后，邹文介绍我认识了他的女儿董必红，她从广州给我邮来了她父亲的传记《风雨历程》和作品集，我才知道自己的浅薄和无知。

董丹东是广州市文史馆馆员，著名版画家、书画家，他首倡建立广州美术馆，并负责筹建，任代馆长。他“执刀向木”，在李桦的辅导下步入木刻之门，以刻刀作武器投入了抗日战争、解放战争，创作了大量具有时代特征的作品，是新中国版画史上一位留下过深深刻痕的画家。

董丹东，1920年出生于溧阳旧县的十坊庄，六岁丧母，十三岁丧父，跟奶奶相伴为生。其父是位乡村画家，曾师从宜兴徐达章（徐悲鸿之父），徐对董丹东进行了启蒙绘画教学。抗日战争全面爆发后，少年的董丹东随逃亡人流西奔，开始了漂泊的一生。他的代表作《人流三千里》《梦里依稀慈母泪》《三元里人民抗英帝》等，在当时都被广泛推介认可。后来他落户广州，回乡省亲和缪梅芳相识，结成伉俪，相爱相敬。生大女儿时天现彩虹，取名必红，生小女儿时值“文革”之灾，妻子被遣返老家，因为生在外婆家，取名璆，缪之半边也。其在“文革”中挨整被批，脚戴镣铐，被关押在阴暗地下室中……

2013年，董丹东最后一次返乡，他拜访亲友，来到水西，给新四军纪念馆留下了墨宝。这位少小离家的游子，从小受苦，长大吃苦，取号“江南苦丁”，但一直吮吸艺术带来的甘甜，给后人留下了宝贵的精神财富。

无缘与丹东先生见面，竟亦无缘与必红女士面晤，她突然患病离世。人生，为什么有那么多的遗憾？她本来说好返乡谈谈她的父亲的。

董璆回来了。这位远嫁英国三十多年的女子，为了处理父亲的艺术遗产赶了回来。她出生于溧阳，长到六岁才去了广州，家乡的情结，让她几乎每年都要回到故乡。她想实现父亲的遗愿，把作品捐给故乡，叶落归根。为了这事，她在老家等了我一个星期，想听听我的意见，我很感动，亦很无奈，常常因无权无钱帮不上忙而自责！只能安慰她说，你父亲的遗愿一定会实现，慢慢来，慢慢来！但你不能捐给广东哦，这里是你父母的故乡……

我是不是有点偏执？有点无理？

丹东先生的藏书三千多册，已从广州运到溧阳图书馆了，我从中起了一点协调作用。他的那些作品、文献怎么办？董璆因为疫情被困广州八个多月，后终于借道荷兰回英国了，什么时候能再回来？不知道。

董丹东把自己的一生都写进了传记中，刻进了那些版画里，那么多人生的苦难悲欢和家乡轶事，为我们打开了一幅幅生动的画卷。董璆在整理父亲遗物时，曾发现一张小画《十房下培埂一角》，画于1963年，塘埂上背着竹篮的男子向家走去，岸树翠绿，瓦屋草房上的烟囱里炊烟袅袅，一男子在屋前牵绳织芦，一老汉带着小孩站立观看……这就是乡村，这就是故乡，这就是记忆。他在2004年4月写的《怀乡》两首诗是这样的："翠碧嫣红太湖滨，魂梦依稀萦故园。滟瀩滩头贞娘庙，丫髻岩下溯源渊。""不见故山又三年，湖波烟霞遮望眼。梦里依稀圩乡路，何时酬我信步闲。"

故乡是什么？故乡是深埋身体里的基因，是梦中常常见到的缘因，是循环往复的起因，是朝思暮想的原因。

故乡是一根藤，有时结的瓜嚼着苦涩，却耐人寻味。

王老法师

法师，乃对有道行者的尊称。王老，学者也。乡人俗称有道行的人为老法师，其名副其实也。

王老名少华，曾供职于南京博物院，精堪舆，通易经，善地理，博古籍，擅版本，所研之学涉及远古洪荒，所撰之文近乎佶屈聱牙，动辄《周易》《尚书》，不然《山海经》《拾遗记》，老则老矣，几人能懂？

乡人识王老，大多知其能看相、辨宅，懂风水，测未来，未知其学问也。余曾于南博书店见其专著《吴越文化论——东夷文化之光》，凡66篇，考证三千年前之古氏族文化形态，从地名遗存中探究吴越演变，奇书也，仅存一本，赶紧买下，亦是缘分。后请他签名，他写道："邓超弟鉴，王少华，庚辰年。"其书写于1995年9月，已有十几个年头。后王老又出《华夏文明之溧阳》一书，凡109篇，时为2014年，学识之积，沉淀之厚，史料之古，观点之新，非皮毛之辈与之同日而语。

其后记曰："余见世于邑城古道曲巷，闯春雨桥畔茶社，闻近乡长辈畅谈古今而得启蒙；抗战初，迁西门外，又近茶社，群议史贞女逸事与县衙宋碑《民不能忘》等，是得学史之趣。少小离邑花甲回，怀旧而访回乡，治学灵气大长，遂又重走长三角，乃积二十年而作《长三角华夏远古文明》。"

王老熟知故里，对其地形地貌、山水沟渠、人文历史、风物民情、掌故传说，烂熟于心。其文《太古溧阳在海上》《千几百年寻访"西周吴都城"》《唐代书家张旭，溧阳人》《一幅〈千里江山图〉》等篇，运用古文献佐证，角度之奇之特，振聋发聩，触目惊人！其文中所述，大多来自勘察调查，实地见证，而非纸上谈兵，笔下种田。时乘车行路，登山涉水，乐此不疲，不辞辛劳。

王老之说，赞者好评如潮，贬者嗤之以鼻，或曰"活地图""活史书"，或曰"胡诌发杠""脱壳封神榜"，莫衷一是，莫辨真伪。其曾言竹箦乃"西周吴都"，写《“下宅”，吴都宫殿地》《都城之有观阳、王市、园与营地》《吴都之社坛与宗庙》诸文，有人斥之玄说，良田民宅，何来吴都宫阙？后南博考古所前来梳理挖掘，果见城壕墙基，确定都城之规，而距前说已过几十年，神奇乎？

王老之学远矣，王老之说古矣。

王老呼余为弟，因其拜徐复先生为师，余大舅周镜泉与徐先生乃莫逆之交，论辈亦然。余不敢称其为兄，一直执弟子礼，虽未磕头，心仪久矣。其有硬笔书法赠余：“言邓超弟。人生有命，但不能听天由命，须自强不息。应命而作，扬兴避害，有一己之长，力求仁人而礼待。君不闻有一字之师乎？尤审时而度势，抓住机遇，抓住方位，犟项乃脆弱，非盛世之业之道。务必败勿馁，胜勿骄，心态平和，不断进取，成大业而彰示人生价值。若庸，人一生，经济动物而已。”此乃人生箴言，余珍之藏之。

王老年届耄耋，身居金陵，出门渐少，登门者众。其曾责余“头犟言多”，现在我颈椎炎好多了，言多亦听者稀。王老法师教诲，当铭记也。

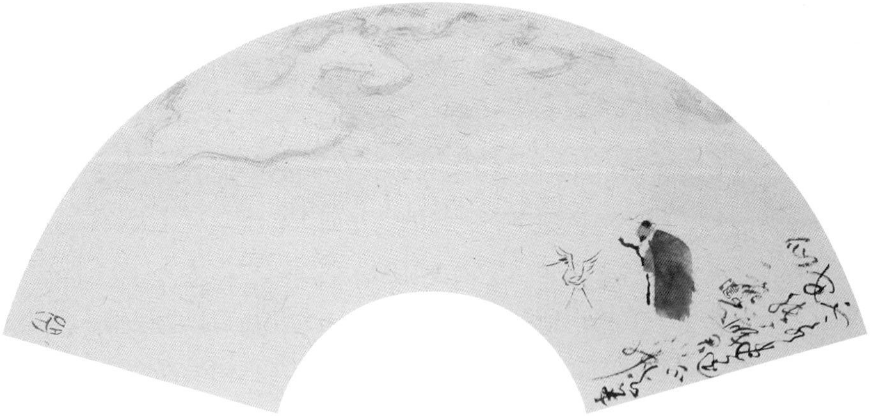

秀棠大师

初见秀棠大师，是在长乐弘陶庄。

他端坐着，手里端着茶杯，偶尔的斜睨之间，似问："你是什么人？来有何目的？"我有点被他的端庄震慑到，小心翼翼地讲起一个人，一个过去的人。他的脸上漾开了一丝笑意，认真地听着，偶尔也发表一点看法。我渐渐发现，他其实是和蔼可亲的。

我们聊到的过去的那个人，就是陈曼生。

我后来才知道，徐秀棠大师一生最钦佩的两个人都姓陈，一个陈鸣远，一个陈曼生。

史俊棠会长组织紫砂界大师团来溧考察曼生遗迹，秀棠大师带徒弟们来了。后来，溧阳市民间文艺家协会成立，他作为省民协副主席，也应邀亲临现场，并致了贺词。一来一往之间，匆匆十几年已过。逢年过节，友人来访，我都会去长乐弘坐上一坐，喝几杯阳羡红茶，叨唠几句生平琐事，闲聊几句紫砂现象，与大师一家及徒弟渐行渐熟。长乐弘拥陶庄数十亩，有石磨、龙窑、作坊、池塘，俨然是丁蜀一景，到陶都者都要来走一遭。

一次，正在陶庄吃茶，来了一位前呼后拥的外地头儿，徐大师匆匆一去，匆匆又回，招呼："吃茶！"我脸露难色，这不有贵客嘛！他说："和他们有什么谈的？合个影嘛好了！"

长乐弘墙上有副陶版刻联："泽以长流方及远，山因积石自成高。"1955年，徐秀棠拜陶刻老艺人任淦庭为师学习书画陶刻，后又赴中央工艺美院"泥人张"工作室学习泥塑彩绘。他说："在我几十年紫砂创作生涯中，心摹手追的两位古人，一位是陈鸿寿，另一位是陈鸣远。"

著名学者冯其庸曾说，秀棠的紫砂艺术，可以概括为三绝：一是紫砂人物雕塑，二是写真雕塑，三是紫砂刻字。以上这三绝，既是技术，更是艺术。“秀棠更重要的还不在于此，更重要的是他本人就是一位文化人，他能著书作文，他能书善画，他对现代的艺术能悟能化，而他对现代最先进的文化思潮，也有能力把握。从而他就脱颖而出，跳出了紫砂艺人的旧樊篱，而成为既有深厚传统艺术文化的修养、训练，又能吸收时代精神而创造崭新的紫砂艺术的一代紫砂工艺大师。”

冯老此说对徐大师的评价甚是到位。

其人物雕塑，可谓开宗立派，像异僧像、供春像、萧翼赚兰亭、饮中八仙等，可谓神形兼备，呼之欲出。他的写生雕塑，如龟鳖、螃蟹、荸荠、竹笋等，活灵活现，几可乱真。他的陶刻艺术，山水亭阁，真草隶篆，妙得神理，妙入臻境。他有书画的功底，与刻陶的匠气相比，沉淀出一份文气，因此能自成一脉。

秀棠能书，进丁蜀路口的“陶都欢迎您”几个大字，即出自他手。秀棠能塑，宜兴在东氿边的黄金宝地专门为他建了一个雕塑公园，他塑造的任淦庭、顾景舟、巴金等紫砂人物雕塑，都成传神经典。秀棠能画，他回忆紫砂老艺人的文章，不仅记叙翔实，而且根据回忆画成肖像，这大概也只有他能为之。

曾乞得秀棠大师画曼生公小像一帧，虽为素墨，却颇得神韵。曼生站立凝思，桌上笔墨俱备，似在构思壶式，文人之气，充溢画间。还有小画一幅，峰回路转，山道盘曲，人马负重而行，题图“迎来一山又一山”，求索之路，文化之旅，永无止境，只有前行。

大师曾赠作品集《十指参成》，从中可见其艺术轨迹。他称我为“同好”“老弟”，我实不敢当！常去长乐弘蹭茶，不仅减油脂，而且长知识。我悟到这世上是有真本事的大师，不靠拍马溜须，不靠炒作噱头，靠十根手指头，扎扎实实地干活，真真切切地参悟，依传统创新，靠作品说话，此乃真大师也！

辛丑春日，邀秀棠大师长乐弘一行七人来看溧阳博物馆，他依然步履轻松，直腰直背，精神矍铄，哪像耄耋之年？

愿他的艺术之树长青。

退休教师成公亮

成公亮来了。

上海好友李维伦伉俪来溧阳，带来一位私塾先生似的老头，酒瓶底厚的老式玳瑁眼镜，头发花白而凌乱，个子不高，稍有点弓背，只是笑容诚实和蔼。老头笑眯眯地递上一张名片，上写“南京艺术学院退休教师成公亮”，有点意思！“退休教师”也算个体面头衔吗？艺术学院老师至少也冠上个“博士”“教授”之类呀！老头的名片和他的那身衣服一样，简单得有点发白。

维伦兄介绍，成老师是他夫人李萍的古琴老师，宜兴丁山人氏，也是南艺的老师，退休了。呵呵，不提“南艺”，我真把他当成乡村某中小学的“古董老师”了。

成老师话语不多，但嘴不闲着，细一打量，他嘴里一直在哼着什么旋律，手不停地随着节奏打着拍子。这是在打谱呢，还是作曲？好像肚子里满腹的音乐细胞憋不住，直往外冒。

维伦兄告诉我，成老师是古琴的非遗传承人。台湾刚出了一套CD，是关于我国入选联合国教科文组织非物质文化遗产名录的四样“国宝音乐”：昆曲、蒙古长调、新疆木卡姆和古琴。其中古琴的演奏者就是成公亮。

用餐，成老师胃口不错，估计是一个人生活久了，平时饭菜不讲究。我的新居刚装修完，维伦夫妇和成老师光临寒舍，蓬荜生辉。成老师正色对我言：“古色古香，真好！我工作了一辈子，住房也没你这么大这么好！”我心头一酸，这可是国宝级的古琴大师啊！

维伦夫妇要回上海，我自告奋勇送成老师回南京。路上，老头情绪很好，话明显多起来。他说，家中装修，书橱的书一定要叠放到屋顶，这样好看。他说，你花这么大工夫考证出焦尾琴的故乡就是溧阳，这是做实事，大功德啊！他说，他提前退休了，职称也只评了个副教授，但换得了自由自在。他说，平时没事，爱住浙皖的深山里，带张琴去，吃住农家。又有游客来了，就往山上搬，年复一年，越搬越高，越搬越偏，呵呵。他说，他藏有一张唐琴叫“秋籁”，有机会可上他家看看，他家住在南艺宿舍区。他说，他看到美的风景就想作曲，那旋律像水漫到嘴边来，他的专长其实是作曲，曾参加过当年样板戏的创作……

成老师的话滔滔不绝，而且开始讲一口宜兴方言，他原来并不“闷”，也不“迂”啊！

南京到了。成老师讲要去他女儿的工作室，在明故宫御道街附近。他说，女儿在德国和一个德国人结婚了，夫妻俩回来推广一种德国民族乐器，开班收学生。我问：“她为什么不继承你的衣钵？”他笑笑，说：“也是乐器嘛，音乐没国界的。”

车到目的地，他说认识地方的，可等车一停下，他又嘀咕说不像啊！向前，向前，又不是！给他女儿打电话，说在路边等着呢，可怎么也找不见！车绕御道街附近转了三圈，老头彻底晕了，一脸的茫然，一脸的无奈，一脸的惶恐，一脸的焦急……他像一个在森林里迷路的孩子，差点哭了出来！我边开车边安慰，不急，不急！又绕了一大圈之后，终于在一条僻静的马路边，看到了一位女士在焦急等待……

他连连道谢，连连说：“我来过的呀，来过的……”他女儿成红雨也一脸歉意，连声道谢。取过成老师的行李，我约他再来溧阳。

成公亮，一位在城市森林里迷路的老头，一个在茫茫人海里找不到家的小孩，却在他的古琴世界里，打造出一片常人无法企及的天地。

后来，我收到了维伦兄带来的成老师的两本书《秋籁居琴话》《秋籁居琴课》，扉页上，“成公亮”签名是用毛笔写的，还盖有“秋籁”“琴余”和先生的私印闲章。我还拥有了2008年台湾风潮唱片公司出品的《瑰宝·成公亮的古琴艺术》音乐碟，还有他与荷兰、美国、印度音乐家合作的即兴演奏创作碟《中国梦》，我这才知道老爷子去过很多国家和高等院校，去讲授古琴，教授国粹。他是一位高人，一位名家，一位良师，一位学者，一位里程碑式的人物……

我深为自己的无知和浅薄而感到惭愧。

2011年9月26日，在上海音乐学院贺绿汀音乐厅举办了一场“心与灵——梵呗与古琴音乐会”，由尼泊尔女尼琼英·卓玛和成公亮老师进行一场跨界的音乐对话。维伦兄打来电话问我能去吗，我因杂事而未成行，成为一生遗憾！后来，现场录音的碟片我听了，乐曲与吟唱一响，人如遭雷击，一下愣住了，恍惚间已是泪流满面。

据说，这一场从未有过的别致音乐会，受到了热烈的欢迎，听众掌声如雷。

成公亮在《如是说》一文中言：“我很庆幸自己不是一个主流的人，我的音乐也不是主流题材的音乐。我可以自由思想、自由思考、自由创作，这是很开心的。”

我的桌上放着新出版发行的《心与灵——梵呗与古琴音乐会》的 CD、DVD 套碟，这是李维伦去成老师家带来的礼物。打开新闻，却是成老师驾鹤西去的消息，怎么可能呢？

成老师，一直想去看一下您的“秋籁”呢，只是听说您病了开刀住院，不忍心去打扰。

知道您是位不入世的人，肯定是害怕人多，挟着琴，又往山高云深处去了。您说，要做的事都做完了。是啊，退休教师可以真正退休了。

只是想问，能为我们用秋籁再弹一曲《忆故人》吗？

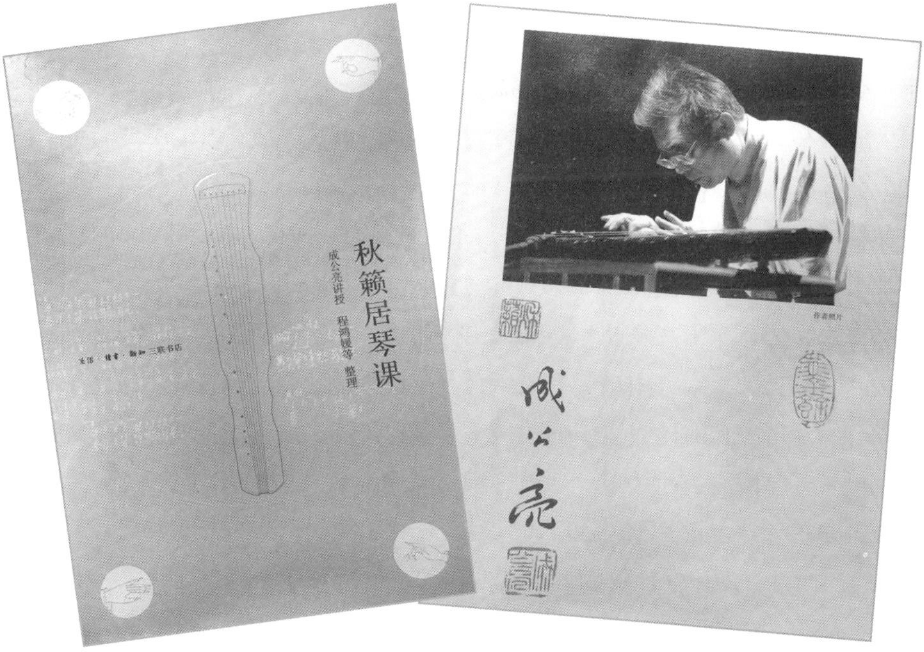

越冬的白桦

白桦，南方少有的树种。直到冬天去了东北，才知道它竟可以长得那么高大，直刺天空，白色的皮，上面有黑色的节痕，像极了眼，凝视着黑色的沃土。

我不知道他为什么要叫白桦，高个，皮白，黑眼，长发，原以为他是东北人，后来才知道他是河南信阳人。他原名陈佑华，孪生兄弟陈佐华，就是著名作家叶楠。

第一次见到白桦，是随常州陆林深去上海拜访，在淮海路的一家饭店里，同座的有《梁祝》的作曲者之一陈钢及其夫人、雕塑家沈默、画家胡兴良、辞书家金文明、剧作家沙叶新、易经学者闫立贵……竟然还有一代女星秦怡！白桦话不多，笑眯眯地坐着，棱角分明的脸上透出一种独特的儒雅。席间很热闹，我亦激动，一下聚集这么多明星，星光灿烂，睁不开眼。

大概是在2007年吧，知道白桦一行到了常州，我邀请他们来溧阳一游。白桦、沈默、胡兴良、闫立贵、陆林深等一行到了翠谷庄园，办了一场小型笔会，写写画画，品茗赏景，大家都很开心。白桦的书法和他的人一样，瘦硬苍劲，很有个性，记得那天他帮我题了个扇面，“水清鱼吻月，林静鸟唤人”。

大作家光临，溧阳文联和作协又请白桦讲了一课。那天因有急事，我这个牵线人没去,为补遗憾,我嘱人用录音笔录了音。感谢缺席之憾，我至今保留着白桦做讲座的声音。他用平和的语气讲了他的生平、创作经历，没有渲染和激动，娓娓道来，像是一位长者在讲过去的故事。如今静听，像是面晤。他说，每个人都有属于自己的一片月光！

2008年3月，常州红星大剧院有台演出，是九洲集团20年庆典，陆林深来电邀我观看。演出有陈钢的钢琴演奏《梁祝》、秦怡的朗诵《雷雨》片段，白桦则写了首小诗《情歌天海来》，并上台现场书写了“如日中天”四字行书。他戴一顶米色鸭舌帽，长长白发露在帽檐外，一件紫红高领羊毛衫，外套一件深咖啡色夹克衫，可谓风度翩翩。演出结束，后台相见，老朋友自是一番欢喜。

一天夜晚，突然接到白桦老师的电话，说他到溧阳了，住在涵田，问我是否有便一见。我马上赶去涵田山顶茶吧，见到了白桦和夫人王蓓，原来他们是应上海某杂志社之邀，前来参加活动的。我们坐在山顶聊了起来，他夫人坐在边上，一句话也没有，但笑得很温暖。后来才知道，她早就患了阿尔茨海默病，一刻也离不开白桦。这位曾主演过《武训传》《飞刀华》《大浪淘沙》的电影明星，老年的脸上仍保留着青春的痕迹，笑得很甜，胜过语言。我奉上特产白茶和紫砂壶，聊表敬意。王蓓要起身，白桦赶紧上去搀扶着，一个帅哥，一个美女，天作之合，垂垂老矣！人生，咋就匆匆而过呢？

后来，我有次去上海，打了个电话给白桦，他一听是我，音量马上提高了八度说："小邓，我在南京路喝咖啡，你赶紧过来！"他说了咖啡店的名字和位置。我走上二楼，见白桦和几位上海知名的文化大家在聊天，他马上帮我点了咖啡，一一介绍他的友人。我说明来意，想请他重新帮我题个书斋名"读书台"，因为原"读书台"三字是写在一张大号白色餐巾纸上的，真是别出心裁！这张餐巾纸是那家咖啡馆的吗？我说能否重写一张，因为餐巾纸上没有印章。他又答应了，写好了寄来。现在想想，我是否有点过分？把书斋题在餐巾纸上，这也只有浪漫的文人做得出来。

一次，我买到了一本旧版的《远方有个女儿国》，寄给白桦请他签名留念。他在扉页上用钢笔写道，"邓超文友：这是一本旧作，也是我版本最多的一本书，前后有北京、台北、香港［版］，美国英文版……泸沽湖现在已经被商业侵蚀得面目全非了。白桦，零七年冬，上海"。

陆林深告诉我，白桦中风了，坐在轮椅上了，我心想找个机会去看望他。老之已至，人显得那么脆弱、无助。《文学报》上登载文章，对老爷子予以颇高评价，而上海文艺出版社也出版了《白桦文集》，共有四卷，小说、散文、诗歌、电影剧本……严实敦厚，洋洋洒洒。封面上是白桦颀长的剪影，脚下是厚实的土地，土地里是一个个烫金的文字。白桦双手插兜，头低沉地凝视着大地。令人马上想起艾青的诗来："为什么我的眼里常含泪水？因为我对这土地爱得深沉……"

2019年1月15日，白桦走了。陆林深邀我去上海参加他的葬礼，我没能去。据说白桦的告别仪式上，挂着两幅长幛："我把一切都归还给了这个世界；一切，我所有的一切，让有限的生命，在爱的传递中成为无限。"这是他85岁时写的诗作

《一棵枯树的快乐》中的句子，仪式上播放着他生前朗诵这首诗的录音。

我请陆林深在悼念会仪式上买了一套《白桦文集》，没法请他签名了。文集里，有他写的《山间铃响马帮来》《今夜星光灿烂》《曙光》《苦恋》……

白桦在《远方有个女儿国》一书中写道：“我畏惧并仇恨面纱，但万物都蒙着那层雾，我也不例外，只有我的灵魂从细纱眼里漏出来，无声，无色，无影，无形，自由地俯瞰着人间，包括肉身的自我。”

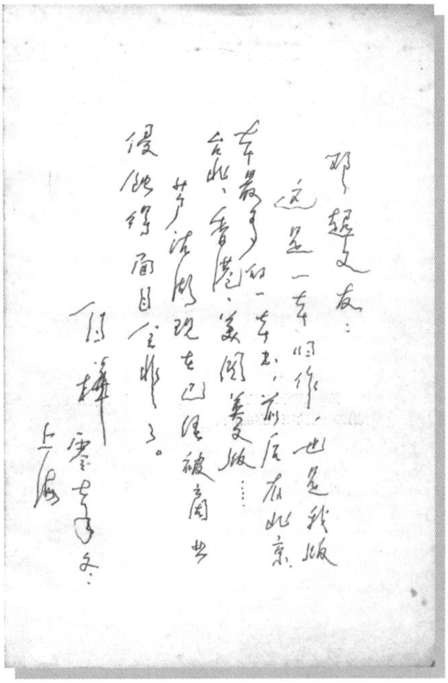
那超文友：
这是一本旧作，也是我版本最多的一本书，前后在北京、台北、香港、美国盗版……其中诸版现在已经被商出侵蚀得面目全非了。
白桦 零七年冬 上海

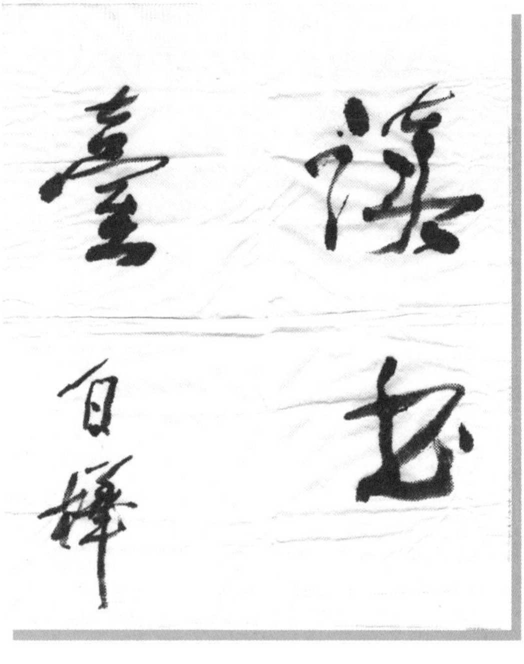

巫·傩

记得那年，一个很偶然的机会，送省民协的领导赴上海金山参加长三角地区打莲湘比赛，很偶然地当了嘉宾，很偶然地认识了巫允明老师。

比赛间隙的午餐，大家随意地坐着。我的边上坐着一位女士，齐耳短发，对襟的布衫，像是刚从民国穿越过来，虽然有点年纪，但气质风度显得与众不同。

她问我哪儿的，我答：“溧阳。”“哦，我们是邻居！”她告诉我，她老家是句容，生活在北京。巫姓在句容是大姓，接过她的名片，上面写着“中国艺术研究院舞蹈所研究员”“中国傩戏学研究会副会长”等头衔，令人肃然起敬。看到“傩”字，我告诉她，溧阳有傩。她严肃地说：“不可能！江南没有傩，我是专门研究这个的！”我说，我们有跳幡神、蒋塘马灯、跳五猖等多支队伍。她的眼里放出光亮来，说，你回去把资料寄给我行吗？

我回家后把跳幡神的相关资料寄给了巫老师，她把溧阳傩写进了《中国民间舞蹈集成》一书中。

2013年，我带二十位跳幡神的农民兄弟远赴陕西陇县，参加“中国首届社火艺术节暨第六届中国民间文艺山花奖大赛”。拿到评委名单，一个熟悉的名字跳入眼帘——巫允明！脑海中立即跳出一句话来：你生命中出现的每一个人，都不是偶然的相遇！这离我们第一次相遇，已经几年。

忐忑地敲开巫老师的房门，言辞恳切地请她为我们的队伍支招，这也是她关心的一支队伍呀！我说，我们是唯一代表江苏来参赛的队伍，获不了奖没法交代哦！她说：“难！参赛的队伍一共十二支，都是中国民协从全国各地精选出来的，各有各的绝招！都是国家级的非遗项目，水准极高！你们有什么绝招？”我支支吾吾，突然冒出一个念头：“我们这次带来的面具有几个是清代的，第一次带出远门。”“你说的是真的吗？清代的面具可不多了！你明天在评审开始前，把面具摆到桌子上展示给大家看，就说第一次出门展示，表演完马上要拿回家！至于怎么摆到桌上去，这是你们的事了！”

当评委们看到满桌的“鬼脸壳子”发出惊叹，纷纷拿出手机拍摄时，我知道，巫老师的高招奏效了！主评官在喊：“巫老师呢？叫她快来看看，她是专家！”老巫不紧不慢地最后一个到场，不紧不慢地扫了场子一眼，不紧不慢的京腔从鼻腔里流出：“你们有眼福了！清代的面具少见啊！明代的更少，那都在故宫哪！”

什么叫大家风范，我在惊愕中领教了。

后来，我们的傩舞《跳幡神》获得了金奖，又获得了中国民间文艺最高奖“山花奖”。

人与人的缘分，就这么连上了。就因为那天在金山，我正好坐在她的边上。

在巫老师的指导、引导下，我开始了傩的研究，后来加入了中国傩戏学研究会，成了理事，并分别赴江西南丰、贵州道真参加了学习考察，后来学会又在溧阳举办了一次全国性的学术研讨会。

每次去北京，我都会去红庙的文化部老宿舍楼看下巫老师。她的三居室里，有全国各地的面具，墙上有碑拓舞女像。她说，几乎跑遍了少数民族地区，搜集那里的傩，那里的舞。当时去苗寨，苗绣多漂亮啊！一件衣服才十多元钱！说到各地的傩，她如数家珍，从道具到唱词，从形式到内容。在江西南丰，那些个傩王都认识她。听说我们要去贵州，她马上说去看看安顺的秦忠发，他的面具很有特色。

她的一生，似乎和傩、和舞连在了一起。

广州曾华美是巫老师带的博士生，她告诉我，巫老师行动不方便了，毕竟快八十了！我马上打电话问她情况，她淡淡地说，是老年性缺钙，千万不能摔跤，像个玻璃人，一摔全碎，所以不能出门，只能静养，要不一定来溧阳吃螃蟹了！我后来给她寄了长荡湖螃蟹和白茶，她发了短信：“谢谢你没忘了老巫婆！东西多，吃不完！”

她见我四处游走，发消息说多给她发点照片，这样也等于旅游了。

巫老师的父母和梁启超、林徽因在李庄是同事，她的弟弟巫鸿是著名的旅美美术史论家，著作等身。那次在溧阳开完会，我送巫和曾去南京，在博物院见到了巫鸿夫妇，巫鸿夫人是比利时人。巫老师曾说，巫鸿在海南买了一套海景房，一直空着，我们可以去度假。后来，她发来消息，她去海南了，看来玻璃人硬朗起来了。

记得在中国道教协会副会长袁志鸿的安排下，傩戏学研究会一起去过茅山。巫老师后来给我发来消息，那次茅山道长寄给她一幅“镇宅宝符”，放在家也没用，转赠你吧！她给我寄来了。

傩，先人的驱难之术，容易使人联想到“巫”。巫老师研究傩，似乎是顺理成章的事。谁让她姓巫呢？

“慕松轩”王仲威

初识仲威，乃于十多年前的溧阳图书馆老楼，其随赵嘉福师徒来访碑。溧阳虞家祠堂的百十块淳化阁帖原石搁置在狭窄简陋的夹弄内，上面包裹着塑料泡沫。打开一二观看，仲威说这是心仪已久的宝物，由于藏之久矣，难得一见真容，寻访多次未能如愿。今得一见，仅一二石，是为南刻，精美绝伦！全国阁帖原石较全者仅为三套，溧阳刻本因是私刻，研究者甚少，藏在深闺人未识。

我不识阁帖，也不识仲威。一个戴眼镜的斯文小伙子而已。后来才知道他是专攻“黑老虎”的学科带头人，上海图书馆的研究员，大名鼎鼎的碑帖专家。上海图书馆有碑帖拓片二十五万件，他用二十余年时间整理，发现善本数千件，珍本七八百件，使上图成为收藏拓片最多的公藏机构。一个年纪轻轻的人，钻进“黑老虎”堆里，出了这么多成果，不易哉！据说上海博物馆从美国购回来宋拓安思远的阁帖祖本，也有仲威的参与。

后来，溧阳本淳化阁帖研究小组成立了，常常赴沪向仲威讨教。他从方向、内容、流传诸方面都给予了指导性意见，而且联络沪上几位实力收藏家，寻到了溧阳本清中期的拓本，为研究深入起了决定性作用。在“金石为开”成果发布会上，仲威说：“我第一次来溧阳是十年前，是应邓超先生之邀来看阁帖原石的……”

仲威写有一隶额，叫“读书便佳”。走进他的办公室，迎面是张整墙的拓片，斗大的“文殊般若”四字。斗室全给书籍占据，杂乱无序中显得又有分量，人少了拖过椅子便坐，人多了到走廊上古籍阅览室借座。不扯闲篇，谈点正事，看些资料，便是相见。

一次，在杭州博物馆看全影拓展，不少是仲威的收藏，其在上面考据题文，不亦乐乎！

记得那次在甘肃省博物馆借阅淳化阁帖肃府本原石，我立即给仲威电话，他说他也无缘亲见，让我赶紧拍点侧面的照片，以供研究之用。

仲威喜松，在阳台上植盆松若干，取斋号“慕松轩”。松，苍翠遒劲，耐旱耐涝，高洁挺直，养之慕之，修身养性也。

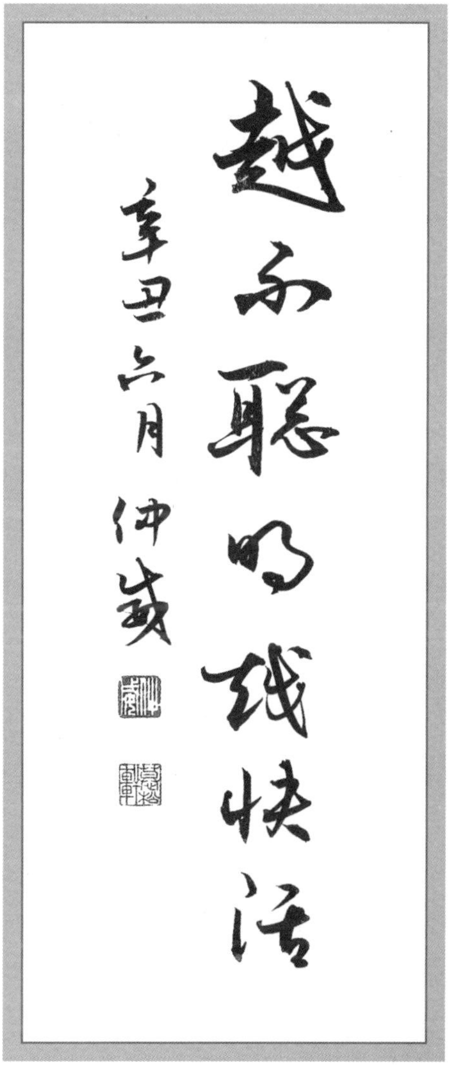

抱空子

抱空子者，宋一洲也。

抱空，僧者？道者？或历经沧桑看破红尘之儒者？非也，乃抱朴守真之画家也。

其号亦惑。作家叶文玲见其画，闻其名，曰：“毋庸细问，取此古朴署名，必是饱经沧桑的老者，无怪铁笔银钩，轻点淡划，春温秋肃便上笔端。”而其时，一洲刚届而立之年。叶女士叹曰：“后生果然可畏。”

名号可以骗人，书画骗不了人。一洲自幼浸润西湖灵气，濯汲西溪水气，沐浴祖传文气，三气合一，也是有了名气。其画西湖，空灵清灵逸灵；其画西溪，平淡静淡雅淡。一叶轻舟，几株老柳，艄公发髻高耸，长橹斜划碧波，茅屋长者静坐，远山氤氲欲睡。一点一染，一抹一扫，胸藏湖山，阅历四季，方能心随笔落，意随墨晕。王伯敏先生评曰：“宋一洲书画并擅，所画意境清空，笔墨灵动，并以此自娱娱人，是可取也。所书亦潇洒，点划不入俗，能有三分拙味，便是难得。”

读其书画，简约简单，逸笔寥寥，文气盎然，有人评其为“有文化的画家”，此言余以为誉之甚高。眼下书家画家多如牛毛，鱼龙混杂，俗气恶浊。肆意炒作，逢场作秀，什么都要，独不要脸；什么都有，独缺文化。

自娱娱人，是可取也。一洲非职业画家，乃电视台从业者也。不为名利奔命，不为斗米折腰，方能平和冲淡，方能意象从容，方能心骛一方，方能娱乐自知。

画高古，人入世。一日，偶见钱塘老城河坊街拆毁，人已上房，屋已揭顶，岌岌可危。其扔下画笔，扛起机器，拍摄报道，众人哗然，终使老街幸存，已成杭州热点。噫！文人亦有脾气，只看发泄哪里！

一洲之学，亦有根基。其始祖为溧阳县尉宋陟，唐时与李白交好，诗仙曾有诗相赠。其祖上宋臣熙、宋劼，皆以学进仕，为地方翘楚，宋之绳为溧阳榜眼。累世簪缨，其祖宋叔元同治间赴杭州为官，留下一支人脉，五世不曾分家，同操家乡方言，亦为一奇。读书种子，家学渊源。其就读杭大中文系，幼拜西泠陈仲芳先生习艺，写字治印，师出有门。少时，家居西湖西溪，耳濡目染，入骨浸髓。曾居吴山脚下四宜亭一年，昔为尼姑庵，旧石库墙门常为夏雨山洪堵塞，清砂疏水，拾得印章一枚，年少不识，差点磨平重刻，后始知为玉质，时为汉代，刻白文“振宗”两字，为吴山之仅见。冥冥之中，人印有缘。

其与西湖西溪亦有缘，分别有《西湖山水书画选》《西溪书画作品选》问世。近与古人有缘，分别有《四僧作品精选》《中国画家名作精鉴——徐渭》等名作精鉴付梓。

与一洲识，亦有缘也。素昧平生，两地相隔，对面相逢不相识。其在金陵办展，返程忽生寻根访祖之念，亦不知东西南北，一路询问宋氏居地，竟找到东门崇庄巷族人，后又觅得宋氏族谱，脉络清晰，流传有序，激动不已。回家撰《溧阳寻根记》一文，寄老家杂志。余偶翻稿堆，见文眼亮，崇庄巷为母亲一生教书之地，宋氏三代，皆为学生。余幼时从学，亦在宋氏祠堂念书，与宋家可谓缘深。寻根一文，留有电话，电话一通，一听如故。一洲专程偕父母返里，余亦带上老母，相见愉快，一见如故。从此来来往往，不觉十余载矣。余以为，六代之后，对故土眷念者，莫过一洲也！

钱塘有旧院改造，拆下旧作门窗计四十有余，老工老料，花格雕琢，一洲解囊买下。余购城郊陋屋装修，其曰：“送汝门窗几扇，添点古气。”借车至萧山别业，拖回老作四扇，生怕其悔也。后装于客厅，果然平添韵味，聊补粗俗之嫌。他将余物装饰其别业，取名“乐庐”。孔仲起先生来溧，曾为其题“萧山别业”一纸。

余曾请其绘“西湖四景”“梅兰竹菊”命题，成图于杭城装池。取回来未挂陋室一日，常被友人借展，可见高古亦为时尚接纳。一日，其见旧作，连曰：“不好！”余曰：“不好之画悬之？重画？”相视大笑。一笑之间，岁月如梭，昔日帅哥，背驼发白，年近花甲，人书皆老。

一洲，一舟也。一舟泊洲，抱空成子。

书者如福

书者，书法者也。如福，江老师也。

如福姓江，身材颀长，米八出头，腰板挺直，鹤立出众，风度翩然。曾任老师，虽为代课，小城三校，皆有教迹。余亦称师，同厂十余，志趣相投，亦师亦友。

其曾下放，横涧山区，长安桥村，躬耕瘠田，伐竹南山。一颗红心，两只嫩手，扛起锄耙，放下笔杆。赖一手好字，任生产会计，算日出工分，记年终收支。上调进城，代课任教，黑板种田，粉灰易食。某日，心有不甘，奋笔疾书，诉说志向，夹书法一张，邮寄领导。城镇书记，见信见书，视为人才，立马召见，临时聘用，写纸上文章，刷墙面标语，人尽其才也！五年已过，无名无堂，岁月徒增，要求进厂。东风胶木，新办工厂，电灯开关，老少一帮。无线电厂，繁荣兴旺，胶木瓶壳，合并一厂。继电之器，教育仪器，人头攒动，万千气象。如福如旧，磨墨写字，翻书读帖，工会工作，职工教育，不争高下，无论冷热，如福，福人也！

如福木讷，不善言辞，笑多话少，听多语寡。偶有长论，偶见口吃，话句不多，句句中的。

如福行敏，外拙内秀，自学成材，学啥精啥。交谊之舞，标准样板，康乐九球，桌上高手。

如福善书，学有所承，王师永昌，悉心指点，小城诸家，多有讨教。颜筋柳骨，褚撇欧捺，中规中矩，正气大气，秀露笔外，功藏腹中。

“文革”之中，由弟介绍，识大羽师。初次登门，捧本地西瓜两枚，逮产蛋母鸡一只，聊作见面之礼。敲门笃笃，师母魂飞，颤声问谁，以为“小将”复至，揪老陈批斗！言明身份，陈师迎接，危难时期，斯文扫地，尚有后生上门拜师，老师激动甚于学生。指点习作，评点艺事，促膝谈心，一见如故。师曰：“溧阳有缘，四清劳动，果园基地，每周进城，到中桥冲凉洗浴，出门一碗山芋粉丝，饱腹热身，天下美味，莫过于此，念念不忘！”

如福返家，不几日忽闻有信至，地址写“县革委会”，门卫查无此人，幸有朱迟老师路过，带回，乃陈大羽书法也！不久又有邮件至，写“溧城镇革委会”，又乃书法两张也！老师不记学生地址，只记地名，以为“溧阳何人不识君”。“迂腐”老头，莫过于此。

一来一往，廿载岁长。月余一趟，师生情长。带字评点，无字慌张，不足指正，进步表扬。

大羽成大师，学生忽如蝗。如福仍如故，低调不声张。

公鸡唱天下，画名神州扬；篆法写行书，洛阳纸千两。某日，如福至金陵一画廊，见大羽画四尺三开鸡一只，标价十六万！哑口无言，笑而离去。早知今日，何不当初，多送西瓜几枚，母鸡几只，求画数幅，谋鸡几只，岂不可换瓜田百亩，鸡场数十？

如福曰：“陈师数次言，不要思做小城第一！此言甚是。小城地僻，争来斗去，比高比低，无事无聊。胸怀过去，放眼未来，方为书法之道。”

如福又曰：“吾辈有福，有一爱好，工厂关门，自谋生路，赖笔一支，课徒教学，得以生存。君子之财，取之有道。书法为友，相伴一生。”

如福曾赠行书一幅：“每临大事有静气，不信今时无古贤。”静气蓄敛，隐逸见贤，不求显赫，无意富贵。如福，福人也。

余厚脸求如福小楷两幅，惊其功力。其为人处事一贯低调，不喜声张，不爱热闹。无事亦不常聚，有事亦不客套。有不懂之处不识之字不明之理，问如福。有不解之意不服之气不平之事，思如福。

如福，江老师也。

古雒济中

常洪涛，字济中，号一碗山人，洛阳人氏。擅书，善琴，能诗，会镌，才子也。

古雒有黄河水患，洪水滔滔。号称济中，泽济中原，中！

中原之地，天地之中。豫人方言，中不中？中！济中刻印一方，仿宋，即为“中”字。

济中之书，有根有源。汲尹洛之源，摹龙门之象，心追手临，潜移默化。其是西安美院书法高材生，点横撇捺，自有专业风范。

济中之书，功底扎实，两王之风，石谷之范，融入笔端。既有中原灵秀，又有西北豪放，作擘窠大字，往往挥洒奔突，笔延纸外，墨泼毡上，尺宣难呈，意游书外。豪迈洒脱，不拘一格，胸中块垒，为之一决。

济中之书，喜临池磨墨，磨至几成，倒老酒少许，又磨。书至兴起，饮酒再书，酣畅淋漓，飞龙走蛇。老墨老酒，字香酒香，酒融字中，乐融书中。

嵩山有禅心居，乃圆峰师之业。前有颖水少室，后有太室峻极。原弃荒村土屋，墙圮顶塌，改书屋一间，济中题曰“见破书屋”。修旧用旧，不破不立，其于此抚琴习字，恍若神仙。一挑一揉，一笔一画，青烟袅袅，时光悠悠，瞥一眼嵩峰夕照，奏一曲高山流水。不识远山近山，不闻此水彼水，不问今夕何夕。

禅心居有文昌阁，常有文人相聚，常有佳作呈展。济中策划布置，忙前忙后，跑上跑下，乐此不疲。

起居嵩山，教书授业，自号山人，一碗何解？济中诗曰：“散卧云榻凉，小庐日初长。一碗粗茶乐，万事何须忙。”一碗粗茶，一碗薄酒，胃口不大，自足自乐。

其有一小图，僧人躬腰俯首，口诵：“您说了算！”其谦卑宽宏，画如其人。亦为余作一图，石钵种蒲，砂壶翘嘴，侍草吃茶，人生足矣。

古雒老城，东西大街，丽景门下，雅室两间。对襟布衫，布袋布鞋，髯发皆白，仙风道骨，济中，老街一景也。其识之众，众识之多。品地道水席，尝不翻浓汤，赏琴箫和鸣，闻酒香墨香，济中，古道热肠也。

听闻余欲求书，其又忙乎开了。出谋划策，张罗联系，指点迷津，不亦乐乎。

济中曾赠余一联：“澄怀见天地，情定超古今。”古雒之天地，古今之情怀，尽在一人一事、一书一曲中显见也。

画家尹弈之及绘画之家

提起画家尹弈之，知道的人不多。说到他的爷爷尹舒拉、奶奶王少求，知道的人不少。

未见过尹弈之，只是从其家刊《少求书屋》上看到他的尊容。最早一张是躲在他妈妈的肚子里，未露面目。后有他爬行的、玩电脑的、穿开裆裤的、戴水貂帽的、游超山赏梅的系列照陆续问世，令人忍俊不禁。小子一看就是尹家的种子，尹家的坯子，尹家的孙子。

几次邀尹爷爷、王奶奶来天目湖小憩，喝喝茶聊聊天，吃吃雁来蕈烧豆腐，品品乌米饭蘸白糖，顺带来一勺砂锅鱼头汤。其实吃喝为小事，见面为实事，奈何两位大师都忙，办画展出册子，不亦乐乎！记得每次邀请，总不忘加上一句："把小孙子带上哟！"

某夏，尹爷爷终于发话，带钱塘泰斗孔仲起老师和钱塘孙儿尹弈之先生，祖孙四代共赴溧阳，令人期待。但天不遂人愿，高温持续，酷暑炙人，老人小孩不宜出门，等吧。

金秋，尹爷爷"传旨"："来！"诚惶诚恐之中，考虑再三，住地处山野荒村的朋友自家农庄，离天目湖不远，远离喧嚣，空气清新，大门一关，家犬一放，宁静，清静，心静。本来为自己的安排洋洋得意，后来才知无意中"得罪"了尹公子。听王奶奶复述，他一听住农庄就嚷着不去，要住宾馆，问为什么，他说宾馆里有抽水马桶，农庄里没有！后说农庄里也有抽水马桶，问他要几个，他断然说要5个！车上一人一个！

人小，看来架子不小。

据说他后来开心了，看到爷爷开的车在丘陵山坡上绕来弯去，说："我喜欢这里！"

青山葱郁，茶垄起伏，池水映云，杨柳垂绦，尹爷爷说，这里就是一幅元人的山水。我辈眼拙，看不出什么画意来，只知庄园对面的草鞋岭，传说当年朱元璋在此卖过草鞋。黑松夹道，野藤攀枝，蝶翔草蔓，禽鸣寒潭，绿掩村舍，稻秀田畦，倒是一幅自然的画卷。尹爷爷带着尹弈之四处转转，感受自然，感悟天趣，感觉山野，感动心灵，貌似闲逛，实为采风也。

尹爷爷才敏手勤，一个早上三幅用油画棒画的写生就成了，其中一幅是祖孙两人采风的背影，绿树成荫，绿色满目。孔仲起老师一大早也坐在阳台上写生，画了庄园一角，画了层峦叠嶂。看到尹弈之，又画了一幅人物肖像。

尹弈之拉着我的手，要我陪他去塘边看什么。原来踏埠上有一水中虾笼，用手一提，青虾乱跳，他很开心，也不知他如何知道这塘里机关的。我问他："爷爷叫什么？""尹舒拉。""干什么的？""画家！""奶奶叫什么？""王少求。""干什么的？""画家！""爸爸呢？""尹挺然。""干什么的？""画家！""妈妈叫什么？""柳秀红。""干什么的？""画家！""你呢？""画家！"对于职业，尹画家回答得很干脆，看来只有"画家"两字，才配称作"职业"！我说："你说是画家，怎么不见你画的画？能画一张送我吗？"他回答很干脆："好的！"

是夜。聚贤堂里喝茶，太白厅上饮酒，翰墨堂里挥毫。孔老师给我题了斋额"读书台"，如获至宝。钱塘好友、溧阳传人宋一洲给我画了鸡冠花。王奶奶进门，取过一张四尺红星宣："鸡冠花啊？"啪啪啪，嫣红一片，紫红点点，风风火火，爽爽快快，一幅鸡冠花立就。尹爷爷补石，大刀阔斧，一挥而就，一石通天，一气呵成。奶奶嗔爷爷："你总是压着我！让你压！"我窃笑。一洲兄题跋，三人合作，珠联璧合。西湖秋水流到了天目湖，一时友情、才情、笔墨情弥漫。

王奶奶还未尽兴，又画一张古松遒劲，一对翠鸟相伴而栖，说送给我。厚脸请孔老师题字"双栖图"也。珍若拱璧。尹爷爷那夜忙着给人写对，绞尽脑汁，引经据典，书义俱绝。我特邀武进朱必清、沈沁夫妇前来，抚弦操琴，古音袅袅，增添雅兴。崔文敏夫妇、沈伟先生虽公务繁忙，也拨冗前来雅集，一时欢语笑声不绝。拿尹爷爷的话来说："玩！"

环顾四周，只是不见画家尹弈之，大概早已到"苏州贩席条"（睡）去了。

翌日，方知尹弈之染恙，不知是花粉还是冷风，使他浑身过敏，脸上身上出现大片红疹。用餐时，奶奶要服务员拿热毛巾敷，但效果不明显。画家先生焦躁不安，坐立不住，偶尔爆几声哭腔，但并没大叫大闹，很是勇敢。过敏是件难受之事，大人都招架不住的。游天目湖，船到水上，他又来了劲，和孔老太爷玩起了游戏，拇指上画了小人，相互比划，笑声阵阵，天真烂漫。

告别前夕，我送弈之一个大风筝，是从房子上吹落的“野鹞子”。他送我一张写生画：绿树参天，果实累累，太阳艳照，还有一股平地而起的龙卷风，疑似一大型动物，大眼，翘尾，晒着太阳，看着云彩。画分两面，都写着他的大名。给我时郑重提醒：“我都签了名了！”不知是王奶奶的代笔，还是尹爷爷的遵嘱。细细品画，笔法没他爷爷老辣，但比他爷爷新鲜；爷爷写实，弈之抽象，不属一个流派，没可比性也！

后赴尹府，发现画室挂的曾国藩的对联不见了，取而代之的是画家尹弈之的水墨纸本画：天牛，树，飞机。天牛为孔老夫子补成，老少同趣，同乐。我想，弈之日后不成为画家也不行了，水墨里浸着，画缸里泡着，书画里熏着，金石里刻着，感染也，遗传也，门风也，使然也！即使长大做了金融家、科学家，多一个画家称号与技艺，不吃亏的。

我发了一条微信给尹爷爷：本人收藏钱塘画家尹弈之写生一幅，乃赠品。如欲转让，用其爷爷国画一幅换之。此告。

尹爷爷回信：用过去换未来，何乐而不为？无论优劣发上分享可否？

舐犊之情，溢于言表。

（注：尹弈之，2010年7月生人。笔者与尹爷爷、王奶奶年龄相仿。溧阳乡俗，称谓要随小孩，以示客气！非吾装嫩也。）

怪人赵某

赵某，抚顺人氏，善书画装裱。

东北活少，南方文盛，其赴杭州揽活求财。由于手艺精湛，为人诚实，顾客盈门，美院老师、书画名家，纷至沓来。几年一度，荷包渐鼓，遂富。

装裱费力，来钱费劲，遂开饺子馆，办大酒店，出入轿车，俨然老板。经营方法懵懂，老板恶习全学，吃喝嫖赌，放荡不羁，莺歌燕舞，彻夜不歇。其尤嗜赌，输钱无度。一次豪赌，赵某身无分文，竟以一手做赌注，幸未剁去，但赌无赢家，不久倾家荡产。

钱如流水，来快去急。无房无食，无依无靠，赵某乞讨填饥，宿庙过夜。

忽一日，似有菩萨开示，赵某顿悟。帮人打工，重操旧业，以力易食，积少存余。移居练塘半山，开始习字作画。接老母奉养，同寝一床，同食一锅，日夜侍候。晨四时必跃起，舒纸舞墨。不起，则豢养的两只黑背狂舔。半山安居，不与人交，闭户简出，养宠为乐。计狗两只、八哥八只、蟋蟀无数、蝈蝈无数。狗吠看门，兼伺晨昏。八哥学舌，“你好”咳嗽，惟妙惟肖。蟋蟀藏之掖之，腋温焐之，时乃振羽鼓翅，欢声不绝。其言：“无闻其声，无法入眠。”偶下山会友，嚯嚯声起，友大异，君大乐。

赵某发少髯多，貌似大千。购米买盐，破车一骑，黑背两边开道，蟋蟀一路欢歌。衣不分正反，裤无辨前后，头顶闪闪有光，美髯飘飘似仙。路人侧目，童叟嗤笑，我行我素，无动于衷。

君擅花鸟鱼虫，一为裱画无数，耳濡目染；二为饲养观摩，形入心髓。信笔画来，神跃纸上，自白石老人之后，恐无人出其右。

家无长物，电脑电视，摒之门外。置音响一套，画册书籍累叠。作画写字，随心所欲，不为帖谱所拘。凌晨即起，放粤地一教授所吟《心经》《大悲咒》录音，静心艺事。中午用餐，饮二锅头一斤，晚复饮一斤，一日二斤，天天无误。午饭之后，观书、看画。山中宰相，不亦乐乎？

赵画渐有名声。有人求画，购泾县宣纸，凑以吨计，用车拉来，送货易画。赵某画草虫一只，聊以为报。人劝售画，其言："尚不成熟。"观画者称高逸精到，然只送不卖，视人而异。

赵某未婚。有练江区官识其才，派人上山打扫送饭，亦为供养。人劝娶妻，其言："负不了责。愧对不忍，不娶为好。成家心躁，不利艺事。观尔曹，老婆孩子，累！"

赵某名勇。勇者知耻，勇者知足知不足，然也。

中国美院丁教授来溧，酒酣之时谈及赵勇之人。余甚异之，有心拜谒。后赴钱塘，未睹真容，一憾！记之。

海子

德令哈是个不大的城市。也许是戈壁雪山的荒凉和高耸的白杨衬托出它的生气，所以在青甘环线旅游中它便成了驿站。

我不知道会来德令哈，也不知道这座小城会和一个叫海子的诗人有关。导游告诉我，这里有个海子纪念馆，抽空可以去看看。夜晚到达，早上离开，哪时有空？只有起早。

阳光是透明的，白杨是透明的，空气是透明的，连巴音河的水也是透明的。只有远处的雪山在提示你，这里的海拔接近三千米。

我不知道海子在哪里。问巴音河畔晨练的两位老人，他们都知道他在哪里。海子已成了这座城市的地标。

整整走了四十多分钟，才看到河畔的草坪上有一块块的石碑，上面刻着诗，海子的诗。“姐姐，今夜我在德令哈，夜色笼罩。姐姐，我今夜只有戈壁，草原尽头我两手空空，悲痛时握不住一颗泪滴。姐姐，今夜我在德令哈，这是雨水中一座荒凉的城……”

诗歌的上方，是海子的头像，散乱的头发，宽框的眼镜，露齿的笑脸，笑得那样透明，那样清澈，那样不见一丝悲痛伤感。

一位身穿碎花上衣、粉红裙子的女子，站在海子面前，默念着他的诗。

阳光，透过白杨的叶隙，照在草叶的露珠上，照在一块块散立的诗碑上，照在三三两两读诗人的脸上。

诗，镌刻在造型各异的石头上。有客来，人读。没人来，河读。巴音河哗哗的流水，是读诗的声音。

我不知道，是不是因为诗，才有了海子纪念馆？才有了德令哈的新景观？才有了游人可以停下脚步驻足停憩的地方？

我只知道，每个文学青年的心田，都曾有过一棵关于诗歌的苗。

吉狄马加于2012年7月在德令哈写过诗《致海子》：“兄弟，在德令哈，那一夜你只为一个人而思念，但今天你的诗却属于人类！”

知道海子的人，大都因为“面朝大海，春暖花开”这两句诗。不知道海子的人，大都因为他以年轻的生命，给自己的诗歌画上了一个句号。

我不知道为什么会来德令哈，也不知道德令哈有个海子纪念馆。

我知道德令哈在蒙语里的意思，是“金色的世界”。

流浪者

林芝称西藏江南，植被丰富，气候温润，以野生桃花闻名，引八方游客观赏。

雪山高耸，宽阔的雅鲁藏布江卵石满滩，枯水狭流，一改汛期的汹涌。

江边有一便利店，店主长发长须，面目棱角分明，有艺人之范。购物闲聊，其言自己来自内蒙古鄂尔多斯，乃流浪艺人，年轻时四处卖艺，游走四方，全国除新疆外几乎走遍，长年不着家，以致妻离家散。一人浪迹天涯，至林芝停住脚步："此地开门见山，门前有江，冬不冷夏不热，适宜生活，不走啦，在此度日。"

店主五十出头，小店隔壁一间屋盛放昔日乐器，乃谋生家什心爱之物。又言："如今儿子已经成家，了无牵挂。到老了就回家乡，进敬老院，了此残生。"

吾心安处即是家。开门见雪山，雪山已皓首。屋前听江声，江水有盈枯。择喜欢之地为家，不亦乐乎？

第二辑

呓·艺

秋水·秋琴·秋心
——史量才、沈秋水夫妇的古琴缘

丙申之秋，绵雨淅沥。

西子西溪，本是灵秀的经典，本是人文的渊薮，平添了多情的雨，也就多了几分感怀。

杭州北山街的新新饭店，曾经是名人耆宿的驿站客栈，曾经是才子佳人的温柔梦乡。这里曾上演过震惊中外的悲喜之剧，留下过千古流芳的佳话轶闻。

饭店的大厅，有一幅银色的浮雕，叙述着新新饭店的前世今生。浮雕的左幅，有一男子坐在椅子上凝眉沉思，边上有一女子低首抚琴，背景是那幢著名的建筑——秋水山庄。男子名史量才，女子叫沈秋水。

厅不大，人一多显得挤。这些人不是看热闹的，而是参加浙江大学“近代中国报人之路——2016史量才研究学术研讨会”的专家学者们。新新饭店的戴眼镜老总笑眯眯地说：“今天能请到这么多全国研究报业史的大咖，真是我们的荣幸！”我想，昔日西湖边最奢华的饭店，吸引人的并不是过去的辉煌，而是她每个房间曾经房客的故事，是她经久不衰的文化魅力！

秋水山庄建于1932年，背靠葛岭，面对孤山，是史量才先生仿《红楼梦》中“怡红院”格局而建，贯通中西，别具匠心。站在花园之中，落叶满地，草木扶疏，荷塘还在，花径还在，回廊还在，琴台还在。只是缺了主人的背影，只是少了琤琤的琴音。

“沈秋水的两张琴去了哪里？”“到底有没有投火自焚？”“不是说市场上已经拍卖了吗？”“现在琴在谁的手上？”参观者的话题不知怎么一下转到了两张古琴上。我忽然想起好友南京琴家陶艺曾跟我提起，他曾见过沈氏遗下的两琴，马上致电给他询问，并开始了相关资料的搜集。

《扬子晚报》曾载黄薇文章云：“1920年上海召开的晨风庐琴会，是当时全国规模最大的古琴盛会，史量才是主要的组织者、赞助者之一，此后更是持续慷慨地资助琴人。他对古琴的兴趣，完全来自沈秋水的影响。秋水尤擅七弦琴，曾跟吴浸阳、杨时百等著名琴人学习过。晨风庐琴会上，她以'阳春'琴演奏了一首《流水》，后被评为女子第一。当时9岁的史咏赓接着她弹了首《文王操》，成了一段佳话。”此文史料来自《国家人文历史》，可不可信呢？

沈秋水擅琴，史量才爱琴，这应该是史实。

陶艺藏有其外公——著名琴家刘少椿签名的《今虞》杂志，印有“研究古琴之专刊，二十六年五月今虞琴社编印”字样，《扬州晚报》称此刊为“民国绝版古琴刊物”。民国二十五年（1936）3月1日，我国著名古琴学家查阜西、彭庆寿等人在苏州组织成立今虞琴社，琴社社员之间不仅交流古琴技艺，而且注重整理古谱，考证源流，倡导学术论说。一时间，俊彦云集，社员遍布全国各地。1937年，在查阜西等人的主持下，琴社创办了一份社刊，也就是《今虞》琴刊，作者皆为当时琴界名流，扬州琴家胡滋甫、史荫美、张子谦等人也都有作品发表。

在《今虞》琴刊的“琴人题名录”（第243页）记载一辑中，有“沈秋水，女，江苏，上海哈同路9号”的籍贯、地址详细信息，可见她不是简单的“玩票”，而是在当时的古琴界有一定地位，称作“琴人”，因为名录所辑，大多是民国名家高手，李子昭列第一，吴浸阳和沈秋水同列一页。当年的琴界，应该干净清净些，不是你拿钱就能上“名录”的。

今虞琴社成立后，举办了一系列的雅集，有“苏州觉梦庐首次雅集”“苏州怡园琴人雅集”“李子昭八旬大庆集”“上海觉园月集”等，都留有照片，非常珍贵。《上海觉园月集图》中可见，共19人，女子4人，应有沈秋水倩影。

晨风庐，当是名闻一时的琴会之所。在当年的《晨风庐琴会记录》之序言，记曰：“吴兴周梦坡君，集海内琴侣于所筑之晨风庐……沨沨移人，听三日而忘倦，既毕事作而叹曰：有是哉！君之冲夷而高远也。”由此可见，该琴会发起人为吴兴周梦坡。在记录上卷第四页，录有“史量才，家修，松江”的记载，按下有“史咏赓，量才子”的记载，还有“史沈秋水，女士”的记录，一家三人都是琴会的成员。在“与会题名”一辑，有彭祉卿、杨时百、李子昭、吴浸阳等大家，也有沈秋水（携琴一）、史咏赓题名，并注曰：“以上均入席操缦。”说明沈秋水、史咏赓都参加了演奏，而史量才的名字也再次出现在题名中。

在《晨风庐琴会记录》的第七卷“琴名汇录”一辑中，有李子昭藏的“霹雳”，吴浸阳藏的“逍遥游”，沈秋水藏的“阳春”。在“操缦程序”一辑中，第一日，杨时百弹《渔歌》、广霞僧奏《龙翔》、棲谷僧弹《潇湘水云》、李子昭奏《离骚》、吴浸阳奏《白雪》、“沈秋水女士”奏《流水》、“九龄童子史咏赓”弹《文王操》、王燕卿奏《长门怨》……同日操琴者均为一代名家，沈秋水的演奏水准应是相当高超。“会毕憩于息园，凡三十一人，女宾十四人，各摄一影。琴三十四张，亦留影焉。”

琴会散后，各路名家仿佛意犹未尽：“至展重阳日复约符华轩、郑觐文、李子昭、吴浸阳、彭祉卿、顾梅羹、沈伯重、史量才、许松如，为操缦小集。浸阳与觐文琴瑟合谱《鸥鹭忘机》，梅羹、伯重、祉卿三人琴箫合奏《普安咒》，觐文以琵琶弹《新汨罗》一阕，各奏尔能倍极欢洽。”此附记中提及史量才参与操缦小集，不知他弹奏的是哪首曲子。

据说此会后，周庆云、史量才、徐松如等人将四川的三位琴人李子昭、符华轩、吴浸阳留下做清客，与郑觐文一起帮助周庆云编撰《琴操存目》。

沈秋水习琴，据说师从吴浸阳、杨时百两先生。

吴浸阳（1882—约1958），字观月，号纯白，四川灌县人。少年时为青城山道士，弱冠后来江南，往来苏、沪、杭一带。琴艺兼有川、熟两派，擅《渔歌》《潇湘水云》。二十世纪三十年代因商务纠纷去香港，后终于斯。杨宗稷（1863—1931），字时百，自号九嶷山人，湖南宁远人，彭祉卿、管平湖、黄则均是其弟子。《晨风庐琴会记录》序言：“去岁巳未叶君璋伯有苏州怡园之会，今年春杨君时百有北京岳云别业之会，先后南北相为照耀。”可见杨时百为北方琴坛的盟主人物。

李子昭由周庆云推荐，曾到史量才家中教授沈秋水弹琴。李子昭（1857—1937），字德潜，四川崇庆人，他参与创建了今虞琴社，被国学大师王国维评为“中国第一琴人”，曾是庆亲王府的专职琴师，也是中国“最后一位琴客”。

由吴门琴派的传承人吴浸阳、北派盟主杨时百、“宫廷第一琴师”李子昭三位顶尖琴家教导指点，沈秋水的琴艺日臻娴熟。

史量才也和古琴有不解之缘。据严晓星的《近世古琴逸闻丛话》言，史量才也是晨风庐琴会组织者之一，承办者是富商周梦坡。史对周对待与会琴人的苛薄愤愤不已，打算自行召集琴会。他对琴人非常慷慨，吴浸阳的“雪夜冰”琴卖给他，他一掷三千元。1929年春，他听说了王燕卿死后的情形，“慨然斥资五十金为表其墓”。

他家中常有古琴清客，自己也能弹上几曲。那时候，申报馆的五楼设有一间琴室。1925年，吴浸阳得到史量才的帮助，在上海一带集中收集大量明代老梁柱，在这间琴室设计监制了六十四张琴，分别以《易经》六十四卦命名。这六十四琴至今有两张存世，可谓是史量才爱琴的见证。抗日战争全面爆发后，查阜西要喜欢古琴的史量才“再振兴一下琴坛的寂寞”，史量才说：“我救国要紧，音乐可以不搞了！”

1920年12月，参与过怡园琴会、晨风庐琴会的郑觐文，在蔡元培、叶恭绰、史量才、梅兰芳、程砚秋、周信芳等人的赞助下，在上海创办了大同乐会，集中了当时著名的音乐家和昆曲表演家等,改良传统乐器,探索民族管乐弦队的创建，改编了一批合奏作品，其中最为著名的是将琵琶曲《夕阳箫鼓》改编为民乐管弦合奏《春江花月夜》。

黄松（1887—1982），女，字渔仙，福建泉州人，出身仕宦之家，从周振英学琴，后到上海靠教琴卖画抚养子女。她琴艺超凡，上海妇女界纷纷登门求教，越剧名演员袁雪芬、徐玉兰也是她的高足，被誉为“南派古琴名师”。在晨风庐琴会的第一日，她和沈秋水、史勇根一同登台操缦，演奏了一曲《普安》，只是记录中将她的姓“黄”写成“王”，可能因为南方人“黄”“王”不分之故。在沪期间，史量才和夫人沈秋水与黄松过从甚密，亲如家人，可能因为同好古琴雅音，声气相投。

1934年11月13日，史量才和沈秋水在秋水山庄休养后，踏上回上海之路。此时史量才写下了《凭栏眺之，秋水山庄》：“晴光旷渺绝尘埃，丽日封窗晓梦回。禽语泉声通性命，湖光岚翠绕楼台。山中岁月无今古，世外风烟空往来。案上横琴温旧课，卷帘人对牡丹开。”晴光丽日，湖光山色，鸟鸣幽泉，绝尘世外。案上的七弦琴余音袅袅，《流水》合着泉声沁人心脾。卷帘的琴人也是美人，和窗外盛开的牡丹争妍斗艳。

琴声尚在，枪声陡起，可怜的一代报人命丧黄泉，再也看不见《高山》，听不到《流水》了……

关于史量才、沈秋水的两张古琴，大部分文章资料都讲，沈祭奠史时，弦断投向火钵，化作吊唁的灰烬飘向另一世界。

2009年，史氏夫妇所藏琴拍卖，男琴为仲尼式“耳通”，女琴为蕉叶式“海涛”。据说此一对琴现为西安一藏家所有。陶艺兄曾登门欣赏过，承他发我琴图。“海涛”铭曰“惓翁题于西湖南屏山下倦还琴楼”。琴腹有“秋水姐清玩，妹赵梅敬赠”字样。其“耳通”亦为隶书，铭曰“量才道兄大衍之庆，以此琴寿之，民国戊辰冬吴浸阳赠（章）”。沈琴之赠者赵梅不知何人也，史琴应是1928年主人五十岁生日，吴浸阳赠的寿礼。此两琴断代，沈琴为民国无疑，史琴有人言清代，到底是吴浸阳用明柱所斫，还是原有的琴刻铭贺寿，不得而知。

古琴，国之乐器也。作为首批列入联合国非物质文化遗产名录的国宝，上通天，下通地，中通人。大音希声，史量才、沈秋水夫妇与古琴缘分匪浅，透过稀少的史料和偶见的轶事，我们去追寻那渐行渐远的身影，去捕捉旷渺绝尘的琴音。这不是才子佳人的猎奇，不是附庸风雅的呻吟。这是对近代中国报人的一种尊重，对民国报业巨子的一种缅怀！

一湖秋水，一张秋琴，一片秋心。

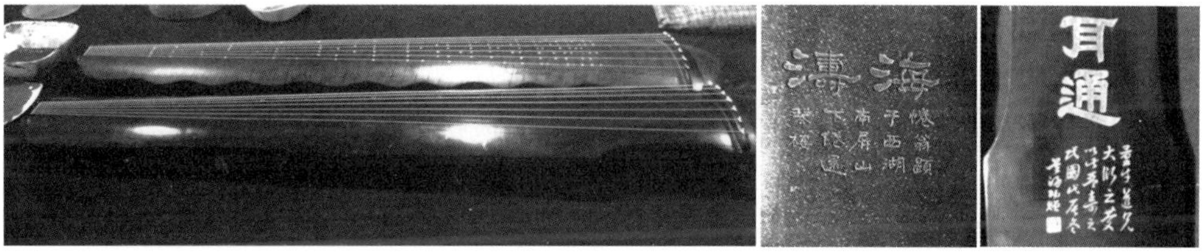

林公艺事

林公擅艺，是为多事。

初识林公，为杭州一洲兄引见。老浙大旧区的陋室，其热情灼灼，笑声朗朗。知为曼生而来，他备资料一叠，笑言：“吾亦有备矣！本想写《西泠八家》，奈精力不济也。”送宜兴砂壶一把，茶叶少许，其又言：“无功不受禄，吾之习惯，来而不往非礼也！”其拿出自创“一条香”体书法数张：“你挑！你挑！”书法乃狭长条，以甲骨、汉晋砖文为风骨，文气盈盈，余挑一幅“吾将上下而求索”。

再赴林宅，亦为曼生。后林老有文曰：“即以陈鸿寿论，既识溧阳邓超于戊子，复接湘潭萧建民于庚寅，均博识多才之有心人也。辱蒙两君赐临，清茶一杯，书卷满案，遥思古人，深慰我心。”那次拜谒，并非清茶一杯，林老定要宴请。待饭店坐定，方告知：“今天夫人生日，两女儿远在美国，不能返乡庆生，你们来了，开心开心！”席间林老谈笑风生，言夫人乃昔日大美人也！“上海体操队主力，代表国家比赛，万人仰慕！怎么给我一福建乡下穷小子追到了手？哈哈……”其夫人笑言：“还不是你皮厚！天天往我家跑，我姐说你人老实，又是个医生……”林老言，因练体操，夫人伤及身体，心脏不好，不能坐飞机，故无法赴美探望女儿外孙。夫人制止其喝酒，他趁不备，偷抿一口，窃笑；又举杯，言今天庆生，理当痛饮！哈哈大笑……伉俪情深，感人至深！

林乾良主编的《印迷丛书》，有刘苇作序，言之有理：“乾良教授，业精岐黄，学贯中西，桃李遍植，著作等身，其医学之名早已腾声当世矣，而又博学多能，出其余绪，游于艺圃，诸如文学、音乐、考古等，皆有造诣。尤于美术，研究精深，见重于时。”“历拜沙孟海、陆维钊、韩登安三大家为师，并广交海内外印友。广收博采，不可斗量。富收藏，五十年来所集印人佳作，并世罕见其俦。”

一洲言，林老为“西泠五老”之一，与其师陈仲芳为同辈。叶一苇文曰：“西泠同社林乾良自号为‘印迷’……我曾问他共有多少印，他笑着说‘五个齐白石’。因为齐氏自称为‘三百石印富翁’。”林老藏印有浙派名家印作、历代官私玺印、清代以来名家印作、现代名家印集、某家特藏等，可谓集大成者，故有此言。

又扰林老，他取过郁重今编纂的《历代印谱序跋汇编》一书，言刚送至，无富余，只能签字“转赠邓超老弟，乾良于西泠，离首发仅十天”，书上有郁老签题，弥珍也！另有《中国古今名医处方真迹集珍》一书，乃他收集几十年的处方，自号“万方楼”，部分藏品曾在西湖博览会展出，弥足珍贵。他言：“过去老中医书法了得，一张方子，既是中医瑰宝，又是书法作品，有心收藏，乐此不疲。”该书从万方中精选一百四十三家的一百五十二方，不乏名医国医，实乃别出心裁，功德无量。林老用颤抖之笔题扉：“超兄惠存，乾良于首发。”

林老曾有一嘱，让吾本地书家写“母爱”题材，准备结集出书之用。他道出原委，从小是个孤儿，先妣徐月英收养了他，以做脚力挑夫抚育他成人，负笈于浙江大学医科，当他工作后想侍奉老母，老母劳累一世，命薄体弱，临终弥留之际，始执乾良手告曰：“吾儿有孝心，然汝非吾亲生，系从养良堂抱来者。”林老言：“痛哉！良犹寸草，生于灾难深重之时，唯先妣之母爱春晖以煦之，数十年之血汗以润之，始得成长。”他心自发愿，广征母爱书画，几十年如一日，终有所获。

余闻言泪目，当全力应之。

林老辑有《春晖寸草集》，沙孟海题字，《自序》曰：“特广征海内外贤达诗文，辑为《春晖寸草集》。自甲寅春至壬戌岁首，共得五百四十五家。按题、图、文、诗、词、联分类，以收文先后为序。”

孝子之心，明月可鉴。

西子湖畔，于唐云艺术馆见林老，精神饱满，上前请安。其后闻言其夫人过世，他开始拍卖藏品。

2018年，又邀一洲兄再访林老寓所。应门者为中年妇女，高挑端秀，后始知为新夫人。其前闻西泠超英兄言，林老新喜，怡然自得，原患帕金森自愈，手亦不抖，是为神奇。

林老言：“所收集之寸草春晖字画，赠故乡福州展出，不甚满意，尚有大部分，贵乡有意收留乎？”其后，又寄函一封如下：“古孟郊撰《游子吟》于溧阳，流传千古。我曾为报亡母洪恩，四十多年来广征海内外名流为题《春晖寸草集》，已出版三次。有关原件，首批已赠故乡福州市府，于三坊七巷设冠名展。今选与江苏、上海相关者共204件，拟以相赠，至少在五年内相对固定展出，冠名‘林乾良春晖寸草展’之类即可。我系新中国第一批大学生，毕业留浙医任教。自幼刻苦劬学，于多领域有所建树。如有意，可派专人来订合同并取件。多数曾装裱上框，唯经长途转运略损玻框。此事，多年来蒙邓超同志关心，特此致谢。即叩，均安。”

此事赖余人微言轻，未有着落，实在愧对老人，应验“理想很美好，现实很骨感”一言也。

那次在林宅，老爷子依然笑声朗朗，戏称自己是“十三点”。哪十三？印迷、戏痴、镜奴、臂癖、医通、茶博、文汇、方霸、笺王、书山、画海、瓷庐、邮趣。

一个弃儿、一介书生、一名医生，一生能成艺事“十三点”，奇哉！

偶于“茶频道”栏目见林公西装革履，精神抖擞，大谈茶叶养生之道。又于视频平台上刷到老人笑容可掬，侃侃而谈艺事，此与时俱进的劲头，岂是望九之龄？

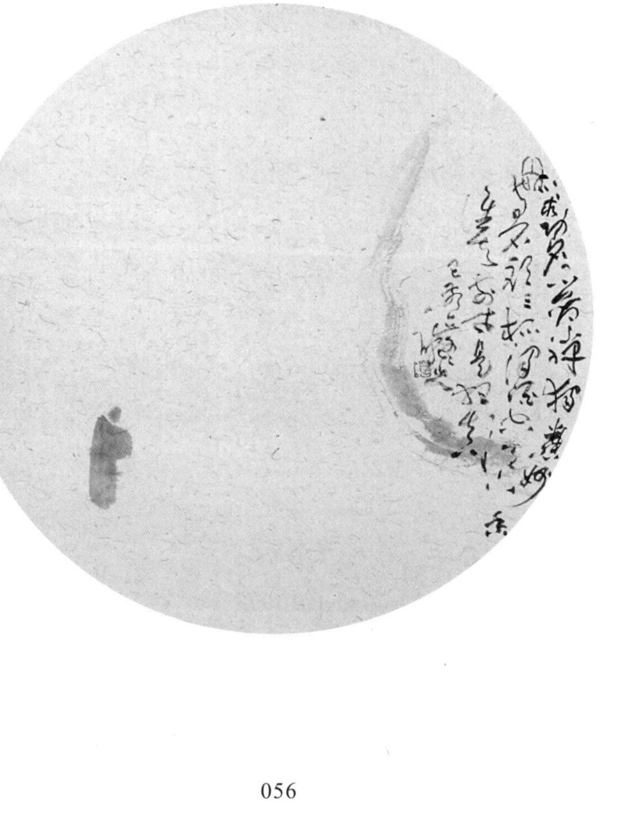

崇德尚艺

1941年，一个13岁的小孩用省下的早餐钱，购买了潘天寿的《中国绘画史》和《白社画集》，这两本书他保存了一生。

1944年，一个16岁的少年经秦岭、历剑门，千里奔波，含辛茹苦到达重庆，在嘉陵江畔磐溪的祠堂破屋中，见到了农民装束的潘天寿。潘其时为国立艺专校长，把他推荐给了吕凤子，后其考入“正则艺术”学画。

自此，师生之情绵绵不绝。题跋、论艺、听课、合画，三十多年的交往，影响了他的一生。

1944年，他在重庆赖家桥金刚坡下，拜见了傅抱石。后来的岁月中，同游、同画、同饮、同聊，他与傅公一家结下了深厚的友谊。傅夫人罗时慧写信说：“你对抱石及我们一家的友谊，永世难忘……”

1948年，他来到杭州栖霞岭19号拜谒黄宾虹。黄老时已83岁，就画好山水画如是说：“多和艺友磋磨，多读古名家真迹，多临古帖书法。”观藏、赠帖、题词、画册，一老一少的交往，无论年龄，没有高下，黄老落笔称他为学兄。而老人画画的泼墨、积墨、宿墨、破墨诸墨法，“爱好溪山为写真，泼将水墨见精神”之境界，使他得益匪浅。

人生，得一师一友一知己，足矣。

他的画，上溯宋元，笔墨浑厚苍润，雄秀清新。潘天寿称其画“元气淋漓障犹湿”，吴茀之题画“丹青天地一洪钧”，黄宾虹称赞“沉郁苍厚如范华原，妙理合苦功，可望大成”。

他精于鉴赏，富于收藏，摩挲古物，数量惊人。唐寅、徐渭、董其昌、张瑞图、八大、石涛、华岩、金冬心、郑板桥、陈曼生、吴昌硕、齐白石、徐悲鸿、林散之……

他叫寿崇德。

2012年1月，阴雨连绵。踏进杭州文三西路一公寓楼，迎门的是寿觉生——陆俨少的研究生。寿崇德和夫人朱凤钊坐在沙发上，笑迎来客。寿觉生说，父亲小脑萎缩，有点词不达意了。

问起姜丹书先生往事，寿崇德先生一下来了精神，讲话也利索多了。他说，他在正则学校学习时，吕凤子校长请同学姜丹书来教美术，当时姜先生在上海美专任教，坐火车来回，历时大概有一二年时间。姜先生知识面很广，谈吐风趣，讲课生动，吸引了许多学生旁听。朱凤钊当时学的是刺绣，老师是乱针绣创始人杨守玉，她也去听过姜先生的课。

寿先生讲述断断续续。突然，他进屋拿了两大本画册出来，抖抖索索地提笔蘸墨，并让我把名字写给他，然后熟练地写上。墨未干，他拿过废纸夹上，一气呵成，他没忘记这一切。我取过画册一看，他竟把印章盖反了。一本画集，一本藏画集，他将画集与藏画集也题反了，错版，珍贵。

寿崇德与潘天寿合作过《松柏长春图》和《嘉陵纪游图》，姜丹书题了词，人称“三代合作”。

寿崇德与吴湖帆、唐云、程十发、余任天、周昌谷、齐白石等人素有交往，可谓交友皆高士，谈笑有鸿儒。

从1945年正则艺专的英俊少年，到如今白发苍苍的健忘老人，岁月的演变，让人怀疑人生的舞台上，角色是同一人乎?

崇德尚艺，艺术陪伴了他的一生。

寿崇德的珍藏，全部捐献给了他的故乡——浙江诸暨，那里建了以他名字命名的艺术馆，那里也是王冕、陈老莲的故乡。

卅载神交共此君

王君永昌，转掌传人，武林高人，文武兼修，眼界甚高。其生前言小城之书画者，首推程寄春，数示佩服。

程寄春者，何许人也?

整理程沄画集，有《竹鸟图》，画跋："等是青鸾离碧落，偏教高士讬朱门。蓬仙画鸟，十万写竹。时在乙酉年之夏。"蓬仙乃程沄，十万是寄春。竹为朱竹，细枝阔叶，疏密有致，浓淡相宜。弯枝栖翠鸟两只，相视欲语，似鸣如闻，仿佛画者心声。程沄旧藏中尚有山水小品两帧，远山茅亭，风过寒郊，颇具宋人风格，作者程寄春。

如福兄言，程寄春乃光华中学老师，诗画皆为上品，只是鲜见。去世后子女为其出过画册，发行极少，有人于南艺后门地摊上购得，未见原物。

几年前于金陵钟山陵麓，幸见书画鉴赏大家萧平。席间先生言及溧阳有位书画家程寄春，其子相熟，遗下一批字画，不知如何处置，曾助出过一本集子。闻言心动。

吕正立医师网购得一本《程寄春先生画集》，借阅为快。见封面题字及序言均为萧平所作。

寄春先生，别号十万，祖籍歙县，生于扬州，寓居溧阳，任教中学三十余载，笔耕墨耘四十年不辍。遗存书画一百二十余幅，文稿《竹笑楼琐话》，涉猎文学、诗词、金石、书画、戏曲、摄影和游历诸方面，颇有创见，学养深厚。

先生画作，一为山水，一为墨竹。

程氏山水笔简墨丰，晦明变幻，皴法颇多，乱柴斧劈、卷云折带、披麻荷叶，变幻莫测。《山高水长》明朗秀丽，《溪山桃源》疏逸雅淡，《黄梅时节》水汽淋漓，《山林意境》荒率萧冷……其风格如先生自言："若自加总评，可谓风华逸宕有余，而沉着凝练不足。"

先生画竹，自言“笔舞墨飞，纵横淋漓”，诚快事哉！他评东坡之竹：“人与竹已融合为一，故能领会竹之精神意趣，人竹相融，而写竹之能事毕矣。”他曾题竹曰：“炎凉荣悴恒如一，卅载神交共此君。”以竹为友，写竹为怀，炎凉已忘，写神交一生，高风亮节，自寄自许。上海名家申石伽评论：“寄翁画竹三十年，随手写去，神理自足。”

寄春先生于1922年迁居溧阳，时年二十。二十世纪三十年代即有画名，与姜丹书、程沄、彭袭明、许闻天、房虎卿等乡贤名流过往砌艺。

某夜，他与程沄创作画作：“余与沄张巨幅白纸于空中，折竹枝映纸上，上下左右移动，使竹影合于理想之章法，而摄为影片。纸上已先作题署，并加盖印章。迨影片洗出，俨然一幅绝妙墨竹图也！题为余所拟五古一首：真竹不自修，墨竹要布局；一经艺人手，二者合一幅。真竹成墨竹，墨竹出真竹；人功通造物，方堪称艺术。人功有空限，工具今有属；科学与画技，从此可合作。”在二十世纪三四十年代，相机为罕物，有此心此念此举，真性情也！后于程沄先生遗物袋，亦见照片竹影图，没有题款，不知是否当年创举？

程寄春与彭袭明，皆为好游之徒。《琐话》有记：“乙亥仲秋，与彭袭明游黄山，心有所得，即记于此：天都博大沉雄，对之令人眼饱。莲花是高崇，而纤丽有余浑厚不足。莲蕊则腴，妩媚中又具有劲骨，实为前海之最有风致者。后海诸峰幽而密，西海弥而庄，始信怪诞，石笋森严，均各具一格，汇为黄山大观。

“言黄山者，常曰三十六山峰，又好指某峰某名，余不佞，一路按图而索之，除天都莲花数峰外，类多不能指其名，大峰之上有小峰，小峰之上又有小者，率皆毗连穿插，果加指数三千六百峰犹不止也，游山本只需观其气魄，察其体势，固不必定知其何峰何名也。

“余在黄山松谷道上，拾得嫣红之红叶两片，归不一月，即已干枯，余以白粉题其上，曰‘三秋留艳骨，一叶见黄山’，事隔二十余年，偶检旧藏，艳骨仍存。”

程彭游山，留影两帧，地点苦竹溪，程坐彭立，背景破旧木屋，乃路边茶食店，有炉灶桌凳，不见主人。溪沟间有长木为跳，程坐木桩，脸瘦形疲。彭立木跳，微笑端庄。不知是上山下山？不知是点心晚饭？两个乐山乐水之人，相互拍摄，不亦乐乎？

彭袭明有画函致程寄春：“问我近如何？山色共人澹。辛巳冬，袭明写寄十万兄。”画上壁立千仞，沟壑溪流，有高人依山坐岩，凝峰沉思。不知此画意境，是否黄山之忆？

程寄春与许闻天合作有《寿翁图》：“矮胖一老翁，丑酒数拳石；世间无此人，世间无此物。蝙蝠善作介，介来似佛骨；遂尔登艺坛，寿教点颜色。卅八年夏许闻天画老人，程寄春补石。”画中老翁白须长眉，双手及袖，神态悠然，边上怪石高耸，蝙蝠飞翔，万年青生机盎然。程寄春对石亦有心得：“南京玄武湖长洲边有太湖石三支，其一名童子石，系自中山王故村移来，传为花石岗之遗物，高约丈二，阔三尺弱，厚二尺许，瘦透漏而兼峻峭，三面皆可观，不若他石一面可取也。”

程寄春年轻时留影，眉清目秀，儒雅书生，对襟外衣，白色围脖，金丝眼镜，浓黑密发。程寄春中年留影，脸孔清癯，目色倔强，嘴角紧抿，眼袋呈现，短发花白，颈筋暴突，白衬黑衣，人瘦神立。

先生临终前将画作交其子，云：“我不信这些书画没有出头之日！”他对其创作多有自信：“自比当世诸名家，未肯多让。”只是在屡屡失望之后，对前程怀疑起来：“藏之名山或覆瓿覆盎，身后焉能管得，只凭画本身之命运矣！”

作为寓居小城的教书匠，作为名不出乡里的业余画家，感慨也好，愤慨也罢，你改变不了世风，你改变不了命运！

寄春先生和画友程沄先生命运何其相似！

余生晚矣，未与寄春先生谋面，而与程沄先生仅一面之缘。余实愚拙，花六年时间，搜集整理程沄先生遗作，幸有政协文史委帮助出版，告慰先生在天之灵！别无他求：先贤不能忘，艺术不能丢！

人生，离不开名利。生前之名关荣辱，身后之名焉管得？执着的结果不一定是成功，执着的过程一定是享受。萧平先生评价程寄春先生较为妥帖：“在我的心目中，他竟是一位非凡的艺术家了。”“他的人生是艺术品，这种人生，是存在于实际生活之外的精神化了的人生。”

艺术人生，心驰神往，像程寄春、彭袭明、程沄之辈，吾等无福也。

程寄春总结自己：“余五十自寿联云：‘生世太平凡，显晦荣枯俱没分；余生惟怅惘，山林儿女尚关情。’二十四字可以总括一生，胜于千言万语作传记，此惟自我能道之。”

五十，知天命也。

兰蕙宝鉴

兰，花香之王也。

《易经》云：“二人同心，其利断金；同心之言，其臭如兰。”

孔子云：“芝兰生于深谷，不以无人而不芳；君子修道立德，不为穷困而改节。”

南宋皇族赵时庚，著《金漳兰谱》，为兰花专著第一人。

清时，兰蕙学说兴起，有鲍薇省《艺兰杂记》、屠用宁《兰蕙镜》、袁世俊《兰言述略》、杜文澜《艺兰四说》、朱克柔《第一香笔记》、许羹梅《兰蕙同心录》诸种。

清末杭州府孝廉吴恩元，酷嗜兰蕙，选种名品四五百盆，亲自侍植，著《兰蕙小史》三卷，破天荒刊出“新旧兰蕙名种”照片图样百余种，铜版付梓，终成宝鉴。

溧阳朱和兴，喜兰种兰，得《兰蕙小史》，如获至宝，拜读批阅，如痴如醉。应兰友之请，将文言小史译成白话，废寝忘食，终成“新版”。其又将读兰种兰心得，辑成《艺兰心得》七八十篇，汇编成书。有栽培管理、浇水施肥、四季管理、防治虫病、鉴别欣赏诸类，乃实践经验，亦真知灼见，是新版宝鉴。

朱和兴者，吾师也。初中语文，承师发蒙，得师倚重，习作作文，师必在堂上选读，又去他班朗读，读时喜形于色，声动于情。几句涂鸦的排比，经他一读，竟也成了文章。一棵文字的种子，埋到稚嫩的心田，生根发芽到了今天，终未成树，亦未成材，但煮字填饥，卖文买书，总算一样爱好，聊以度日。朱老师，不知应谢您，或恨您？

朱师多才。大学时曾写长篇小说《粮食》，不知何故没有付梓。初中两年，他写话剧《考试》，我演男一号。他写歌剧《阿勇》，我是阿勇，尚记开篇唱曰：“清早听到公鸡叫，公鸡叫，喔喔……”演《考试》，省里来人观看，大众剧场啊！间隙，瞥一眼台下，朱师正在擦泪！悲也？喜也？人生也？舞台也？

朱师，喜悲于色，真性情也。

丙申之春，溧阳办全国兰展，兰协会长严伟嘱我为画册写点文字。问及朱师，严会长言，种兰之人，无不识君，养兰识兰，终有心得，所写之书，已成宝典，只惜走得早了，晚年并不惬意……

兰书两册，朱师心血，严伟所赠。抚书思师，音容笑貌，犹在眼前。记得十五年前，余出小书一册，郑重签名赠师，后忽于旧书摊上撞见，买下。转交未达？搬家遗失？不屑一顾？无意丢弃？不得而知。现在想来，拙作真是难以见师，惭愧，羞愧！

孔子曰："夫兰当为王者香。"养兰之人，闻香识兰，种草为花。余喜花香，也爱兰叶，花香几日，叶茂经年。

朱和兴师，著小说，未名。写剧本，未名。做教师，未名。养兰花，有名。撰宝鉴，传名。朱师，花蕊耶？叶片耶？

行笔至此，案头春兰幽香飘逸，沁人肺腑，阵阵袭人。莫非朱师使然？

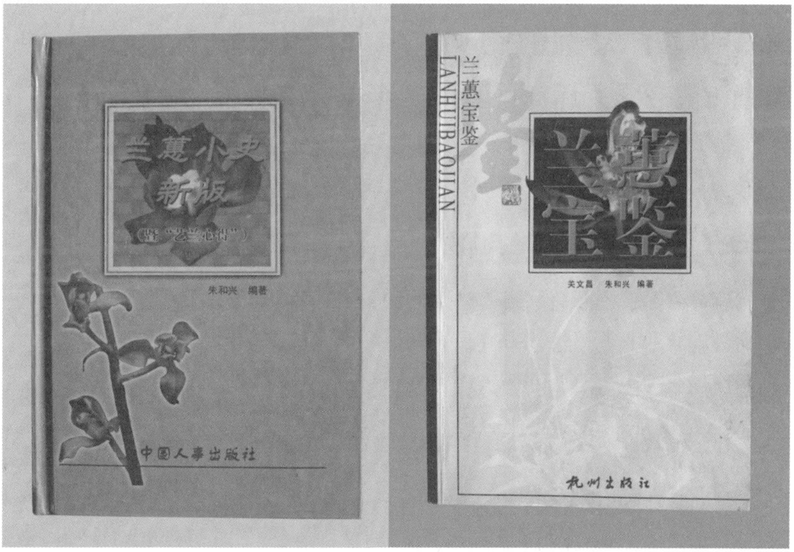

澳门粉彩

澳门粉彩？有冇搞错？此地乃博彩天堂，何来粉彩？

去大三巴牌坊，窄街曲巷，商铺鳞次，礼品手信，肉铺糕饼，攘来熙往，叫卖不绝，各色人等，川流不息。

牌坊在望，曲巷欲穷，陡见一间小铺静立，木楣镶边，雕板两分，“坚城家私”，中英对照，此店莫非即为珠海友人推荐？

店外热闹，店内冷清，有貌似外籍女子笑而不语。砂壶奁盒、菩萨财神、香炉执瓶、挂件手把……琳琅满目，杂件杂陈。抬头见楼梯口有彩瓷层叠，一老者从阁楼迎下。我问能否上楼看看，他笑答可以可以。开灯。

站在屋中，惊呆。累柜盈橱，满桌满凳，都是没见过的彩瓷，都是没见过的款式，都是没见过的图案。五颜六色，五彩斑斓，与传说粉彩相似，与西洋瓷器有别。绘中国传统图案，呈西洋器皿样式。浑如高鼻凹眼的洋人穿了一身长袍马褂，或小辫拖颈的清客着一套燕尾西装。“这是……粉彩？”老者言：“澳门粉彩！”

粉彩创烧于清宫，瓷胎釉上粉底，点染套色，工笔写意，人物山水，花卉鸟虫，打图拍图，填色洗染，升图做图，八种画笔，六样技法，描绘烧制。萌于康熙，成于雍正，盛于乾隆，秀丽雅致，粉润柔和。

澳门何来粉彩？

我一脸困惑，老者解惑：“二十世纪七十年代，国外客商拿清中粉彩样品来澳，要求仿制，是时出口产品。澳门有十几家瓷厂加工，颜料由英德日中购买，描金用金粉。我父经营坚城瓷业公司，乃十几家瓷厂中最佳。店里所呈，乃当年生产样品，余货最多七八件，少则二三件，卖一件少一件，最多仅留一件。我原做家私，仿制旧家具，父亲所遗，堆积无用，开店经营，粉彩家私，以图营生。”我云：“传儿如何？”他言：“一儿工程师，一儿银行生，对此毫无兴趣！卖！”

我从架上选一对美人梅瓶，双耳双环，纤筒细身，价廉物美。老汉边包边言：“澳门粉彩已有四五十年历史，你这年龄呒知格。从你买的东西可知你喜欢艺术，喜欢音乐吧？”知我喜木雕，他言：“你明天下午来，我带你去看我藏的精品。”

他递过名片一张，大名邝国权。

天渐暗，店收门。那位女子果然菲籍，不会国语，只讲英文，难怪笑而待客。“明天见！”邝老板言。

越日，中午即赴约。邝生言：“店堂人手少，要下午有空陪你去看藏品。”他打开三楼库房，有木箱、格窗、兀机、条凳等。“这是山西货，这是东阳货，这是我工厂以前仿制的，款式有的我自己设计。”他告诉我，那边库房尚有整套花轿和嫁箱，浙江精品，下次来一定要去看看。

再见粉彩，挪步不开。我言：“想再挑一两件不可多得的精品，请你选！”他考虑一下，取过一莲花金边圆盘，又从橱中取出另一只，说仅此两件，绝对好东西，自己也不留了。又取过一小胭脂盒，景德镇坯。“没有话讲咯！”他取过一将军罐，叫我拍下底圈，说下次来把这两件带回去，正宗景德镇的手拉坯！

我想多了解一点澳门粉彩。邝生介绍，这批粉彩都是四五十年前生产，当时已启用电炉烧制，其工艺特色主要是港澳地区的画工，凸花，立体感强，加上颜料多为进口，色彩鲜艳。当年主要出口美国，占60%左右，其他销往英国、德国、澳洲等地。澳门现存货不多了，主要是原来的样板，小件会多些。他现在买卖不错，一天能卖四五千元货，好多都是大陆客，有的通过买东西成了朋友。曾有人想一下买空他的存货，没答应。“卖完了我卖什么？”他已把粉彩买卖当作生活的一部分。

我们留了电话及微信。下楼，邝生关照慢点，话音未落，我滑了一下，手扶柜子，瓶瓶罐罐摇摇晃晃，一身冷汗！“人没事吧？那好！这些东西在我这儿就是垃圾！”邝生的话，暖人心脾。

过关搭机，小车大车，我的澳门粉彩终于放到客厅的柜里。拍照发邝生，他回微信：“邓生，真的很配对，莲花摆在你家，马上升格。双耳花瓶也找到了真正主子，同样升级了。邓生同我对艺术都是有感觉的，应该也看见，配对了吗？”“要知道，有很多事物可遇不可求，放在眼前，未必会买，不是平或贵的问题，是感觉、机缘。邓生搬得辛苦，都值得！”

收藏，乐趣也。收藏，有时和价格价值无关。收藏一段时光、一个故事、一次邂逅、一种缘分、一份回忆，值得。如收藏的不仅是物件，而且是朋友，超值。

竹刻

清人金元钰在《竹人录》中言："昔人一艺之工，名垂不朽、载在史传者，莫可殚述。吾疁自前明正、嘉时朱松邻模宋元人小景，创始刻竹，嗣后专门名家，或行草楷隶，或人物山水，并称绝技。尝论刻竹虽小道，其人非具郑虔三绝，灵襟洒脱，居处出尘，不能下一笔。世人比之子刚治玉、抱云治铜，犹未识诸君子之用心矣。"

褚德彝在《竹人续录》中言："竹刻权舆于唐，盛于明代。金陵濮、李，嘉定朱、侯，各擅雕镌，咸称绝技。文房传习，浸成风尚。"

南浔金西厓于《刻竹小言》中记："竹刻传世之最早者，殆唐时赍往东瀛之尺八乎？其雕法用留青。留青者，留竹之表皮青筠为文，刓去青筠下露之竹肌为地，文上更加线划，呈人物花鸟诸象。"

金元钰言："雕竹有二派，一始于金陵濮仲谦，一始于吾邑朱松邻。"金西厓言："明代中叶以前，未闻有以刻竹名者。自正德嘉靖以还，乃有三朱及李濮。三朱嘉定人，李濮金陵人，所谓嘉定、金陵两派，以此分焉。"

留青竹刻，技艺始于张希黄，后以徐素白、白士风为两大流派，凭借竹青肌理，薄如蝉翼，刻出朦胧悠远、文雅闲致的韵味。

嘉定竹刻明代有朱三松，清代有周颢，雕刻手法以浅浮雕为主、兼施阴刻，立体感强，自古乃文人士大夫之珍藏。

竹刻之品，以笔筒、臂搁、扇骨、竹根、人物为主，乃宣纸之外文人施展本领的另一载体也。刻工当识字画，辨粗细，懂肌理，明阴阳，方可操刀，文人匠人，合二为一。匠气太重则缺文意，文气太重则少技艺，难矣！

徐文长刻《竹臂阁铭》曰："阁臂以书，停毫摹想，是故刻王氏父子于上。"亦是借二王父子之文气也。

褚德彝曾得濮仲谦一竹笔筒："入手色深莹洁，不知其为竹也。松节下有'仲谦制'三字，浑古朴雅，灭尽斧凿痕。练水竹人中惟朱松邻足与抗手，刻竹至此，叹观止矣。"

曾赴嘉定安亭的上海翥云艺术博物馆观宝，与馆长周嘉识，其藏以嘉定艺术品为主，多得之于拍卖会，只要是地方文人之书之画之刻之图，不惜重金购之。问："银两从何而来？购藏费钱，开馆耗钱。"答："以市政工程为生，政府招标会有侧重，言明用于博物馆之费。"妙哉！观其展览，有竹雕《山村归客图》《荷蟹香薰》《二乔读书图》《虬松杯》等，皆嘉定竹刻之精品，尚有嘉定历代名人之书画，妙哉！以工养馆，且办杂志《翥云》研究地方文化，妙哉！

昆山竹人倪小舟，有"友竹轩"，醉心于竹，常隐居竹林，寻竹问竹刻竹。其言余："最佳之雕即是天然之成，欹之歪之斜之，截其一节，即是佳作！天然去雕饰，人不语，竹自言也！"其赠《断竹》一册，皆奇竹造型，慧眼独具。

余亦爱竹。于店购竹联一副："宝异徒在叶石，至止皆为珠玉。"落款有一濮字。另有笔筒一个，松枝遒劲，水流湍急，有两高士与一僧一童道别，圆月高悬云上，老翁撑篙迎接，满工之雕，古意盎然。多年前请阳湖朱国兴定制留青臂搁一块，先刻一莺鸣翠柳，觉浅显，换一鹁鸪汀洲，专赴丁山定做一红木架，始得心安。

竹刻精品，留青也好，浮雕亦罢，时下贵过真金，哪敢珍若拱璧。隔着玻璃窗过过眼瘾，足矣。

韵之造像

沈君韵之，善钤刻也。

己亥岁尾，应邀观其小展。地方不大，作品不多，故谓小展，一如作者的低调。展陈取名“方寸之间”，由马士达先生题额在前，始知韵之先投常州胡一飞先生习书，又拜金陵马士达老师治印，常年耕耘于金田石垄，稼穑于方寸之间，知白守黑，走刀飞屑，乐于艺事，甘于寂寞。

小展不小，方寸之间，气象万千。没有前言，没有后记，几十幅印蜕拓款，诉说钤者心思，表述印人心迹。“我生无田食破砚”“清风问我几时闲”“隔江山寺闻钟”“月下东邻吹箫”……句美印佳，风承秦汉，格袭古玺，清丽典雅，阴阳交替，布局缜密，非一日之功也。

甚爱其佛造像小印，结趺团座，双手合十，玉立作揖，菩提问禅，释尊开示……精微细巧，神情毕现，疏密得当，传意传神。

求刻佛印一方，久未回音。催问，其答：“还没刻好。”逾月，发来印蜕一帧，立佛一尊，袈裟如翼，绾发高髻，双足立莲蒲，双手持宝莲，奇特之处，竟戴口罩，曰“口罩佛”。

佛戴口罩，古未有之。庚子之疫，蔓延全球，内居隔离，外出遮口。或为活命，或为避疫，或为时尚，或为时效。瘟疫新冠，无影无踪，夺命无数，害人不浅。以口罩挡之阻之，佛当理之助之。人即成佛，佛即是人，是为一理，非不敬也。

佛印料为老挝黄，形似竹节，甚喜。

近日，韵之又发图一帧，名曰“寒江佛”，刻佛一尊，双手合十，双足赤脚，双唇翘须，头戴斗笠，边款为“寒江孤影”。不知其从何而来，向何而去。刻者云：“寒江佛，口罩佛之徒弟也。”

不知何时拜的师？不知何时收的徒？参的什么禅？念的什么经？

吾佛慈悲，但愿早日脱去口罩，念佛诵经，普度众生。阿弥陀佛！

刻陶谋生

狄君卫平，甓桥人氏，体魁首硕，乡音浓重。

木匠出身，推刨锯凿，手艺糊口，技术工种。后赴润州谋生，水电暖气，门窗橱柜，样样要干。睡水泥管，躺水门汀，冷脸常看，热饭无饱，挣钱不多，吃苦不少。

亲戚帮忙，公家混饭，开发之区，与吾同事。孰料风云突变，头头易职，机构拆并，员工遣还，特区无区，铁碗碎碗，分崩离析，鸟飞兽散。

一晃数年。忽闻陶都有乡人，专事刻字，心生好奇。如面方知，乃狄君也。言及苦衷，只身东进，举目无亲，陶都陶艺，一窍不通，壶盘瓶瓯，一概不知。幸粗识书法，曾临帖磨墨，赖薄技在手，思以此谋生。根据行规，黄龙山下，拜师傅一，算得头绪。陶上刻字，泥上走笔，单刀双刀，深浅粗细，自琢自磨，自悟自通。

双桥乡村，尽头河浜，老杏一株，破屋一间。有窗无门，有床无凳，有锅无饭，有晨无昏。孤然一人，孑然一身，萤然一灯，茫然一生。

壶上新墨，竹刀刻划，二王章法，芥子画谱。昔日凿木，今日剔泥，异曲同工，人粗活细。块面结合，字画添趣，字以分计，画以角算。自号文心，沾点文气，不见文化，只闻铜臭。铜臭米香，只为糊口。偶尔造访，客来惶悚，让座凳少，让茶水凉。满屋漏风，鼠过矮梁，厕在床侧，味重掩鼻。笑指门前，田园风光，文心文心，有何斯文？

迁居朱渭，寄人檐下，夹弄披屋，下工上宿。胖子刻字，渐有名气，东家送壶，西边缴货。一笔一划，一丝不苟，字以壶传，誉以口播。书张满墙，壶累满框，一字一句，一箪一食。

一晃数年。卫平来访，言已购房，洋诸小区，一户三层。告别借居，总算有窝，虽有借贷，总算置业。鸟枪换炮，苦尽甘来，蜗居洋房，天壤之别。一笔一刀，一砖一瓦，一岁一日，一苦一甜。儿子毕业，唤去学徒，拜师做壶，锦绣前途。谆谆教诲，剜心剖肚：满村豪车，都因做壶！

置桌一张，闲暇乒乓，乒乒乓乓，友聚四方。清茶一杯，灯亮一盏，抽推搓拉，你来我往。茶不白吃，灯不白亮，球友来活，立马开张。

木匠卫平，刻陶有方。

忽有一日，正色相商：家乡甓桥，祖传阁帖，刻成陶板，自愿捐献，可否？余言：“何来资金？何来工夫？何方接受？何方安置？”无言。余言：“勿忘初心，保持文心，解决温饱，来日方长。”

刻陶大师，点头无语。

第三辑

呓·记

曼生公像

曼生公画像，有西泠印社之“二十八印人画像”，列第十七位，有“种榆道人三十九岁小象，嘉庆丙寅七月古庢华冠写，越百十年西泠印社吴隐重摹”之记，坐姿，分须，凤眼，清秀儒雅。

余仰曼生久矣。托孙建平请常州左树成先生画曼生像，以叶恭绰造像为蓝本，立姿，一手托石瓢，一手垂下，长袍，翘须，光头，皂靴，几分神似。前请本地画家临摹，不逮也。左先生在故宫博物院工作过，有传统功底。

取画年余，赴丁山长乐弘请秀棠大师题“曼生公像”，又请汪寅仙大师出面，让紫砂界诸位大师签名留念，实知这是难为她老人家矣。适逢宜兴市府召开庆祝新中国成立六十周年筹备大会，大师难得一聚，亦难得聚齐，汪大师拿出画像，请“大咖”“大神”们动笔，言明为日后建“曼生纪念馆”之用，得到积极响应。此乃曼生公显灵，诸大师诚心，非余之功劳也！曼公于紫砂界之影响，可见一斑。

画像签名者，由右至左为：徐汉棠、谭泉海、顾绍培、李昌鸿、鲍志强、储立之、何道洪、邱玉林、周桂珍、汪寅仙、吕尧臣、吴鸣、沈遽华、曹婉芬、谢曼伦、毛国强、徐达明、李守才、鲍仲梅。

一日，汪大师来电，言北京某刊要用此画像，可否？我言，此画非您莫成，您作主。

后来，湘潭萧建民出《陈曼生研究》，首页亦用此图。

后来，深圳陈圣泓在宜兴博物馆办曼生书画展，进门即见此图。

不曾想，此图成标准像乎？

睹画思人，汪寅仙大师已驾鹤西去，谭泉海、徐达明大师亦离人间，画者左树成先生前几年也英年早逝。不知他们在另一个世界，有没有见到曼生公？

连理桑

春雨桥（东风桥）堍有同乐巷，原通长富亭巷及谢婆园。巷废园拆，新楼耸然，仅剩一声叹息。一日，忽见旧巷尽头有大树一株，识者言桑也！大惊，桑有此桑乎？枝躯硕壮，荫叶蔽空，茎蔓遒劲，生机盎然。残墙阻隔，不见根须，只是在夹弄狭仄间蓬蓬勃勃，绿色通透。像极历经劫难的前朝遗老，活着便是奇迹。

识者又言，此桑乃百年老桑。

嘉庆间曼生署理溧阳，官廨有连理桑一株，遂名其斋为“桑连理馆”。史炳云：“溧阳县署之西有桑二本，樛枝上交，殆数年旧物，世莫之纪。嘉庆辛未明府钱塘陈曼生先生始命其斋曰‘桑连理馆’。吴江郭祥伯来游寓焉，于是幕中知名孙蔚堂、江听香、裘苿雪、周松泉、张晴崖、高西泉诸君相与哦诗绘图，以纪其事。”

于今连理桑不见踪影，《桑连理馆图》亦不知所终。偶现周士乾（松泉）《桑连理馆图》册，乃赠曼生之作，有郭麐、史炳等人题诗跋。图中始见桑高几丈，中有连枝，一头县衙，一头县丞，枝若虬龙，叶披纷杂。桑下有雅士数位，或立或坐，或谈或呆。此应为旧物写照也。册页藏钱塘，展示匆匆，仅见友人发来照片。

嘉庆溧阳志载，衙内有若本亭，亭前有百年高桑，当年古桑犹挺立。县署内老桑耸然，不止连理桑，何故？溧阳乃丝绸之乡也，故多桑。

曼生为乾隆县令吴学濂祠作记：“溧阳近邻吴兴，其土宜桑，旧惟姜笪、新昌两村能务桑业。乾隆二年高安吴公来知邑事，教民以筑桑饲蚕之法，由是蚕桑之利徧一邑。”“事兴于一时，泽被于百世。当时弗觉，后人蒙其惠辄忆之而称道之，盖感于人心之自然，愈久不忘也！”

志记，若本亭在县署东，而同乐巷亦为旧署东，不知此桑为彼桑乎？亦不知是否同庚或同根？令人浮想联翩。

曼生与连理桑有缘，其雅好德行，使桑流芳。今睹古桑，如睹曼公及同好种种，噫嘻！

龙门“熹平石经”初拓

龙门博物馆，地处石窟之前，洛河之侧，风水宝地也。王迪兄历时十年，一砖一瓦，费心建成，藏品过百万，富可敌省。其设计之巧，布局之妙，获“鲁班”大奖。

王迪，济中之友也。济中，吾之友也。王迪，吾之友也。其擅书画，大写意淋漓酣畅，开张洒脱。曾赠余墨荷鸳鸯，芰荷看似杂乱无章，纵横交错，却是墨气满纸，水气充溢，于密叶间有一对鸳鸯，交头接耳，卿卿我我，一动一静，粗中有细。其往往酒后动笔，取大纸，横走竖写，挥洒自如，一纸既成，又取一纸，拦不住也。性情中人也。

馆藏一宝，乃“熹平石经”原石，置展览之首，体量之大，存字之晰，少见。

一日，路经古雒，与王迪聚。余斗胆言：“河南才子蔡邕，流亡吴地，隐居溧阳，斫焦尾琴，筑读书台，风流千古。惜时过境迁，没留下一丝余绪。今见贵馆有石经原石，可宝可贵，是否能拓纸一张，存之吾邑，亦为蔡中郎之物也！以解相思之念。”王迪一听，爽快答应，让馆人开柜取石，原物拓印。

拓纸既成，有两张，一张存博物馆，一纸馈余。余纸有题：“此初拓也。王迪题之。天地人伦，堂室之致。龙门博物馆王迪。”常济中题曰：“华夏文明代代传薪，尺璧非宝寸字为珍。此石乃汉代熹平石经，系洛阳龙门博物馆王迪先生所藏，弥足珍贵也！因与溧阳文士邓超先生一见如故，遂慨然相赠，以文结两地之深谊耳！岁在丁酉初春于古雒，快然一记。济中。”

蔡邕亡吴，一十二年，栖溧阳高邃山下黄山湖畔，留下书风琴韵，留下千古佳话。君昔于古雒刻熹平石经，观者堵道，乃书法之祖也。石经后碎为无数，曾于上海、台北见小件，各地都有藏。王迪藏石，据言为序，字大清晰，镇馆之宝。

洛阳溧阳，一纸相牵。

是为记。

漓江夜箫

雨霏女史，擅箫善琴，邕江才女。相识于蜀道，一晃十余载。相别于淹城，一念又几载。

丁酉夏日，女史约游邕桂，闲居漓江，竹筏漂流，卧滩嬉水，携琴带箫，不醉不归。闻言窃喜。桂林山水，甲于天下；阳朔山水，甲于桂林；兴坪山水，甲于阳朔。由邕至桂，召车直奔兴坪。

望山栖居，民宿佳处，开门见山，名曰元宝，乃廿元人民币之背景也。登楼立台，秀峰可点，田畦数步，刺竹成荫，江流山下，山立水岸。

天不遂愿，夏雨暴虐，漓水大涨，混沌奔下。无秀山映丽水，无竹筏泊静江，无浅滩信步行，无清流可濯足。漓江也？黄河耶？

入夜，与雨霏、妹匀江边觅筏，喜见一码头处有筏停泊，绳系石驳，锚钩石缝，有凳置座，有篷遮雨，天助吾也！两人赴舍取器，余独坐筏上。

筏非竹绑，乃塑料柱筒捆扎，后有机器助力，现代之筏也。洪水泛滥，筏子停运，难得一份悠闲。江流湍急，哗哗作响，似有万鱼奔涌，似有水怪嬉流。筏动人晃，夜静水急，汗毛竖立，心旌摇曳。万一绳断筏走，将于何处登岸？

临流独坐，片刻两女至，雨霏带袋，解开乐器纷列，箫埙陶笛，均国乐妙具。埙声乌咽，陶笛悠远，洞箫幽雅，竹笛明亮。

蓦然埙起，似远古足音，踏步江上，时续时断，时绕时去。忽地笛来，飘飘忽忽，如丝如缕，空空蒙蒙，虚虚实实。又有箫至，如歌如吟，如泣如诉，如梦如幻，如山如水。

江平岸阔，江水湍急，江波奔岸，江山如烟。乐随水起，音随烟升，水雾弥漫，万影明灭。水汽腾雾，霭飘如带，忽伏江面，忽缠山腰，烟雾漓江，胜过仙境。

雨过云漫，半月悬天，刺竹探江，暗荫斜水。云去云来，山隐山现。雾重雾淡，景朦景晰，雾似幕帐，山似仙簪，雾重别去，雾淡相聚，幕阖幕闭，神仙府第，风吹风歇，竹摇竹立。月隐竹梢，簇影碎银。

秋江夜泊，江上清幽，故乡风景，春花秋月……乐曲悠悠，箫声幽幽，众籁俱作，野虫啜鸣，合奏合韵。一半青山一半雾，一江夏水一江箫，一天冷月一天云，一筏痴呆一筏曲。

听箫，乐事也。江上听箫，雅事也。漓江夜箫，奇事也。洪波之时筏上听箫，一生难得之事也！

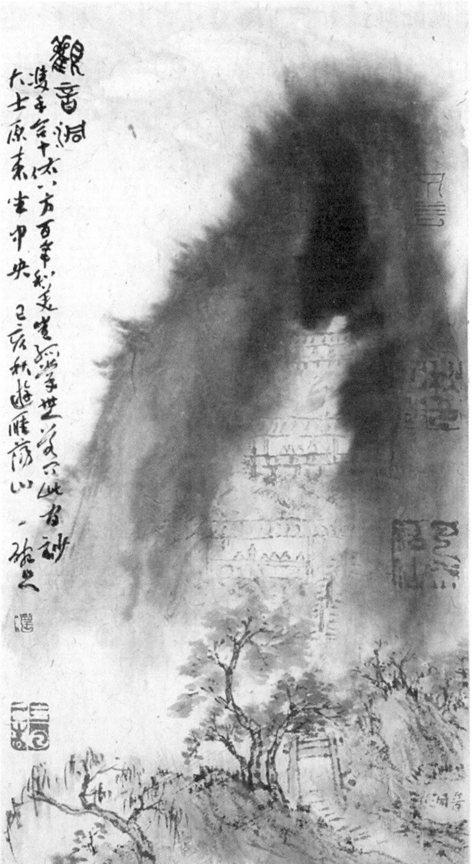

沧屿夏林

《晚明二十家小品》收汤宾尹文十一篇，两篇言及溧阳园林。

汤宾尹，字嘉宾，安徽宣城人，万历乙未进士，官南京国子监祭酒。

《沧屿记》先言：“富贵为忙，山林为闲。名争朝，利争市，天下之忙人也，即有忙地，焉以苦之？知乐水，仁乐山，天下之闲人也，即有闲地，焉以甘之？”人生在世，各有各忙，或为名利，或为山水，汤公因何来溧？不得而知。“前年行濑水，循郭阤关。蹑履市上，觉有异，已得所颜‘沧屿’者于楣间。诘之，则史园也。”“自我来斯，春胸属想，未能以一语相酬。越许时，沧屿主人史修之诏予记之。”汤宾尹与沧屿，不期而遇，主人约文，自以记之。“史为江左冠族，富贵丰久，自知山先生以来，代长斯园，四传而至修之。氏缉故理新，耳目之观，弥壮高鸿。显盛之家，而世袭园林泉石之致，亦可谓破忙以即闲，善脱世坌，而食有甘境者也。”世袭园林，忙中处闲，闹中取静，不亦乐乎？“使沧屿主人毕身齿束约于京辇冠盖之场，亦安能日涉以成趣？天下名山胜水，快心有韵之境，终属之闲旷之人，临川之言不淫也。”

汤宾尹借沧屿之记，叙忙闲之趣，言甘苦之味，讲朝野之别，云山水之胜，忘市廛之尘。

《彭光禄夏林园卷跋》：“夏林竹树蓊葱，搀天蔽日，即绕树之藤，争雄乔木，非数百年物不能。予一游未餍，归自善权，假宿信信。主人可七十，长矣，矫健俊异，如臂鹰少年。因悟夫老幼盛衰，争相消息于天壤间，惟得道者操其常胜，可以不朽。因人果能寄心区外，游思尘表，久暂主客俱可相忘，亦足消人间较量竞忌之俗心矣。”

汤宾尹文应为画跋，彭光禄是否为彭谦？彭谦，嘉靖二十三年（1544）进士，官工部观政，家资豪富，为乡里冠，筑春草池、白云溪诸名胜，名闻江左。《夏林园图》卷早已失传，不知几帧，不知几景，不知几跋，不知几岁。

溧阳状元马世俊曾言：“余邑园林之胜，在郊外则彭氏夏林为最，城中则史氏沧屿为最。夏林古木虬藤，多苍凉之概；沧屿因砚渎旧址，而成东野诗石在其内，尤称平陵古迹焉。”

白云苍狗，沧海桑田。沧屿何在？夏林安存？狄曼农言光绪间已是荒烟蔓草，农耕樵伐，一代名园，灰飞烟灭。

汤公或曰：嗟哉，吾文存焉。

查嘉庆县志，汤文果存。

狄平子轶闻

南通状元张謇曾为《中国名画集》一书作序言："平等阁主人搜集古今名画，用玻璃板印，数月以来续成四集。其意将以美术为实业教育之新鲜空气，用意良远。"

天津人民美术出版社在重印《中国名画》出版说明中言："有正书局，是由民国年间著名新闻出版家、古书画收藏家狄平子于一九〇四年在上海创办。他不惜重金从日本请来两位技师，尝试用珂罗版技术印制中国古代画作。"

狄平子与书画，可谓缘分深矣。

打开《中国名画》，第二幅就是王蒙的《青卞隐居图》（《青卞图》）。关于此图，狄平子在其《平等阁笔记》中有记："先君子生平最宝爱之画有二，一为王叔明《青卞隐居图》立轴，有董香光书'天下第一王叔明画'八大字横列于上方，在华亭当日，已推重如此，诚山樵生平最得意之笔也。一为宋人画《五老图册》，自宋元以来，名人多有题志于后。此二者，先君子皆不肯轻易示人。"后来，《五老图册》为人豪夺，《青卞图》一直庋藏。他评曰："《青卞图》画树用浓墨，画山用枯笔，笔墨极显露，而雄浑灵奇，却无丝毫笔墨之迹，诚画苑上上神品矣。"

关于《青卞图》，陈定山之《春申旧闻》中有《狄平子青卞隐居》记曰："初，张宗昌之南下也，知狄氏拥有天下第一名画，欲攫之以献少帅。平子畏其威，以赝鼎献。汉卿不知也。张宴沈阳，以庆得宝，并赠平子万金，天下皆知宝玉大弓乃在杨虎矣。九一八事变，汉卿失地，犹挟赝鼎以为重器。会日本天皇加冕，中国收藏家多有出其精品，赴日参加盛会者，日本择其尤精者印为《唐宋元明画大观》四巨册（今坊间所有乃缩本两小册），平子之《青卞隐居图》赫然在其中。汉卿见而大惑，以询沈能毅，时能毅方为少卿幕客，具言其隐。汉卿大怒，欲亲南下与平子辩理，会西安事变，汉卿获罪，失去自由，事亦随寝。

敌伪时，平子佯得心疾，居愚园路私宅中，其所学佛为密宗，终日裸裎，持一芭蕉大扇，见客，则掩其私。褚民谊强请见之，平子匿佛堂中不出。民谊搴帷入，则平子方据一婢参禅，民谊大恧愧而出。既而忽悟曰：'此子佯狂，特侮我耳。'乃札云：'明午携客来，必出《青卞隐居图》乃可。否则将得奇祸！'明日，民谊果携重光葵、青木正，乃敌将多人，武装而往。至则狄平子已于壁上普悬古今名画，重叠几逾百幅，中悬黄鹤亦十余事。已则汗马甲，犊鼻裈，持大扇迎于阶下如仪。中堂列长案，陈酒事，有日本艺妓七八人，方持朱漆案，跪而仰接。日本人好酒，见妓大乐，不复问画。连拍平子肩曰：'面白，一阶。'意谓第一好人也。饮醉作鸟兽散，民谊亦无如何也。"

在《百年艺术本事》中，万君超又有文："吴湖帆非常想藏《青卞隐居图》，不仅因为它是一幅名作，这其中还有一段掌故。""当吴湖帆在知道了狄氏家人欲出售《青卞隐居图》的消息之后，因当时升值二十万，可能他一时没有如此多的资金，就立即与朱朴商量两人'合资'购买此图。朱氏欣然答应，并全权委托吴湖帆具体操作此事。但在数天后，吴湖帆却对朱说：'叶恭绰特请我去商谈关于《青卞隐居图》之事。因叶先生自己也想购买此图，并且已经与狄氏家人谈得差不多了。如果另有人再加入竞争，恐怕狄家人会奇货可居。所以希望我们能够退出。我们不宜与叶老竞争此事，不如就此罢手，以免引起误会。'吴湖帆最后还问朱氏是否同意，朱氏也只能一笑允之。不料一个月后，吴湖帆忽然忿忿地告诉朱氏，此图已被上海房地产大亨、租界闻人魏廷荣购去，并大怨叶恭绰误了他们的'好梦'。据陈定山《春申旧闻》一书所记，叶恭绰仅售出一幅《青卞隐居图》就已得画款二十万，就将之交于狄家人。又将其他作品再以二十万卖给魏廷荣，等于净赚了二十万，另外还'自留'了一幅吴镇的《墨竹图卷》。"

《青卞隐居图》几经周折，最终收藏于上海博物馆，也算最好的归宿。

中国之顶级名画，黄公望《富春山居图》为宜兴吴氏收藏，王蒙《青卞隐居图》为溧阳狄氏拥有，江南文化渊源，可谓深矣！

后有人言，南浔实业家庞莱臣"一锅端掉"狄平子的收藏，"狄平子缺钱之际，正是庞莱臣事业如日中天之时，于是庞莱臣便斥巨资将狄平子收藏的书画一口吃了下去。"此言缺乏依据。

狄平子的书法清逸儒雅，颇负时誉，有正书局的书籍刊物，封面题字大多出自他的手笔。时下拍卖会常有其对联、扇面出现，亦为一热。记得十几年前乡人黄玉希，于金陵经营字画，经常周旋于拍卖，他曾电告我，有狄平子之信札，价格才几千，狄氏有人要否？我无语。

近见狄氏后人藏狄平子书画，有“洞门静掩梨花月，古寺深藏松叶云”“此叶无穷白饭青蔬苦茗，我闻如是松风鸟语泉声”等联，有八开《枯木幽篁图》等精品册页一本，均为拍卖会竞拍所得，累计二十几种，亦是乡贤前辈的怀念。

藏家刁品华有黑白围棋两罐，据说乃狄平子遗物，罐为楠木，有裂，子为“云子”，乃古法用玛瑙、琥珀为材烧制而成，配方失传，此棋断代至明。刁君得之于古玩商，原在胥渚村，上门收购未得，后为商估所得。卖主尚有金丝楠棋桌云云。

据胥渚村人言，狄平子去日本前，将自己一些物品托近亲保管，后一直未返乡来取。族亲老的过世，小的羊肉当狗肉出售。

狄平子有子狄景明，“文革”受冲击去世，其媳乃英籍人士，偕儿赴美定居。2019年10月26日，狄景明之媳石小蘗和其兄石小伟，经上海返胥渚寻根问祖，受到乡亲接待。

据狄勤培老人回忆，胥渚村上原有葆贤小学，乃狄平子出钱建校。民国溧阳旱灾，狄平子、史量才、姜丹书在沪上发起募捐，有碑为证。桑梓之情，垂于青史。

御联奇事

老周，本邑歌岐人氏，资深建安从业者，现侨居加拿大。

三年困难时期，为谋生，其远奔吉林，揽活苟活，亦避“反革命分子之子”之嫌。

一日，他路过梅河口镇，见火车站前行人稀少，站台上躺一老汉，有气无力，半死不活，眼开眼闭，似动非动。老者身无余物，面前摊书联一副，不知作甚。老周心生好奇，凑前观看，见对联上有“龙飞凤舞”等字，也不解其意，那“舞”字一竖很是耐看，虽不懂书法，却颇有眼缘，直觉字写得好，竟喜欢上了。他开口询价，老者答15元。问：为何卖联？答：换钱买米，煮饭活命。老周动恻隐之心，买联救人，权当行善。一摸口袋，仅有10元，向同行者借，同行者名耀伢，言：走吧！你又不懂，买它做啥？又不能当饭吃！老周言：你先借我5元，定还！

对联买回，老周随手一扔，当它白纸两张。一日在家无聊，见联纸上有盖图章，于是取过自己领工资的名章盖上，觉着好玩。

老周返乡，结婚于茶亭下坊，乃岳丈岳母家。草屋茅檐，新房用芦箔隔墙，透光漏风，他取出对联挂上，遮羞避人，也算派上用场。

“文革”风炽，抄家盛行。一日“红卫兵”破门而入，爬上阁楼，将三件“四旧”搜去，其中有那联。老周敢怒不敢言，“反革命之子”，苟全性命乃万幸，在乎一物一联乎？何况是遮光挡风之物。

移居加拿大，一日应朋友之邀去玩，友人忙于做饭，拿出一本拍卖图册扔给老周看图消闲解闷。老周无意翻到一联甚是眼熟，细一打量，正是他被抄那联，下注“康熙御笔”，标价好几百万！焉知此联是彼联耶？老周的名章赫然盖在其上！

老周言，此时才明白，那梅河口是满族老家，清朝遗老遗少甚多，皇亲国戚不少。那天趴在地上的老头，肯定与宫里沾亲带故，不到生死关头，谁会卖祖传之宝呢？

康熙御笔对联，怎样会流到国外，又上了拍卖会？老周笑言：这恐怕永远是个谜了！

“大咖”驾到

某日，接一位呼我“师爷”的美女电话，言其服务的某大牌房地产公司请到京城某史学“大咖”来到小城，有无兴趣小范围座谈，随后侍宴听讲？我答当然。

常听某大咖在电视上的“说史”，其特别的神态、特别的记性令人惊诧。一晃多年过去了，能面聆“大咖”指教，抑或能批点“干货”，幸甚。因为他讲的题目是“地方世家”，暗生钦佩：江南这么个弹丸之地，他对地方、对史料都有研究，了不起！

约了两位爱好文史的领导一同前往。在宾馆会议厅坐下，“大咖”不见踪影，言游湖去了。十来位文友呆坐静候，门口有“与大咖面对面”的招牌，眼下是自己人面对面，主办方也不见人露面。近一小时后，“大咖”笑容满面出现，一头白发，一身中装，坐下后仍不见主办方出现，气氛尴尬，相互有一搭没一搭地闲聊。我问接待小姐，她说公司方主持人突然怯场，不来了，你们自己聊吧。

不一会，饭点了，陪吃。也没人安排座次，随便坐吧！坐了近半个小时，主办方仍不见人影。催促之下，进来一群统一着装的年轻人，主持小姐突然上来，脸露难色地对我耳语：主桌人太多了，能否分坐？几位文友马上坐旁桌。小姐脸色仍是有难色，原来是两位地方领导坐在主宾席上了，要让位给公司的某总监、某经理、某某销售经理……几个乳臭未干的男女！论年龄、论资格、论才华，他们也应该尊重“老年人”不是？没有半点谦虚和客气。公司方围住“大咖”排座，地方领导顺延下席。我老汉那个火腾地直蹿！真想一拍桌子——走！转念一想：年纪大了，能忍则忍吧！

下午“大咖”讲座，两位文友领导缺席。本来房产公司出面请他们，他们拒绝了，只是我多嘴，说“大咖”驾到可交流一下，两位才来的，他们说下午各有公务。

宾馆的大厅装饰豪华，“贵”公司可真舍得花钱！暖场有旗袍秀、模特秀，歌舞升平，房客满座。我们算是“贵宾”，进场坐前排软沙发，屁股未热，有工作人员上来叫我们移位，前排又要让给某总监、某经理、某销售经理……

“大咖”终于上场，讲了几句“世家”，话锋一转，讲地方世家，我们屏息静听之时，几乎昏倒：他把刚才我们闲聊时，我讲的杨家、史建明老师讲的史家，搬上台讲了起来，敢情我们没从他那里批到“干货”，他倒从我们这里批到了“真货”！

“大咖”讲话没十分钟，突然有一戴眼镜小姑娘跑到台前蹲下，冲他拼命晃起手中的A4纸来，那纸上写的什么没看见，应该是“下台”两字，或“结束”“时间到”之类吧！偏偏“大咖”高度近视，加上舞台灯晃眼，他看不见！好在他经验丰富，大概知道时间，又扯了几分钟，下台。

下台，“大咖”也没喘息的机会，主办方的一摞书又捧到他面前，签吧！又有签名的，合影的……

舞台走秀继续，房产商开始推销楼盘。

我蓦地觉着，今天自己是一只猴，人家一敲锣，就充当了马戏中的角色！那“大咖”也是猴，被人牵着鼻子当众表演。区别在于：此猴管顿饭，彼猴拿出场费！

有人问，“大咖”出场费是多少？没人知道。只知道他的年龄比我还小5岁（没想到），已是满头银发。

今日这场猴戏，被耍的还有房客。一生的辛苦钱，还求着房产商买房？为什么？有房不卖，囤积，说全售完了，交中介公司去卖，人为紧张，美其名曰：营销策略。

谁是真正的“大咖”？

百家讲坛

百家讲坛，央视名牌栏目。

易中天凭此如日中天，于丹借此一炮打响，还有此前的老纪、老阎……一个栏目造就一批“明星”，牛！

明代盛行坛站，文人雅士结社集聚，诗文往来，高谈阔论，是为雅事。春秋时有百家争鸣，各抒已见，是为政声。讲坛，乃专家教授释疑解惑之地，高也，尊也。

忽一日，闻百家讲坛走进溧阳，鉴古说今，拍摄五集，配以外景。先是协商内容，余忝列在位。后嘱咐参拍，余战战兢兢。吾等何德何能？几斤几两，自己没数？于是推辞再三，一是才疏底薄，容易露馅；二是口笨嘴拙，容易露怯；三是记性不好，容易露丑。非是矫情，个人事小，公家事大，开不得玩笑，玩不得虚伪。

推辞不过，力荐王小锡、彭玉平两君，名牌大学教授，声名在外，才高八斗。节目组笑纳，余一身轻松也。然，仍逃不脱干系，要余讲“忠勇”说今部分，另“淳化阁帖”部分，加民间文艺部分。宣传部领导叮嘱再三，个人得失小，地方宣传大，她站得高看得远，老汉不从命，似有对不起家乡父老之嫌。

讲坛之说，先得撰稿。余亦不羁，先青甘环线，后稻香亚丁，美女导演一再催促，言我为云游四方之人！我自知心浮气躁，实难践约。燕山试镜，原以为可逃脱拍摄，孰料改“说今”为“鉴古”，更为繁重，时长为四十至五十分钟，稿先行，审核通过开讲。“压力山大”，寝食难安，心事重重，勉为其难。上马始知路远，扬鞭方悟道艰，这“百家明星”原来不易当也！

“说今”稿成，又撰“鉴古”。一稿三改，勉且凑数。王导嘱开讲要背，脱稿为佳。噫吁！上过央视多次，何曾遭此重压？于是心生去意，另择高明，人老珠黄，当明星与否无所谓也。王导见状，言“可把你捧为‘网红’”，自知即使红了，也是烹虾煮蟹，樱熟柿烂。于是，找主管领导，言明退意。领导言，算是看私交份上，帮帮忙？哎，谁让她是吾儿的初中老师呢？

背稿。赴新疆航班，默记心忆。于太湖之滨，喃喃自语。在门前场院，絮絮叨叨。困陋室书桌，口念笔记。背，始知年纪不饶人；记，方懂岁月放过谁？

“阁帖”拍摄一天，走位讲述，城里乡下，别桥现场，远镜近景，“飞机大炮”，重复再三。傍晚到家，方便面两包慰饥肠。王导来急讯：几位老师都试拍过几次，你何时空？

试拍之时，对摄像机随意讲。王导评判：看稿太多，晃动太多，手势太多。邓三多也。

余发牢骚：忧郁症将现也！

融媒体中心演播厅试录，马马虎虎。

三日下午一时，实录。先有三位化妆师拥上，画眉扑粉，钳发喷胶，又将苏州带来的衬衫及中式外套换上，揽镜一照，大吃一惊，旧貌新颜也！仿佛有易容术，老脸实足年轻几载，始知化腐朽为神奇之技不虚。

实录，有南航学生作观众，为掩心中之虚，强作镇静暖场言：溧阳因有南航而庆幸，你们既然来到此地，了解一下地方文化历史，未尝不可。只是有劳各位！作揖！

灯光刺目，数机开拍，心中发毛，好在死记硬背，尚不磕巴。忽脑子空白，急呼：拿稿子来！凡有数次！录完场记言，古文部分要重录，可照大屏念，遵命！幸为录播也。

录完，党姓场记言，不错，胜过65%的上讲坛者，尚属首次，多讲则更佳。吾思：一次够了。

领导现场言：你太严肃！殊不知余紧张也。

鸣金收兵，完工走人，忽觉一身轻松，如释重负。几月重压，始得放下。至于效果如何？老脸美乎？有否遗漏？能否播出？一概不问！

术有所工，业有所专，百业百行，食饭不易。

记之。

妻管严

陈巨来在《安持人物琐记》中回忆，张大千曾对他言，要溥心畬的画，得当心其如夫人。溥高兴时挥写书画赠友，如夫人在屏后窃听，若见友人携画而去，她辄后门追出问之："先生，你手中二爷的画，付过润资了吧？"答是送的呀，即向索回，曰："那不兴，拿润资来取画。"后陈与溥交往久了，发现其如夫人并不吝啬刻薄。

书画之作，辛苦劳作，貌似一挥而就，功费几十年心血。笔一支，墨一钵，纸一张，不值几钿，一经创作，身价飙升，价值连城，岂能轻易送人？白石老人自订润格，明处标价，以堵索画之口。黄永玉不允还价，如有违者，放狗咬之。清同光间溧阳画家唐墨斋，画猴一元一只，几元几猴，若付半元，则猴于树石间露半脸半身。

吾师朱和兴，光华教语文。"文革"中曾与某同学同关牛棚，朱刻苦著书，某有心练字。日后，光华图书馆落成，需题字，朱自告奋勇，言某已是如雷贯耳之书法大师，其求必应，患难之交嘛！学校备新茶两斤，作为求字之礼。登门言欢，说明来意，某果然应允提笔，忽然风云突变，原来夫人脸色阴云密布，干咳不停，大师忙言："老同学，帮别人题字5万一个，帮你写打折，3万一个吧！"朱大骇，急呼："慢！不写了！写不起！"拎起茶叶，夺门而出，落荒而逃。

书画值钱，人皆知之，然字画背后，除了钱没别的了吗？

有一书家，写字后不盖章，言章挂在老太婆裤腰上，得她允许。戏言也？真言也？

有一画家，买画者上门，谈价论钱由太太出面。太太精明，手有法宝两样：小本一册和皮尺一条。购者报画名，则抽本翻阅，报出尺寸价格；购者买现画，则皮尺一拉，多少平多少钱，分毫不差。吾曾登门，老画家开心，乘太太不备之时，忽呼我进画室观创作，几百张一一打开，轻声曰："有喜欢的说！"我斗胆指指一小长条，他轻轻卷起，轻声曰："藏好！"我急忙藏入怀中。出得门来，客厅一坐，如贼在屋，如芒在背，如坐针毡。自此深知无钱不入画室之理，深知做雅贼也不容易之道。

画家之功，夫人一半。夫人管家，挡驾管画，掌印管钤，天经地义。如无人情世故，如认钱不认人，如只交孔方兄，如视丈夫为印钞机，这样的夫人，胜过黄先生圈养的狼狗，实属雌老虎也！

书画之妻管严，气管炎也。让人喘不过气来，病乎？

“汲古宝泉”题跋记

刘君某某，隔壁同学，三四两班，授课同师。

其嗜集泉，视钱如命，与孔方兄为伍，和细铜锢交好。薪金有限，钱币无数，见好货眼睛发直，拿极品手心出汗，常落得囊中羞涩，荷包瘪塌。积币成癖，如抽大麻，上瘾容易，戒之万难。日久天长，聚沙成塔，渐成小城泉界大咖。

刘君慕彭师建勋书法久矣，自己脸薄，欺我脸厚，央求书作一幅，减消家中铜臭。我虽与彭师有交，始终难以启齿，一拖再拖，敷衍搪塞。

丁酉初春，闻彭师在读书台写春联，约刘前往，乘机蹭字。见面言欢，开门见山，彭询欲书何联？孰料刘要写中堂，吓人一跳。彭又询书何字？刘言：“有钱人家！”吓人二跳。口出狂言，家有五铢几枚、通宝几个，敢称有钱？你的钱拿出来能买青菜萝卜乎？你的宝拿出来能换宝马奔驰乎？

彭沉吟良久，对我言：你帮他想想。我对刘言：你为作协老手，尚要我想乎？刘又作央求状。无奈，我思索片刻，言：汲古宝泉，如何？彭又言：再想一段跋，题上。刘喜形于色，又强加于我。我言：非曹植也！容老夫回家琢磨。

“汲古泉井，史侯祠旧物也，据传海瑞题字。汲古宝泉，刘君之雅室也，听闻家财万贯。集宝赏泉，抚钱玩币，通孔方之宝，汲历朝之泉，癖事也，雅事也，乐事也。”

才疏跋短，信手胡诌，浪费彭师笔墨，有污刘君白壁。

刘君育千金一位，宝之贝之。年近甲子，实想癖好后继有人。灌之输之，培之育之，无奈千金冰清玉洁，不肯沾染铜臭半分。刘君心急，千金更急：“老爸，你讲这枚值几万，那块值几千，拜托你把它们兑现怎样？换成钞票才值钱，不然就是废铜烂铁！要不，你把每枚标上价格，日后我才知它们值多少钱！拜托！”

老刘拜托没成，给小刘还了两个拜托。

吾写题跋，将此段略去，省却人家不悦。

真心劝老刘一句：银圆铜钿，刀贝鬼脸，乃身外物，阅抚摩，如皇上宠幸后宫三千，心有余力不足，看看罢了，休想。

共勉。

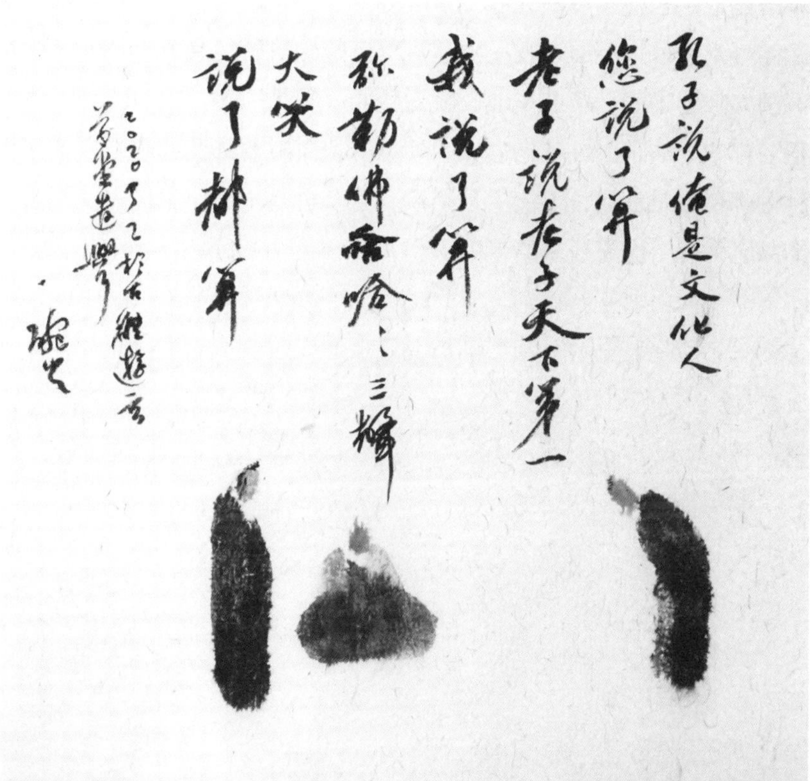

邮品

有教师某，酷爱集邮，尤注重品相。翻邮册必沐手戴白手套，不言不笑，生怕唾沫星溅上邮品。

年事渐高，某老师怕后继无人，常唤孙儿、外甥观邮，有心将心血传之后裔。但规定必站一米开外，不准近视，由其一页页翻阅讲解，忌乳臭小儿手脏乱摸，涕喷水滴。两娃伸脖瞪眼，毕恭毕敬，蒙受检阅，是为一景。

某逝，邮票无法带去。其老夫人四处打听："有要邮票的吗？我们不懂，放家中无用！"邮票不是钞票，不能买米换油。儿孙自是不屑，只怪老头怪癖。

不知某老师晚上有无托梦给老夫人和儿孙？

“土豪”风雅

某集团公司老板，连锁店开遍全国，财大气粗。大驾光临，某分管领导，为招商引资，接风招待。

见面。老板递过一本书来，显得高雅，曰：“请你拜读！”领导愕然，低声问曰：“是您自己写的吗？”“不是，我口述的！”有钱真好，“枪手”不少。

宴间，话题不知怎么聊到书法上。老板问：“王羲之的字是不是有名气？”领导答：“是啊！书圣嘛！”老板曰：“他的字多少钱一平尺？帮我弄两张如何？”

席间，领导半途告退，项目引进告吹。估计是领导没法完成老板的重托，可见在经济工作中，文化是多么地重要！

不怕“土豪”风流，就怕“土豪”风雅。

门外说诗

诗言志，文传情。

无志可陈，无病呻吟。无情可抒，无诗可言。

徐文长云：“古人之诗本乎情，非设以为之者也，是以有诗而无诗人。迨于后世，则有诗人矣。乞诗之目，多至不可胜应，而诗之格亦多至不可胜品。然其于诗类皆本无是情，而设情以为之。夫设情以为之者，其趋于干诗之名。干诗之名，其势必至于袭诗之格，而剿其华词。审如是，则诗之实亡矣。是之谓有诗人而无诗。”

徐渭此言妙绝。

诗发乎情，自然为之。诗三百首，有作者乎？先有诗歌，后有诗人。有了诗人，名目繁多，皆本无情，设情为之。干诗之名，剿其华词，干干巴巴，味同嚼蜡。流于形式，少了灵魂，华美其外，败絮其中。或曰：诗之实亡。或曰：有人无诗。

徐渭又言：“理深而议高者人难知，理通而议平者人易知。”

余不懂诗，偶闻一诗人云：“时下诗人多于诗歌。”偶读一诗集云：“天上的云很白，很白，非常白，白得很……”美其名曰：废话诗派。废话亦能成诗？亦如放屁亦能变成沼气？可点可燃？莫名其妙。如厕仿诗一首：“隔壁小芹的眼睛很亮，很亮，非常亮，亮得很……”系裤又得小诗一首：“对门美娟的腰肢很软，很软，非常软，软得很……”

余亦诗人也。

余不懂诗。又闻某老师写裤裆大便诗走红，臭不可闻。诗门不幸，诗坛不幸，为了搏名，香臭不分？

余不为诗人也。

诗为名，名趋利，人尚在，诗已亡。

心中有诗，正经写诗，诗意活着，诗心常存。

挽联

庄君泣告，老父九十有三，驾鹤西去。兄妹六人相商，灵堂当有联挽其亡灵。询其父生平，告之农民一个，种田一生，养活一群儿女。略思。撰联：“一生勤劳勤俭庄稼汉，千古厚德厚福庄家人。”庄家村，其世居也。不求合规，只求达意，是也。

木心

我为什么会喜欢木头的呢？

不知道。也许是命里缺木？金木水火土，阴阳五行，木排老二。木之性或为特殊，硬木胜金，软木浮水，炭木生火，腐木为土。木头原本是不值钱之物，却因它的材质，变通为人生不可或缺的东西。

先人生存，先用土？先用木？穴居之处，燧木取火，改茹毛饮血为熟食饱腹，是为进步。人类进化，又离不了木头须臾。

树生木，金伐木，水润木，土养木。自然界的生灵相互依存，循环往复。

我从小生活在木头的天地里。那是小城一条叫大同巷的院落，原是一户姓孙商人的私宅，宅院很大，中间有荷花池，池子不是小池塘那种，有几亩地吧！宅房围绕池子而建，每个窗户推开后，即可观赏四季的莲荷。而在院子外面，你根本不知道院子的内宅还有这样的景致，这就是“藏”吧？只是等我记事，池塘已干涸成了灰地，成了人们走路经过的场园。

孙家大院有两个大门，一个在露园巷那边，出门往南便是热闹的戏馆子。一个门朝南，通大同巷，木制的大门，有门栓，推门便是一个上院，东边是花台，种着天竺，西边是一小间门房，早先应该是看门工人住的。我家在门房的后一间，木地板、木板壁、木门窗、木家具，睁眼全是木头。

那时的建筑以木为主，结构是木柱木梁木爿杉，屋顶用木椽，隔房用木壁。门窗用木制，间以雕花，算是考究了，户琴（门槛）也是木头的，推动门窗转动的门球膛（凹槽），都是木头的。

那时的生活用品也是以木为主。脚盆、水桶、拗手（一种洗涤用具）、马桶、小孩的篓窠（摇床）、骑（站）车、板凳、桌子、筷子、木盆（碗）、丫叉……生产用具又何尝不是呢？龙骨水车、扬谷风车、掼稻合桶、担水木桶……

木头，嵌进了你的生活里，构架起岁月的天地，一敲一击、一榫一卯、一松一紧、一板一眼，便是日子，便是过往，便是记忆，便是生命。

木头是最简单的。圆的是柱，方的是块，厚的是料，薄的是板。即使是不成料的边皮，也可作为烧火的燃薪。它是人活着的朋友，死后的伴侣。

木头是最复杂的。宫殿的梁脊、仓廪的椽条、宝塔的斗拱、寺庙的翘檐，哪样不是由它来支撑？一圈圈的年轮，记载着岁月的印痕，镌刻着生命的信息。

人骂人，常言人是木头疙瘩，不开窍，没有感情。其实木头是有感情的，它的花纹，它的肌理，它的凹陷，它的疤瘤，都是它的语言，都是它的表达，都是它的故事，都是它的情感。懂木头的人，会理解它的感情，倾听它的述说，理顺它的思路，从而让木头说出话来。

我其实是个不懂木头之人。贵则紫檀、海黄、红木，贱到榆槐、杉木、银杏，也辨不出个高低来。喜欢木头，不考究它的材质，只注重它的面目。宫廷重器、相侯遗物、商贾珍品、大户世传，离吾等平头百姓相去甚远。平民家藏、生活用品、民间玩物、日常之器，倒是兴趣所在。眼界有限，荷包有数，家居局促，容不得你“高大上”。喜欢木头，无非图一乐也。人生能有一乐，不亦乐乎？

我不懂木头。不知是否缺木？或有一颗木心。其实本人就是木头一根也。

木匠

我曾经向往自己是个木匠。

那年头的木匠是个不错的营生行当。老话讲“荒年饿不死手艺人”，你有一门手艺，混饭糊口是不成问题的。东家盖房，西家成亲，哪样都少不了木匠。在手艺行里面，木匠又是受人尊敬的一行，泥瓦匠日晒雨淋，石匠抡锤凿钎，铁匠汗流浃背，竹匠走街串巷，只有木匠属于室内工作者。好茶端着，好烟敬着，开工酒喝着，师傅长师傅短地喊着，主人家的那份尊重，是钱买不来的。即使是架木上梁，瓦匠也要听木匠的，木匠爬上梁架，榫头一紧，木槌一敲，大喊一声“上梁大吉！”那屋才算是封顶，那炮仗才能响，馒头才能抛，孩子们才能抢。

城郊新庄小学后有个赵格笪村，是小时候母亲把我和妹妹寄养于此的村庄。张家的爷爷是位木匠，话不多，脸色威严，走起路来有板有眼，一步一个脚印。爷爷是有威信的人，因为他是吃公家饭的，在城里的建筑公司上班，每天背着长夹篮进城，里面放的不知是木工家什还是紫砂茶壶。我在张家认识了锯子、凿子、刨子、墨斗、皮尺、竹规……

村中有宋氏兄弟俩，老大是木匠，老二是泥瓦匠，两人心灵手巧，虽然因祖上地主成分高，没得书念，但手艺远近有名。母亲不止一次地说过，你以后去学木匠吧！我去讲，两个学生仔这点面子总会给老师的吧！记得母亲还真的提过这事，宋家老大笑着说，狄老师咧，你家书香门第，细佬家还会吃这碗饭的？不知道他是不肯收我这个徒弟呢，还是早就看出我缺少做木匠的潜质。后来张家的老三伢跟他学了徒，也算是继承了爷爷的行当。

学木匠，要吃三年萝卜干饭，也就是当学徒三年。下料弹线，锯木拉齿，凿眼舞洞，推刨平面，砂纸打磨……以粗活到细活，从小板凳到八仙桌，你会独立打家什才能满师。木匠担一挑，走家串户，人家才会喊你一声师傅。

家里曾请木匠师傅来打家具。这是一对李姓父子，老子在木器厂上班，儿子从苏北老家来干活，老子下了班帮衬儿子，因为手艺不错，请工要预约。他们的木工还是老法，五斗橱、大衣橱、百灵台、床、梳妆台、四仙桌，脚是虎爪，帮面贴黑樟木皮，拉手是铜件，新老结合吧。木头是用家里的侨汇券去木材公司买的，很粗的独木，带皮，开成板材一直放家里，曾出虫纷飞，用六六粉一个个洞去填杀，“费尽心机”。大小李都说木料好，可用几代人。一张梳妆台，椭圆的镜子，两边有凤凰环绕，那凤是小李拿了纸样，在夹板上用线锯锯下的，虽比不上旧时雕工的精细，却也颇费心思。

后来家里装修，木匠师傅说，现在的木匠都不会用推刨锯子了，装修都是夹板，用力一裁，枪钉一打，胶水一粘，电锯一刨，那些老工具没用了！同样，请了漆匠，他说：现在的人只会做清漆，色漆没人会做，更不用说生漆、大漆了！色漆颜色偏暗，黑咕隆咚，黑漆抹糊，谁喜欢？现在流行淡颜色，明亮干净，色漆已是老古董了！像你这样的装修，古里古气，一百家找不到一家！幸亏你找到我，还记得色漆，全市找不出三个人来了！

我唯唯诺诺地点头赔笑，上烟倒茶，像是一个食古不化的怪物，给两位师傅添麻烦了！我也知道家宅通透明亮、洁净清爽是好的，暗赤懵懂的总是压抑，但谁让我偏偏就好这一口呢？是不是有病呢？我明白两位师傅的提醒，老古董是什么？是个屁，迟早在人肚饱胀的时候给放了！恐怕连个响声都没有。

在不止一个古董市场里看到有整套的木匠工具出售，少的五六十件，多的108样两件。那挑子有一米多高，上面挂满了各式的木匠家什，排列有序，稀奇古怪，有的工具你不仅叫不来名字，也不知木工用来派什么用场的。那木挑子有的沾满灰尘，有的油腻发亮，散发着老旧的气味，传递着岁月的气息，活脱脱一位过时的木匠，蹲在市场的角落，等着顾客的讨价还价。我有时会走过去，抚摸一下那木挑的架子，像是和一位老木匠握了握手。

这木挑子，曾是老木匠的谋生工具，是全家的吃饭家什。那推刨卷起的刨花，曾是孩儿们的笑靥；那锯子留下的木屑，曾是铁锅里喷香的饭粒。老木匠老了，理应退出历史的舞台了。

每当看到那孤零的木挑子，心中总会泛起一丝凄凉。木匠老了，挑子卖了，那木匠的手艺呢？

我终于明白，木匠这一行终于与我们渐行渐远了。

钢筋水泥的坚固，替代了木头爿杉的支撑；塑料制品的轻便，更换了木头家具的笨拙。高铁一日千里的快速，抛弃了独轮车慢悠悠的吱呀；抽水机大口径的吞吐，鄙视着龙骨水车上赤身踏轴的男人……

时代发展得太快了。快到我们完全可以把传统当作笑话的程度，快到我们完全可以把过去当作垃圾来处置。

我总忘不了那些木作，明代圈椅、清代条几、西递宏村的老宅、苏州园林、北京故宫……那些精美绝伦的木雕木构，是谁来做的呢？那些日常生活中的民间木艺，又是谁动手动刀的呢？没有姓名，没有人知道他们是谁。正如敦煌洞窟中的壁画，有几幅留下了作者的姓名？

我知道他们的姓名，叫木匠。也许在今天，凭着他们的手艺，可以弄个“大师、专家”之类的称号，但他们生不逢时，仅留下了作品，没留下姓名。

我打电话给古董商，请他帮忙寻一套木匠老挑子。也算请了一位老木匠，圆一个少时做木匠的梦。

木艺

木艺又称木做或木作，古时称建筑木作为“大木”，家具类别为“小木”。

木作当属百工，亦为木匠之饭碗，木艺则为木匠之本事。工有粗细，艺有精疏，师出有门，行有规矩。

木艺之盛，当数明清。明代以苏州为中心，建筑有香山帮，故宫之作匠也。明式家具，简洁淳朴，厚拙圆浑，线条柔婉，空灵典雅，充满文人士夫气息。至清中叶康乾，奢靡之风日炽，反映到家具上，绮丽繁缛，秾华艳妆，装饰过度，满工满雕，充溢“土豪”拜金戾气。

木艺亦是载体，时代之镜子，品位志趣，一“木”了然。

木作有派，曰苏工、曰粤工、曰京工、曰皖工、曰浙工、曰维扬工。苏工当为首，粤工为清中后期兴起，京工多为江南匠人之作，皖工以民器为主，扬州工在明代胜过苏工。

木艺以木雕为胜。木雕有四大流派，苏州吴门、广东潮州、福建龙眼、浙江东阳。四大木雕，各有千秋，吴门简练文气，潮州繁琐满工，龙眼气派瑰丽，东阳细致生动。地域之差异，作品之差别，一“木”了然。徽派木雕，不入名流，颇接地气，江南民间，随处可见。

旅屐所至，渐为木艺吸引折服。北京故宫，山西太原晋祠、晋中乔家大院、晋中王家大院、平遥镇国寺，山东曲阜文庙，江苏苏州园林、东山雕花楼，安徽西递、宏村，浙江松阳黄家大院、绍兴上虞曹娥庙，广东佛山顺德雕花楼……飞檐斗拱、花罩藻井、牛腿雀替、琴坊门簪、横梁竖柱、门窗隔扇，件件精美，样样精巧，每每精致，常常惊叹。

木艺是有故事的。每一件雕刻，述说着历史的往事，记录着人文的精华，讲述着人物的精彩。帝王将相、才子佳人、状元将士、八仙过海、麻姑献寿、十八罗汉、郭子仪做寿、七仙女下凡……

木艺是有寓意的。大木小件，都有美好的愿望，都有良好的祝福。瑞兽珍禽、名花异草、山水楼台、文饰图腾、文玩雅具……无一不是经典的再现，无一不是吉祥的祈愿。松鹤延年、凤戏牡丹、祥龙吐瑞、双狮滚球、竹报平安、麒麟送子、福禄延寿、松鼠葡萄……图必有意，意必吉祥，赏心悦目，使人愉悦。

木艺是有雕琢的。艺之高低，刀上分晓，心中有图，木上有画。依料布局，量体谋划，放样画线，精雕细琢。浮雕、透雕、圆雕、线雕、镂空雕、双面雕、满地雕、镶嵌……手法各异，技艺精湛。

木艺是有温度的。一次仰视，一次抚摸，一次欣赏，一次交流，你能感受到匠人的用心良苦，感觉到匠人的巧夺天工，感悟到匠人的奇思妙想，感染到匠人的艺术魅力。木艺的温度，是需要体味的。它不是一物一件的沉默无言，不是一器一具的冷清静立，它们会说话，会叙述自己的故事，会告诉你它们的前世今生。只是你要学会它们的语言，学会倾听，学会观察，学会沟通。当你学会了，你会感到每一件木艺的体温，感受到它们的想法、感情、思维，甚至还能在上面看到每一个木匠留下来的掌印和螺纹。

木艺是木匠的本事手段，是木匠的吃饭家什。它无定法，但有规矩，有方法，有尺度，依赖师徒传承，心口相传，实践出真知。我们今天看到的一幢房、一跨梁、一张床、一块板，或许是昨日木匠的一担稻、一顿饭、一匹布、一钵盐。任何的工艺，大凡是从生活的细流中淘洗出来的，飘去的是岁月，沉淀的是经验。

一副木匠挑担，挑起的是全家的指望，担着的是老小的盼望，装着的是明天的希望。

小城的东门，有孔庙学宫，而学宫的附近，有鲁仙宫。鲁仙是谁？鲁班也。鲁班是木匠的祖师爷，据说是他发明了锯子和墨斗。百工之中，有哪行是为祖师建庙供人瞻仰祭拜的呢？也许只有木工了。木工世传《鲁班经》，我没见过，应该是行业的规矩和经验，有规有矩，始有方圆，中规中矩，始有木艺。

木缘

那几块木头长板放在小店墙边，已经很久了。

小店在护城河边上，一开间的门面，经营的古玩以陶罐为主。几块木板像财主家的丫鬟，上不了台面，羞于见人，不像衣着光鲜的千金小姐，登堂入室，赏心悦目。

我去小店，也不是冲“丫鬟”去的。那时忽然迷上了高古坛坛罐罐，偶尔也出出手，奈于囊中羞涩，纯属凑个热闹，看多买少。店主姓王，在行里颇有名气，货路也广，哪个坑里出了物件，他都会看个先。一来二去，买了他几个陶罐，有一个汉代美人瓶，也收入陋室，据说不常见。

胸伏柜台，屁股碰到了木板，问：此为何物？主言：此乃木雕床片，属杂项，玩的人少，乃从安徽收来，大户人家的物件。看看，这么大的床，睡过的人一定大户，非富即贵。迟疑：床板也能卖钱？不由转过身来，打量一番。床板灰满尘堆，蛛挂网牵，几块横着，一块斜立，像苟延残喘的老人，行将就木；也像煮茶烧饭的薪柴，等待劈开剖断，填灶燃膛；还像旧时灾年养活不了的苦命丫头，头上插根草，等着买主扔钱领走。

这堆脏兮兮的木头，是大户人家的旧物？老板真会说故事。

闲着无事，我多看了那块最大的雕板一眼，心头忽然一紧——板上有人物，板上有故事，板上有乾坤。在这二米多长、半米多宽的木板上，密密匝匝雕满了古代人物，有唱戏的，有听戏的，中间有主人，两旁有宾客，楼上有侍童，包间有雅客。

我忽然醒悟了：这是另一种艺术载体，是刻在木头上的画，是演在木头上的戏，是说书人话本的演绎，是手工者技艺的传承。这不是几块烂木头。

我突然就问老板：这床板多少钱？老板：你别问，说了你也不相信，贵着呢！我说：贵也有个价呀！老板笑言：别看这东西脏兮兮的，好料好工，本地人不识货，玩木头的人少，像你这样有文化的人才懂。他报了一个数字，大约是我两年的工资。

我一愣，简直天价，老板又言：这套床片一共七块，是一组，雕工很精，我拿价也高。他的语气里透出一种料你也不会买的隐晦。

有价无钱，罢，出门。

有意无意，有时无时，我忽然老会想起那床板来，好像听见那做寿的官人爽朗的笑声，听到那戏子咿呀的嗓音。这是不是有病了？着魔了？痴迷了？不应该呀！

路过古董店，有事没事会进去看看，哦，床板还在。有钱的不识货，识货的没有钱，我算哪路人？

找到老刘，言：我想买那几块雕板，你和老板熟，帮砍砍价。老刘小眼睛一瞪：你怎么会喜欢上木雕呢？价格高得很，想清楚了！我言：要怪就怪你，带我进古董店，本来我从不碰这破玩意，被你带进沟了！害人不浅。

进得店去，老刘顾左右而言他，一副老梁子的架势，然后朝我一挤眼，我忙问老板床板多少钱，其实老板早看透了我的心思，可不，来多少回了！他慢吞吞地说：我叫你不要买，价高，再说玩这个的人少。老刘插话：大家都是老朋友，你便宜点吧，他也没什么钱！老板说：一套价高，你拿两片吧！按理不能拆散卖的，看你心诚！

我回家的路上，肩上扛着一块床片，是狮子滚绣球。唉，这分明是狮子滚我这肉球嘛。

过了几月，又拿了松鼠葡萄两块正面床板。过了将近一年，又拿一块。再一年多，买两块人物长板。每次登店，磨磨叽叽，讨价还价，一点不爽快。为什么？荷包不爽快呗！

到最后，只剩那块雕满人物故事的大板了。

老板始终不松口。他言：这块是精华，仗着它回本呢！以前福建人来看过，上海人来看过，都想拿，但太长太大，没法带！叫我打箱给他们寄过去，我哪有这闲工夫？

罢，回府。

又是一拖半年多。几次路过店铺，那板还在，窃喜，没人识货？没法邮寄？

记得最后一次和老板摊牌，我是这样说的：这组床板一共七块，我拿了六块，还剩这么一块，你就忍心让它们一家分离？你就成全阖家团圆吧！

老板苦笑：你也磨了两年多了，这样吧，你也别还我价了，成交！

他说的价要了我一年的工资。他补充道：卖给你我还可以去看看的，卖到外地就永远见不到了。话说的比我还动感情，好像是卖掉自己骨肉一般。

那块大板扛到楼上，掸扫冲洗，抹擦刷揩，阴晾风干，终于显出了面目。这是一块反映唐代名相郭子仪做寿故事的雕板，人物众多，神态各异，画面生动，共雕刻了50多个大小人物，平面上雕了5层，令人叹为观止。这分明是一幅子孙满堂、贺客满屋、喜气满脸的祝寿图，正如厅堂两边对联所言：郭汾阳富贵寿考，李陵侯宰相成亲。

木雕，有别于其他杂项，它有故事、有文化、有历史，它有温度、有表情、有演绎，对主题的表达直接直观，所以深受达官贵人、平民百姓的喜爱。

后来，我邀古董店老板来家里看了看，他言：真没想到，你会把雕板挂到“梁上”！这块板是白果树的材质，头上虽有裂，但你处理得很好。这样的银杏木，现在很难取了。一洗一刷，板的效果出来了。有文化就是不一样，你懂它们的！

我请他和另位前辈吃了顿便饭，以表谢意。不知是谢他夸我有文化呢，还是谢他让这套木雕团了圆。后来想想，也许不该谢他，因为从此收藏木雕，成了一种嗜好，一发不可收拾。没资本玩收藏，不是自找苦吃吗？

我深知，人和木，是有缘的。

木藏

（一）

与木有缘，始有木藏。

收藏，苦耶？乐耶？亦苦亦乐？苦中作乐？都说盛世收藏，太平岁月，有了几个闲钱买个喜欢的物件，图个乐也。平头百姓，几个敢言收藏？宫中流出的，富家传下的，顶级的物件那都上了拍，听听起拍价都吓得尿裤裆，不是一般人玩得起的。

收藏，源自物欲。人无癖无趣，收藏便成了生活的乐趣。搜罗藏起，摩挲欣赏，便是一乐。偶尔遇见，擦肩而过，便是一憾。观物在眼，囊中羞涩，便是一痛。朝思暮想，茶饭不思，便是一痴。东拼西凑，供贷成交，便是一苦。撸袖攘臂，大呼小叫，便是一疯。死缠烂打，软磨硬泡，便是一迂。货款两讫，客主皆喜，是为一爽。其中喜怒哀乐，哭笑嗔嘻，便是人生百态也。

人有藏癖，身无余钱。一有余钱，换作物件，循环往复，乐此不疲。成功者办个私人博物馆，与同好者同乐，博一二声赞许。或捐赠公家博物馆，让全社会参观，博一二纸奖状。人生在世，身外之物，陪你一段时光，终究有个归宿，好事。绝多藏家藏品，人走物散，四处飘零，换了主客，换了光阴，换了人间。那些盖在名画上的印章，如“宜子孙”“子孙永葆”“百世珍藏”之类，只不过是藏家的一厢之愿，子孙有几个能守住收藏的？君子之泽，不过三世，收藏之品，能传几代？争气懂行的后人，尚知“宁卖祖宗田，不卖先人书”，末代的不肖子孙，将家传的宝贝悉数出售，挥霍享受，羊肉当狗肉卖，气得八辈祖宗坟头冒烟，这样的事例少吗？

收藏，总是有一种将宝贝占为已有的冲动，有一种将藏品满足物欲的虚荣。也有将历史交给后人的责任，将美好交给时光的情愫。

扪心自问，我收点烂木头，能算收藏吗？有时碰到犹豫不决的东西，总有一个声音在讲：收下吧，收一块少一块，老物件不多了，你要不收，它可能会被当柴火给烧了！其实自己心里明白，这都是自己骗自己。靠你这点微薄之力，能拯救旧物？

收点喜爱之物，藏些经历故事，足矣。

（二）

收藏木雕，始为床楣。

一次游西塘，民宿的老板娘好像叫三姑，很会聊天，她的天井里放着几块雕板，一问价格，不贵。我拿起一块一看，板子尺寸不大，像是小孩床楣，只是中间人物的脸面全给凿去了，可惜。三姑见状，言："这都是'文革''破四旧'给弄掉的，那个时候谁敢保留呀？你拿回家，请个师傅修补个脸。才几十块钱一个，划算！这样的老雕板越来越少了！"我买了，也没去补脸，权当特殊岁月的一种记忆吧！后来装修放到床头顶，背光一打，效果不错。只是看板会想起能说会道的老板娘来，脑子里闪过一个词：三姑六婆！

后来在古玩店里又买了几副床楣，大漆的、鎏金的、镂空的、浮雕的，大多是尺寸不大、价格不高的，符合初入行者的心理认知。其中一副仕女石榴放到床头，一副喜鹊登梅放到墙上做电视背景，一副人物花卉红漆鎏金套板做了个多宝阁的装饰，也算是物尽其用吧。每次到古玩店，总是两眼发直，双手冒汗，好像不买点什么带走有点不甘心。店主也是活络："喜欢吧？给你还能贵？拿去吧，不喜欢退给我！"他的一句话能摧垮你的防线，好像是给你留了后路。其实古玩行有个规矩，真假自辨，出门自理！

曾去过安徽西递、宏村，早期的木雕小板、床楣并不很贵。但随着旅游业的发达，老花板越来越少，价格越来越高，一块人物小板能卖到几千，让人着实有点吃不消！只好把目光投向幸存下来的老宅，欣赏一下满工满雕的梁柱、精致精美的门窗、老皮老壳的桌椅、寓情寓意的床榻。老宅在光阴里老去，当年修建它们的主人，积攒了一生的心血，实现了安身立命的梦想。当年修建它们的匠人，耗费了几年的劳作，留下了让后人无法复制的经典。由此想来，木雕无法复制，时光无法复制，生命无法复制。

花板看多了，忽然觉得床楣不大入眼。建筑木雕才是精品，人物木雕才是精品。这是上了台阶，还是误入歧途？渐渐明白，为什么玩木雕的人少？一是升值空间小，二是精品不易找，三是家里地方小，四是兜里钞票少。看到东西，商估会说此东西会升值，花钱比存银行好！其实你要出手，谁来接手？所以家里成了古董店，屋内成了垃圾场。

凡是玩收藏之人，买来的东西都是宝贝，没有几个会去卖，所谓以藏养藏，不过玩笑一场！

（三）

我坐在老T的店里喝茶，目光在他的物件中逡巡。

老T也算古玩行的“甲鱼”级人物了，单位退休，有养老金，歇不下来，一为家庭变故，二为老有所乐。他脚头勤，肯吃苦，出外“铲地皮”跑得很远。因涉及这行较早，手上的杂项也有好货，眼界高，脾气大，抚不顺往往看脸色。他的货杂，大到家具，小到捻珠，五花八门。我亦杂搭，从他手上买过钱柜、长几、床榻、观音、罗汉、八仙、砂壶、石雕……

买他的货，老T总有一句话头：“卖给你还会贵的？”也不知这句话是对我一个人说，还是对每个人说。

老T很敬业，买他的大件，总会帮你叫辆车，亲自陪着抬上楼去。望着年岁不小的老头，总会感到买卖之外的勤快，让你心生一些感动。

那天茶过三巡，闲聊几句，我偶一抬头，见货柜顶上满排的陶罐后似有古代人物藏在后面——“老T，这后面是什么？”他淡淡地说：“几块雕板。”“你怎么从来不说？”“就这几块，没打算卖！”“不卖嘛，看看总可以吧？”他像有点不情愿地踩凳爬了上去，挪开罐头，取下一块板来，我一看，心就动了。这是取材方整、雕工精美的一组雕件，三块，应是老建筑上的构件，十分整气，满工浮雕，确是佳品。“为什么不卖呢？”“现在这种货，再也收不到了！你看看，都是树芯料，方方整整，舍不得卖！”“哪里收来的？”他说城郊一处著名的祠堂，我吃了一惊！“这上面怎么有石灰呢？”“‘文革’时抹的，不抹早就凿掉了！”我吃不准他说的出处是否真是那祠堂，但这样的雕件确是难得。

“放着不卖做啥？”“要卖早就卖了，收不到了！”“开店不卖货，好东西多呢，都留着？”磨了半天嘴，他总算松了口。包货之时，他嘟哝：“哎，要不是等钱用，谁舍得出哦……”

我扛板上楼，用刷子掸去石灰、土尘，发现这雕板虽经石灰腐蚀，但人物侧面、背里尚有矿物漆的颜色，而木雕人物个个形象生动、栩栩如生。官人富态儒雅，武将跃马扬戈，厅堂地砖罗列，背景书法横陈，不禁使我对古人的想象力、表现力、感染力佩服得五体投地。

打了个电话给南博的朋友，发了个图，让他咨询一下专家，其答：这是博物馆级的精品，千万不能用水冲洗，石灰遇水爆裂，放着用刷子清灰，不能晒太阳哦！东西不错。

我也不懂什么博物馆级，只知道石灰没有抹平岁月的皱褶，石灰没有销蚀雕刻的手艺，一下子请到这么多古人来家，好戏开场，好友相聚，好马跑起，看看热闹，看看欢喜。

小H的铺子开在地下古玩城的尽头，卖杂项，木件偏多，窗格门扇，床楣花板。没事我也常去他的店坐下，店很小，东西堆放走廊上。小H说，玩木雕的人少，主要是没文化，雕板上面有故事有学问，人家看不懂！像你这样的文化人有几个？玩玉器玩瓷片，那是玩钱。现在老木雕越来越少了，收一块少一块，卖一块少一块。我自己也收藏一部分，不卖，以后在老家开个农庄，把它们挂起来，那是什么气派？

小H很会讲话，也有思想，毕竟当过几年兵。他做过木匠，识得木材，木件有点小毛病，动手一修，好了。有一件“雏童舞龙”木雕，他收来时已经散架，他回家一钉一粘，妥了。那领头童子的旗杆还能转动。

一有货，小H就会微信联系我。一天，他让我去店里，说在邻县收到几套大件，过来看下。我去一看，是大构梁上的雀替，一对“福禄寿”，一对“和合二仙”，另有一对已经朽烂得厉害，上面是蝙蝠，下面是梅花鹿，还有松枝，但木质已经掉片，估计是日晒雨淋所致。东西是老的，品相较差。小H说原来是祠堂上的木件，拆毁时人家见上面有图案，偷偷藏了起来，现在才拿出来卖。我问，这烂木头你打算要多少钱？他报了一个不低的价格，并说，这样的大件，还是第一次碰到，以后不会有了！

他戳到了我的软肋。成交后他又说，那户人家还有一副的！我说，拿来看看呀！后来一看，雕的是一对公鸡，较为少见。三对雀替，破木烂材，搁在家里，实足是“收破烂”的。

与老T、小H交易，总觉得是他们不易。家中的不幸，让人总有一种帮他们一把的心软，尽管帮不了多少，老想，我要不拿，他们卖给谁？也知道这是收东西的大忌，无商不奸，你那几个闲钱算得了什么？

小H每次都说："会长，你是好人！"他们都叫我会长，我也不知道自己是什么会长，"收藏"协会？"上当"协会？

（四）

Y是位老友。

他的父亲是位画家，他也是位画家。

也不知中了哪门子的邪，Y开始玩起了古玩，拿他的话来说，开始只是喜欢，后来收多了，想以藏养藏，于是就开了店。开店后，也没工夫去画画了。其实，他的画技是有传承的，底子好，在小城中青年画者中当属拔尖人物，如是涂涂画画，带带学生，混口饭不成问题。走上古玩这一行，画画只能歇手了。

Y懂画，所以目光犀利，眼力独到，比起一般的商估多了一份艺术性。

我到Y店里是抱着欣赏的态度去的。看中的东西，他都会说："卖给你还会贵的？"说得很诚恳，让人无法怀疑。两副浙工雕花镏金小花板，他说是存货，拿回家做了酒柜和电视的背景。喜鹊登梅、红双喜床楣，别人家都没见过。一尊刘海戏金蟾木雕，沉得要命，神态十分可爱。一尊仙姑木雕，璎珞流苏，衣褶飘逸，虽有点残缺，却也是精致。一尊关公夜读雕像，没有青龙偃月刀，关老爷手捋长须，手捧打开书本，脚踏虎皮垫子，双目凝视，若有所思。看物之时，交流一番，他讲货物来路，我讲直觉感受，也是一乐。

他店里有财神一尊，开相清俊，气度非凡，坐姿庄严，手持如意，托扶元宝，虽皮壳脱剥，不失神韵。我偶尔发图给竹刻家小舟先生，他回讯言："这么大的财神没见过，可以上拍的！你就是把家里所有东西卖了，换它也值得！"说得人心旌摇曳起来。一连几天往Y店里跑，虽顾左右而言他，不时瞄一眼摆在正中的财神，越发看得顺眼起来。其间，拿了一对木狮，垂耳长毛，咧嘴大眼，别致可爱。左聊右谈，憋不住了，始奔主题："你供奉的财神不错，让给我沾点财气？"他说："你别拿！这个价高，拿的时候就高！""价高也有个数哟！""你要，你自己要？""我又不做生意！""你要还会贵的？拿来好几年了，按原价给你吧！要卖的话早卖掉了！"我是犹豫再三，但小舟先生的话老在耳边回响，人架不住劝呀！咬牙——拿！

财神请回家来，见后面有一长方凹槽，应该是装藏用的。从皮壳包浆看，大约能到明，因为刀法的爽朗和线条的简洁，呈现明代的风格。把雕像放妥，始松口气，好几天的纠结，告一段落。满足了物欲的躁动，一时的心安理得，并不能带来持久的喜悦。

Y店里有一对牛腿，雕工颇细，人物传神，和一对精细的花窗放在一起。他说，宜兴已有客人看中了，愿以紫砂壶调换。时过多日，那东西还在。问价格，他又说："你别拿！贵！"

后来，我开刀出院，在打电话，见Y一个人走过来，只是扬手和他打了个招呼。仅时隔两日，古玩市场的房主突然来电："你的老朋友走了！""什么？""他上了个厕所，一下子瘫倒在地，走了。"原来，他心脏是装了起搏器的，一般二十年要更换一次，他的已经二十二年了，没去更换，生命戛然而止。谁能想得到呢？

后来，那对牛腿，那对窗格，那对木联，都到了我这里。怎么回事？Y的女朋友是我的初中同学，她给我电话，Y要入殓、要丧葬，房租到期了，前妻又来闹了，老同学帮帮忙！我说拿工资之人，爱莫能助呀！她说，便宜点嘛！我说那么贵的东西拿不起哟！

哎，遇上这种变故谁也料不到，一个女人家的也不容易。开古玩店的人，一有钱就去进货，最后连套住房都没有。架不住泪眼婆娑，架不住少时同窗，架不住Y生前的交情，能帮多少是多少吧！尽管常常捉襟见肘呵。

人非草木。

（五）

我和王老坐在龙川景区门口的广场上。

绩溪这个徽杭古道的小村，已经出落成著名景点了。曾来过两次，我陪王老歇一下脚，店里老板娘倒也客气，见王老岁数大了，让他在一张躺椅上坐下。

闲着无事，我走进老板娘的古玩店里转下，杂货铺陈，大多是旅游景区的通货，也有几块牌匾之类，横七竖八地堆放在墙角。店里光线有点暗，我偶尔一瞥小台上的杂件，最后面有一块木雕藏着，像怕见人一样，我让老板娘拿出一看，不由一惊——那板上密密麻麻雕着人像，但那人脸像一个个骷髅，吓人兮兮，难怪要躲在旮旯里。从来没见过这种雕板，放在床头，睡得着觉？

老板娘说，这是浙江那边的货，肯定是老东西。我讲，有点吓人的！她说，没事的，时间长了，要不早让人拿走了。我实在不敢下手，到门口把王老扶进来看看，他是南京博物院的研究员，见多识广。屋里光线太暗，王老看不清，用手摸了一下，说："少吃一顿饭咧喂！"我明白他的意思了。

走到外面，他往躺椅上一坐，说："这是浙工一种，非常少见了！每个人头都是嵌上去的，材料可能是象牙或象骨，费工夫的。为什么像骷髅呢，因为时间一长，人脸风化掉了，看着吓人，其实是老东西，断代应到乾隆吧！拿下不会后悔的。"

身上没带现金，那时也没有微信支付，等同行的人出来后，凑钱把板子拿下，挤一挤刚好在面包车的后箱放下。没想到在旅游景点还能淘到货。

拿回细一打量，上面几十个人脸确实是镶嵌上去的，大部分风化，但完整的人物神形兼备，构图应是众官朝拜一类，两边有骑马奔驰扬箭场面，像是表演节目，左右人物朝向中央，像是为中间大人物祝寿庆贺。人物之多，雕工之奇，少见。它与骨雕镶嵌又不相同，只是头部用骨镶，工手复杂费时。后来看了许多的雕件，没发现有同类作品。整件木材并无特别之处，但想想新件时红漆堂堂，洁白的人脸夺人眼光，肯定是十分地讨喜。现在右下角的童子脱落，人脸变形，仍是让人过目难忘。

岁月，风化了你的容颜；艺术，留住了你的模样。

（六）

古玩店小D也是个狠角色，杂古拢董，千奇百怪。

他曾干过吃苦头的活儿，不干了。他店一进去，一对硕大的木质龙雕，开价不菲。后来新店又是一组木结构的亭台楼阁，要价更高。也不知他从哪里淘来的稀奇古怪的物件。

他曾有几块东阳雕小板，人物细腻，凹凸浮雕，我看上了。他说："阿哥，你让我再挂几天充下门面，好伐？"后来，给了我，又说："这种东阳雕，以后收不到了。"说得生离死别一般。一尊佛像，坐姿，镏金，背面有"宣德年制"字样，底部有孔，闻一下香气扑鼻，是香樟木？一个木柜残件，似东阳工，砂金，红漆。一组"文革"时期出口的"飞天"雕群，姿态优美，完好无缺。一件东南亚的木雕，门可开闭，菩萨肃立，雕刻十分精致。一组皮革压花屏风，一堆山水、人物、花卉雕板，一对天女散花雕件，一张镙钿红木茶几……我也不知拿了他多少杂件。因和他族叔是朋友，小D一会儿叫我"阿哥"，一会儿叫我"阿叔"，人被他弄得"头里精昏"。

他说，以前曾收到过一块大板，上面有几百个人物，活灵活现，好像是三国演义故事，后来被外地人拿去了，价格不便宜。“那时不认识你哇，要不给你了！从此以后再也没见过这么好的板子。”我说，那也要拿得动的！

一天，进小D的店，见墙角有一捆木板，黑黝黝的，问是什么东西。他说：“这可是宝贝，可以进博物馆的，人家上次来看货的人说的。”我打开一看，木板共有10块，一面是画的八仙，一面是金粉写的书法。画法和书法均十分见功力，不是一般人能为。木板稍有破损，画面下有木雕暗八仙，红色矿物漆，十分工整。此类物件，绝非现代伪造。后来才知，这叫“寿屏”，是祝寿的礼品。这套寿屏高175厘米，宽28厘米，金字书法内容如下：

恭祝　　太学生曾君功懋先生五十初寿序

尊君功懋先生有念马　　君以今岁之正月年登五十，躬膺兰台之选，受青衿之荣，都人士莫不欣然共喜。以为虽不可以言寿，而大衍成数成均，肇荣亦未尝不可以致庆，于是制屏称觥，次其生平实行，索余言以申祝。余同乡人也，一览而心嘉焉。奚敢以不文辞？　　君赋性质实，存心忠厚。及弱冠而严父见背，兄弟五人，君之生也，列于次，友恭之行，无不各尽其实相继。不竟数年，家大人众，爨火各分，承业虽甚微末，而君拟然操作，率元配吴孺人勤理家务，寸累铢积。及后路诸凡义本，往往解囊相输，虽里党之告以困乏者，亦尝随分以与之，毫无吝色。至于排难解纷，亦无不尽力寝息。众论中谁不钦为德之，已裕矣！夫德之在己者，既裕自报之。获天者必隆而泽之，及人者既广自福之，载已者甚厚修德获报，其享寿不可预卜哉！今者本盛德之，躬坐芳兰之阶，进麻姑者酒泛玉卮，献索者桃满金盘。其所以祝寿欤！亦因君之德宜于寿，以为他日由花甲而晋古稀、登耄耋、跻期颐之预庆也。余未获亲临拜祝，爰本诸君之请述著之于篇，以为后之志大庆者先肇其端云。是为序。　　礼部进士，嘉庆甲子科解元，例授文林郎，贵州独山州正堂，前任都匀清军府左堂，石阡府龙泉县正堂，己卯辛巳二科加三级纪录五次，年家眷弟梁昆顿首拜撰（臣梁昆印，阳文）（玉峰，阴文）戚友族谊等同顿首拜庆　　皇清道光六年岁次丙戌春月吉旦

这是一位叫曾功懋的先生过五十大寿，一位叫梁昆的先生应同乡的邀请写了祝寿之词。制屏称觥，乃古人祝寿送礼的雅举，比起现时的蛋糕美酒要有意义得多。寿序介绍主人的家史，主人的功德，主人的品行，言明五十不算大寿，但“君之德宜于寿，以为他日由花甲而晋古稀（七十）、登耄耋（八九十）、跻期颐（百岁）之预庆也”。梁先生很会说话，不愧是解元进士，又是独山正堂，主管一个州的官员。字虽是馆阁，但笔笔到位，非一日之功。最精彩的应是另一面手绘八仙图，不

知是出于何人之手?

时间已过去一百九十多年，寿屏木质虽有少许缺损，但八仙图依然神采奕奕，祝寿序文依然金色灿然。不知那位曾先生是否活过百岁?不知那位梁先生最后官至何位?不知这寿屏如何辗转遗存?

寿屏，是木质的册页。后在徐州的圣旨博物馆见过一副浅色寿屏，乃光绪年的物件，比我收藏的晚。

古人好雅。

（七）

我站在滨州汽车站门口，有点傻呆。

怎么会到这个陌生地方的呢?在朋友圈里加了一个山东的卖古玩的朋友W，也邮购了他几件东西，语音通话也聊了几回，嘴很甜，哥呀哥叫个不停。约去滨州看看，他来济南接我。正好同学的博物馆要买点老物件，去看看呗。

火车到了济南，打电话给W，他说：“哥，济南车太堵了，进不去，你去长途汽车站坐车到滨州吧!我去车站接你。”我有点不爽，这说话怎么不算数?车到滨州，等半天，老说来了来了，就是不见人影。这是否遇上骗子了?我是没钱的人，绑票?

等了半天，一辆满身是泥的城市越野来了，我上了车。

这是一个叫阳信的县，有一个村叫水落坡。这村上的人不知啥时候做起了古玩生意，扎堆在北京潘家园摆摊。后来，首都整治市场，把小商贩都轰走了，这批商贩索性回了老家，在农田里盖房卖货，这一来二去，形成了全国最大的旧货市场。以前是农民拿了东西上北京卖，现在是北京爷们拿了钱到农村来淘货，你说这世界上的事说得明白吗?

我是在山东电视台的《收藏》栏目，知道有水落坡这个地方的。

进水落坡市场的村口，有一块牌子，大概意思就是“中国最大的古玩市场”。是啊，广阔天地大有作为，麦田里盖市场，一字排开，十几里地，北京能有这样大的阵势?问题是古玩旧货不是麦子，割了一茬又长一茬，号称中国之最，靠谱吗?

W的店在市场正门不远的地方，两间门脸，门口放着车架、轿子、石墩、石磨等大件，屋内则是床、桌、凳、柜、椅等，堆得满满当当。来不及细看，W和他表哥带我到阳信城里住下，晚上招待吃了火锅。

在接下来的时间里，我对水落坡的印象简直可以用“惊讶”两个字形容。偌大的市场权且不说，这周边村庄每家每户几乎都在经营老物件，大到建筑构件，小到生活器皿，只要有点年份的，几乎都拿来卖。W带我走了十多个村子，哪家卖什么他都熟，一般都是一个院落，屋里的炕上、桌上都摆着旧东西，乱七八糟，应有尽有，大部分是农家的生产生活用品，可以说几乎把爷爷奶奶、外公外婆家的东西都淘来了。当一个行当被农民大军参与成了产业，结果想想是可怕的。

W告诉我，水落坡的收货大军奔赴全国各地，淘到东西后汇聚市场，各店主会先去挑货，合适的拿下，这样收货和卖货分工明确。哦，难怪货源会这么充足呢！

我在水落坡市场里，买了两副门扇，中间是全浮雕木芯，框是新的香樟木，一副六扇是“三国演义”，一副六扇是“十八罗汉”，另外买了四块老木雕花卉，全镂空浮雕。东西是好东西，老板夫妇一口价，一点不肯让。W说，整个市场就他家最难讲话，没办法，他能拿到货呀！知道是云南那边进的，但你摸不到货源。另有六块尺寸大点的“十八罗汉”，店主说已有北京客人交定金了，没法更换。又拿了W店里的一张百工床，一顶旧轿，东西都不错，后来都成了博物馆里的宝贝。我自己拿的“十八罗汉”门扇，放在客厅，自有一份古气。

东西买了，不用你烦，店主会打箱走零担，你只要告之地址就行。物流的一条龙，明白地告诉你：只要有钱，一切皆行。

我和W后来成了朋友，他为人诚恳，不因为你拿了别人的货而不高兴，而是给你做参谋，当向导。他问我还想去哪看看？我们后来去了淄博，看了博物馆，看了蒲松龄故居。他说，哥，有文化就是不一样，这些地方我都是第一次来呢！我说，你做古玩这一行，应该多看看老古董！

我们一直有微信联系，这个把我“骗”到水落坡去的山东汉子！

第四辑

呓·论

仇远近探

仇远，闲散文人也。

纪昀于《四库全书总目》记："因居余杭溪上之仇山、自号曰山村民。世传高克恭画山村图卷，即为远作也。远在宋咸淳间即以诗名，至元中尝为溧阳教授。旋罢归、优游湖山以终。"

仇远于大德九年（1305）为溧阳州教授，年五十八矣。"宋亡，落魄江湖。元初，辟溧阳学正，未几，隐去。工诗文，所著有《山村集》。洪武初，祠于府学乡贤祠。"（田汝成《西湖游览志》）孙尔准在《续修四库全书序》中言："自号山村遗民，《元史》不传，《文苑》不文。其姓名著作仅散见于他书。虽存其目类，皆遗佚，惟《金渊集》著录。"

宋之遗民，落魄诗人，虽四十二岁即赋诗二千，一生未见结集付梓。"远所撰金渊集，皆官溧阳日所作，故取投金濑事以为名。所载皆溧阳之诗，而他作不预焉。""此本为歙县项梦昶所编。后有梦昶跋，称留意搜访……"（纪昀《四库全书总目》）此本，为《山村遗集》也。"而所谓金渊集者，则不可复睹，今惟永乐大典所载，尚数百首……谨依各体排纂、编为六卷。"（同前）

仇远诗作，收《永乐大典》，录《四库全书》，可见非同凡响。其自云："近体吾主于唐，古体吾主于《选》……往往于融畅圆美中，忽而凄楚蕴结，有《离骚》三致意之余韵。"其诗不雕不琢，不险不怪，值得称道。"语工自然，随性而发，字由心生，笔从心落。"乾隆评价他的诗"雄逸或堪苏（轼）伯仲，清真亦偶陆（游）埙篪。拟之李杜诚犹远，则实渊源限代时"。方回言："吾友山村居士仇君远仁近，受溧阳州教，年五十八矣，归附垂三十年，始得一州教，则何难于仕也。仕之难如此，而况敢望夫达之易乎？仁近诗名满世，自有垂百世而不可朽者。"

明代陶宗仪《书史会要》言："（仇远）好古博雅，楷书学欧。"释妙声谓其诗“冲远幽茂，而静退闲适之趣溢于言外”。释弘道赠诗：“吾爱山村友，诗工字亦工。波澜唐句法，潇洒晋贤风。”

孙尔准言：“《四库》，其诗皆官溧阳学官时所作，地有投金濑，故取以为名，不收他什。”《金渊集》有卷六，古诗、律诗、绝句各体皆备，风土人情皆涉，不失为元时地方文化之瑰宝，弥足珍贵。

“我本西湖一散人，偶来溪上濯乌巾。”仇远有幸，宰学溧阳。溧阳有幸，仇远教授。唐时孟郊，平陵寒尉，作《游子吟》，流芳百世。元朝仇远，溧阳学官，著《金渊集》，引领文风。清代曼生，理署一方，制壶铭刻，是为文宗。浙人有缘，溧阳福地也。

仇远诗书

仇远，元代溧阳教授。

元时溧阳为州，教授应为教育局局长之职。在任，老仇修泮宫、兴学舍，奖掖士子，工作成绩斐然。

仇远以诗名，与同邑白珽并称“仇白”。方凤言其诗“近体学唐人，古体效《文选》”，在宋末名盛一时。其好交友，与赵孟頫、鲜于枢、戴表元有来往，弟子亦其时诗人。其好游历，名山大川皆入诗中。仇远有《金渊集》六卷，皆官溧阳时所作；另有《山村遗集》《兴观集》，皆为清人所辑；有词集《无弦琴谱》《稗史》一卷。诗人方回在其四十一岁时言：“予友武林仇仁近，早工为诗，晚乃渐以不求工，有稿二千篇有余。”诗作等身，散失甚多。

明弘治《溧阳县志》记：“仇远，字仁近，号山村，钱塘人，大德中到任。善声诗，佳章戋句，脍炙人口，有集梓行于世。浙江称能赏旨曰张邓仇先生也。”

清康熙《溧阳县志》载：“仇远，字仁近，钱塘人，大德中任溧阳州教授，工诗文，一时游其门者，若张雨、张翥、莫维贤皆有名。当时其汎湖诗有‘山分秋色归红叶，风约蘋香入画船；清明寒食荒城晚，燕子梨花细雨愁’之句，皆为清警。洪武初祀杭州乡贤祠，在溧有《三忠堂》《邑姥峰》诸诗。”

清嘉庆《溧阳县志》言：“宋咸淳中与白珽以诗名，谓之仇白。游其门者张雨、张翥、莫维贤，皆有名当时。吴谓等月泉吟社，远亦与焉。元大德中起为溧阳州教授，见学宫敝漏，为完葺之。好游山水寺观，裴回赋诗。后以杭州知事致仕，自号近村，又号山村民，学者称山村先生云。”

仇远诗于溧阳历代志中有选录，以《题溧阳市》最著，康熙志诗评：“才藻若此，不愧宗比一席。”《凸山》诗评：“以书画譬之，当入逸品。”《溧阳古诗选》选其诗十七首，为诸家最多。诗中写有凸山、屏风山、茭山等，拜谒了看经寺、报恩寺、广教寺、西寺，与“好游山水寺观”一言相契。而“缩项鱼肥人鲙玉”一句，乃后来地方特产“砂锅鱼头”鳙鱼的最早记录，神乎？

仇远诗文，掩其书名。明人言其楷书学欧阳询，行草也善。张伯驹《烟云过眼》书中，录有“元仇远自书诗卷”一帧：“纸本，高九寸许，长六尺四寸，行书字大如指，书七律诗十首。后款识‘士瞻上人，习定好修，与予晦翁笑隐长老三世交矣。求余文章，遂信手写七言十首塞白。上人其为我佛前忏悔绮语业，至治元年九月山村仇远书于北桥躬行斋’。”该书初收录见《江村消夏录》，张先生评价：“山村书不多见，诗宗白乐天，颇静退闲旷。”“山村为宋之遗老，世称仇白，并时与张玉田以词相唱和，因入元为溧阳州儒学教授，遂入元人，亦如侯壮悔入清取中副榜。”“其书法与赵孟坚子固、张即之温夫，皆为南宋末体，仍为米元章之绪。子固特挺劲，温夫亦多姿态，山村则较拘谨，因其为醇醇儒者，书亦如其人之风度……山村书偶于跋语中见之，其自书诗则只有此卷，实较赵孟頫书价值为高。”

仇远在溧任期，或言时间不长。其《久客思归言志》言：“自我来溧阳，四见木叶秋。”可见最少四载也。他诗集名《金渊集》，亦为地方名胜，“金渊多宝地，此地殊幽深”。他对地方风俗山水，精研涉足，蚀骨入怀。其与溧阳州同知、丹徒萧汉杰常有唱酬，引为知己：“何处溪山好，相从结草庐。”

好山好水，好诗好书。仇远客溧阳所作诗书，似金渊深邃，似濑水长流。

仇远诗茶

溧阳茶诗，始于宋初周绛，其《招仙观》有“绿荈晚烟梅雨夏”之句。

仇远《金渊集》，多有对溧阳茶描述，实为珍贵史料。

《广教寺》：“撞钟山鹳起，煮茗石罂香。”

《望江南》：“休对故人思故国，且将新火试新茶。”

《客来惊睡》：“请啜一杯茶，万事且不理。”

《寄南仲》：“有时笔床茶灶泛洮湖，柳外梅边从徙倚。”

《寄子野》：“我爱睡乡真乐地，底须频吃玉川茶。”

《与子野过永仙观》：“杯余漱齿呼新茗，石上题诗剥古苔。”

《冬日小斋即事》：“一瓶雪水煎茶熟，清气真能压武夫。”

《东观徐炼师松隐丹房》：“仙馆幽深竹覆墙，风传石鼎煮茶香。”

《立冬即事二首》：“凄风浩荡散茶烟，小雨霏微湿座毡。”

《闲居十咏》：“茶瓯纱帽惯迎宾，不是诗人即道人。”

仇远诗茶，涉及颇广。寺僧煮茗，客来饮茶，游湖携茶，酒后醒茶。石鼎茶瓯，风传茶香，元时溧阳饮茶成风，乃茶文化之渊源。

仇远诗酒

仇远好游。“来游溧阳学，文物委秋草。”“一日不见山，胸次尘土积。”“金渊多宝地，此地殊幽深。”于是，他芒鞋竹杖，旅屐游踪，屏风山登高，看经寺拜谒，广教寺访僧，报恩寺临池，三古桧题咏，芟山祷雨，岊山探春……着实把溧阳的山水风物看了个够。

仇远好酒。一部《金渊集》，半部诗酒香。

“万户大县旧留都，一派中江入太湖。缩项鱼肥人鲙玉，长腰米贵客量珠。府分南北寒芜合，桥直东西夜市无。却是旗亭浮蚁美，杖头能费几青蚨？”这首《题溧阳市》，应是写旧时古邑的佳作。万户大县，中江东流，鱼米之乡，府桥纵横。诗人眼里飘过迎风酒旗，闻到美酒之香，发出“喝点小酒能花掉老爷我几个小钱”的豪言。

“自我来溧阳，四见木叶秋。”四年时间里，仇大人的酒没少喝。

“洗耳尘即清，酿酒香愈冽。一醉三十年，至味过麴蘖。”（《山泉为惠君畴赋》）“山翁醉如泥，夜半方醒然。”（《夜醉》）“此中无他肠，饮少乃辄醉。眼眩力不支，便欲投床睡。”（《饮少》）“一瓻新酿正三白，幸是杖头钱可沽。”（《九日客中》）这酒喝得，烂醉如泥，体力不支，一醉三十年，一掷杖头钱。“强歌强舞醉相扶，何必更画豳风图。”（《九日客中》）“醉眠春一榻，不记梦伊何。”（《再叠》）“酌彼溪店酒，醉向舟中眠。”（《黄渚舟中》）“酒杯时乐圣，茶碗欲通仙。”（《再用韵》）这酒喝得飘飘欲仙，还有醒的时候吗？

仇诗人为什么如此好杯中之物？是酒瘾太大？是溧阳酒香？“金渊醇酒贱，足可醉亡何。日觉醒时少，其如饮不多。”（《醉歌三首》）“典衣沽酒从儿笑，闭户吟诗只子知。”（《生日和洪山甫见赠韵》）“日饮岂不佳，第恐无酒钱。”（《夜醉》）溧阳的酒是便宜，可也扛不住天天买醉呀！没有酒钱，当衣换酒。

“客至当饮酒，醉此金粟堆。”（《钱儒珍家赏桂》）“明朝又赴公筵贺，灯下醒眠懒解衣。”（《岁穷早睡》）客人来了要喝，公家宴请要喝。“投金濑上能容我，贡玉堂中自有人。溧酒清醇鱼菜美，不妨频日宴嘉宾。”（《至后》）看来仇诗人的应酬交际颇广，饮酒机会颇多。那么他是否过得惬意快活？

“山色空蒙寒食雨，杨花零乱溧阳楼。老人岂有伤春事，酒后情怀似感秋。”（《寒食雨三首》）“苦被长贫难择禄，宁甘渐老不如人。”（《授时历以丁未为一岁》）“辛苦移家向溧州，微官只为斗升谋。”“溧尉唐时本小官，诗人争笑孟酸寒。我来莫道儒官冷，今古酸寒只一般。”（《言怀》）“携家逾八口，窃禄又三年。”（《自爱》）“故老或询予出处，为言索米向金渊。”（《送汤希贤晦庵书院山长》）学官寒酸，教学谋生，全家来溧，索米糊口。“悄无人迹如深井，惯听秋声是冷官。”“苔荒茅屋归期远，细雨檐花且醉歌。”（《秋晚斋居》）学官门前人迹罕至，门可罗雀，可谓冷官。

“灯前诗酒留三宿，纸上功名付百年。”（《和张辅之赠别》）“诗酒相寻忘尔汝，古今难必是悲欢。”（《十一月十六日学宫对酒》）“山林空入梦，诗酒未忘怀。”（《和友人韵》）“谪仙酒楼在，不醉欲何如。”（《敝车》）“孟郊李白曾行处，泰华琅琊尽向西。”（《寓舍》）“旧时东野吟诗处，何日携壶酹此翁。”（《江阴何仲礼相访和答》）“或云酒是忘忧物，醉乡别有一天地。”（《醉醒吟》）也许是李白的酒风吹畅了胸怀，也许是孟郊的诗作触碰了情怀，仇远几乎逢诗必酒，在金渊这片土地上借酒浇愁，借酒抒怀，借酒畅言，借酒赋诗。

“溧江美酒差可恋，说醉论醒姑且置。公不见昔人有云，且食蛤蜊那知许事。”（《醉醒吟》）“六朝旧事付东流，醉翁之意不在酒。”（《寒食游陈园》）朝代的更替，故国的远去，亡民的苦涩，这是仇远胸中的块垒。学官的微薄，出仕的矛盾，索米的苦寒，这是仇远心上的郁结。“肯为功名亏道义，常因课讲费吟哦。”此言才是诗人的心声和苦衷！

“何时一酌桃源酒，醉倒春风数百年。”（《怀古》）十分想见下数百年前买醉的仇诗人，问一问：溧阳的酒是哪家的好？贵贱如何？新酿还是陈窖？哪家当垆的老板娘长得俊俏？东门西门，南府北府，一共有几多酒家？您一顿能喝几许？写诗和讲课的时候是醉是醒？

还有，你喜欢溧阳吗？

桑连理馆艺事管窥

高日濬曾言："（曼生）辛未（1811），自赣榆移任溧阳，复得追随官廨。一时旧雨沓来，郇贤之聚，坛坫之张，有《桑连理馆主客图》纪事。"（《种榆仙馆诗钞跋》）

"雅集桑阴主客私。"连理桑下，群贤毕集，研墨抻纸，分题赋韵，吟和声起，积有卷轴。文士雅客的集聚，带来了艺事的兴盛，带来了溧阳历史上的文化璀璨。

岁月如濑水，东去不复回。艺事若南山，巍峨立丰碑。当年桑连理馆的雅集早已散场，留下的笔墨大都散佚。我们只有掀开历史的一角，从偶尔露脸的遗迹余楮中，窥探昔日的盛况。

一

沪上童衍方先生有《霞满图》手卷，汪鸿作画，陈曼生题字"日落余霞尚满天"，乃桑连理馆雅集的精品。此卷由汪鸿绘山水，设色绢本，题款"《霞满图》，丙子夏，作于濑上桑连理馆，汪鸿"，时年为1816年。童先生在《艺苑清赏》中云："此画为小青绿山水，构图右密左疏，如书家之立体取势。右下角奇峭玲珑的太湖石旁，有精舍二椽，环以短篱，屋之后及两侧，松柏翠竹相映，芭蕉隐现，呈其勃勃生机。屋前一小童正在扫洒前庭。图中有两大青绿石坡，画法染中带皴，挺秀而柔韧，其间有红栏板桥，一老叟迎面遥望，缓步而行，身后枫叶殷红，远处青山起伏，绵绵无垠，山后红霞满天，绚丽如绮，红绿相间，景色明艳动人。此图繁简相参，静中寓动，水面开阔，景致平远，以秀逸滋润之笔写怡静闲适之意也。""此卷题跋长280厘米，计有郭麐、江步青、屠湘、蒋因培、程得龄、朱春生、陈鸿寿、张镠、张迎煦共九人题跋，其中曼生之题清劲古雅，洒脱超脱，'白发婆娑对晚曛，遥天犹羡惊鸿矫'句，有感慨而无失意之态也。"

汪鸿，字延年，号小迂，休宁人，客陈鸿寿幕，花鸟山水不入时流，工铁笔，金石竹木无一不能奏刀，善刻砂壶，曼生壶常由其镌刻。陈曼生主修《溧阳县志》的插图，都由小迂手绘，艺术功力不凡，深得曼生器重。

张镠，字子贞，号老姜，江都人，通篆隶，工铁笔，有《老姜印谱》《求当斋集》行世，书法颇少，苍郁雄畅，锋颖秀拔。

张迎煦，字晴厓，仁和人，工诗善绘，吟诗空灵清雅，有青楼女子见其诗作而委身，传为佳话。官永州同知，有《秋红馆诗集》。

蒋因培，字伯生，常熟人，诗人，有《乌目山房诗存》。

江步青，字听香，钱塘人，工书，客曼生幕，为桑连理馆主创人员之一，曾刻曼生壶。

朱春生，著《铁箫庵文集》，与郭麐有过从。程得龄、屠湘皆为其时名士文人。

曼生宰溧，在百年古桑的荫佑下，群贤毕至，高士雅聚，制壶试茶，吟诗作画，是为佳话。诸贤之书画佳作，《霞满图》可窥一斑。此画成图，应在曼生县令卸任之际，题跋应在离任之后。童先生记："此卷首尾均为郭氏所题，尾题距汪鸿作画已八年，图之受者王员外已逝，而陈鸿寿亦于上一年逝世。"沧桑变幻，图卷无语。只睹郭麐题字"毕竟人间重晚晴"，令人感慨，也如曼生题句所言："能说当年无限事，玉茗院本推擅场。"

二

浙江省博物馆藏周士乾《桑连理馆图》册页，纸本，纵23厘米，横33厘米，是一本弥足珍贵的图册，也是目前仅见的桑连理馆旧影。

蒋宝龄在《墨林今话》中记："周松泉士乾，钱塘人。工山水。余尝见其小幅，用干笔而腴润可喜，极似冬花盦主少作。尝为曼生司马写《长江无尽图》，郭频翁题云：'问君写此意云何，垒垒青山渺渺波。怕见当中一帆影，十年朋旧别离多。'琴坞太守诗亦云：'吾侪能事擅周王，造境不复他人同。'""《是程堂诗注》有云：吾乡自奚征君以画名一时，同时工此者云起……山水则高迈庵、汪栗田、姚修白、徐西涧、朱闲泉、周松泉、陈曼生。"

郭麐《桑连理馆主客图》记："据石作画者为王子若，独坐画便面者为周松泉，两君皆工六法，王以疏隽胜，周以缜密胜，同参画禅者也。"由此可见，周松泉为桑连理馆的主要成员之一。

郭麐有诗："濑阳多奇石，皆花石纲故物也。曼生属松泉图其九，戏题一首：使君骨相太清寒，驱使烟云到笔端。五岳又从方寸起，一拳都作丈人看。袖中有海携原易，石上无禾养大难。乞与囊中烹玉诀，异时好为问加飡。"由此而知，周松泉亦绘有曼生搜集溧阳名石九图。

周松泉《桑连理馆图》有题："辛未冬日为曼生大兄作，弟周乾，松泉（阳文章）。"辛未三月，曼生作宰溧阳，此图应为当年画赠之作，"册后有友人郭麐、史炳、门生彭剑南、张迎煦等题诗或题跋"（金石书画展览说明）。图中连理桑虬枝繁叶，直耸云天，一株墙外，一株墙内，中间有树干相贯接，甚是殊胜奇特。桑下左有一古人伫立，似凝望，似吟哦；右有四人相对，或作揖，或交流。馆内坐三人，两对望，一侧坐，象相问，象作答。屋后琅玕丛生，闻风声，闻鸟语。中间粉墙蜿蜒，月门洞开，通县署，通县丞。

郭麐对桑连理馆情有独钟，除两次题记外，还有诗《连理桑歌为曼生作》："天风萧萧吹不枯，墙阴兀立桑两株。珊瑚碧树世稀有，眼中忽见瑞应图。一株拏攫秋空撑，一株稍稚亦弟兄。相逢喜欲揽环佩，老干中贯如桥衡……此间仙吏人中凤，历历繁星皆手种。人间桃李不足当，老物离奇万牛重。"又有《题桑连理馆图》二首："神仙例合起新宫，历历星输讶许同。接叶交枝初海日，吹花嚼蕊忽天风。已闻蚕织安斯俗，尽好琴书娱乃公。深拥黄细衙放早，文窗一抹晓霞红。绕郭烟岚翠作堆，屏风叠叠为君开。人如独鹤离群立，客似佳山排闼来。云汉今多闵雨意，风流谁是谪仙才？黄帘绿幕题诗处，更乞天瓢一洗埃。"

岁月更迭，星转物移，在《桑连理馆主客图》原画消遁之时，能见周松泉所绘图册，幸甚！

三

浙江省博物馆在2018年金石书画艺展上，还展呈了一幅陈曼生所绘《善权石室图》，一幅钱杜的《传石斋图》。

曼生《善权石室图》纸本，纵55厘米，横30厘米，用笔萧散简逸。善权洞口钟乳下垂，怪石嶙峋，杂树疏立。洞外舟篙横溪，洞内有古人一坐一立，似在一探究竟。图题"善权石室，坚斋大兄属，鸿寿作"。陈（阳文章），曼生（阴文章）。

此次探访善权，郭麐有数诗为记甚详：《龙池》《朝泊祝陵》《自祝陵至善卷洞遍探水旱三洞，回寺小憩得诗四首》《碧鲜庵是祝英台读书处》《国山碑》。其对善权三洞描述精到："上岩石压叠，下岩水平铺。屡累积瓴甓，宏敞开阛阁。""水洞固已奇，山洞奇更绝。山灵秘惜之，线路藏曲折。"隔一年，郭麐又有《约同人游善权、张公诸岩洞》诗："去冬孤櫂沿寒塘,善权洞口菖蒲香。"又过一年，郭麐写《赵北岚明府曾重修国山碑亭，绘东吴片石卷索题三首》诗，尾记曰："前年游善权，仅至碧鲜庵而止。"可见，他几乎每年都要去游一趟善权洞，不知曼生是否每次同行?

曼生游善权，除这幅《善权石室》外，还曾为宜兴知县赵北岚画过扇面。郭麐有《题曼生为赵北岚画善权洞扇子》一诗："昔游历历真如梦，山水清苍善卷洞。张公玉女亦招人，其奈尘凡俗缘重……两君作吏吏而仙，与我交好宁无缘?"

钱杜，字叔美，号松壶，钱塘人。工诗善画，绘画以细笔浅设色为主，运笔松秀缜密，被时人喻为"神逸之品，不染人间烟火气者"。《传石斋图》纸本，纵128厘米，横31厘米，题款为"传石斋图，丙子夏客濑上桑连理馆为子调五兄正，钱叔美。杜（阳文章）叔美（阴文章）"。左上角有曼生题跋："绉云未见见苍云，绝胜奇礓倚夕曛。他日当湖访遗迹，故应袍笏拜清芬。传石误画遗迹绉云石，鄌氏故物，苍云石今在溧阳。子调五表弟属题。曼生，陈鸿寿率尔题句。曼生(阴文章)。"

钱杜传石之图，青绿着色，图中大树撑空，苍云石高耸树前，玲珑剔透，气度非凡。有一人背袖绕石，头伸近观，神情专注，欣赏奇石。整个画面淡雅素净，古意盎然，充满文人气息。

曼生题诗中提及绉云石，郭麐在《绉云石图为伯葵题》一诗前有叙："石为恪顺吴将军赠查伊璜先生者，旧在朴园。园废，石亦为人所有。伯葵属曼生作图，以为他日汶易之券云。"曼生应画有《绉云石图》，而钱杜所绘《传石图》，应为溧阳苍云石。曼生来溧，搜集古邑名石九尊，曾命人画《濑上石民图册》，钮非石、周松泉亦有图见记。如今苍云石粉身碎骨，埋为墙基，偶见钱图，百感交集，泪眼婆娑也。

当年连理馆的艺人艺事，都成了故人旧事，只剩幸存的尺素绢张，讲述着昔日的故事。感恩童衍方先生当年曾亲携《霞满图》手卷来溧，让我俗眼生光，一睹桑连理馆精品真迹。亦谢沪上田振宇君观展拍照，发来珍贵资料。只是俗事缠身，未能赴钱塘一观真迹，遗憾。托西泠友人询浙博，能否再给机会单独拜读?答曰：入库难办！罢。

曼生壶

清人钱泳《履园丛话》有言："陈鸿寿用时大彬法，自制砂壶百枚，各题铭款，人称之曰'曼壶'。于是竞相效法，几遍海内。余谓曼生诗文书画印章无所不精，不意竟传于曼壶，亦奇事也！"

钱先生此言耐嚼。砂壶百枚，珍若拱璧，故流传甚少，而非后仿者刻"第二千六百十一壶""第四千六百十四壶"之假。台湾黄振辉先生估算曼壶产量"最少也有二十五年，粗估五千只为计（事实上有高过此数量的可能），每年约生产二百只，每月十五至二十只。"孰知桑连理馆在县衙之内，属治政署民之地，曼生乃一县之宰，不是一窑之主，刻铭烧壶乃工暇余事，目的首先是玩泥巴，找到绢宣以外的艺事载体；其次是馈赠亲友，聊作礼品。昔时昔地，曼生如以卖壶来扩大生产，维持局面，恐怕乌纱不保也！有文记载，曼生拖欠地方上缴款，上级领导前来督查催交，见面只是请曼生刻章了事，欠款算数，却不见索要砂壶抵账。可见诗书画印乃艺事本事，砂壶仅是礼物玩物，不是后人所想那么贵重。

砂壶值钱，非曼壶始。明周高起《阳羡茗壶系》言："至名手所作，一壶重不数两，价重每一二十金，能使土与黄金争价。世日趋华，抑足感矣！"昔日异僧卖五色土，供春捏泥制树瘿壶，是为传奇。孰料日后丁蜀抟泥成金，制壶成业，名手辈出，价格不菲。不知周高起说的一二十金在当时是何价位？曼生壶的价格却有定数。清徐康《前尘梦影录》说："（曼壶）铭字须乘泥半干时，用竹刀刻就，然后上火，双款则倩幕中精于奏刀者，加意镌成。若寻常贻人之壶，每器只二百四十文，加工者价须三倍。"此处二百四十文又价值几何？黄振辉先生考证：当年一只普通曼壶约可换八升米，精品定制换二十五升米；曼生作为知县，一个月俸银只能买七只定制壶。

曼壶本是玩物，不意竟成宝物，这是曼生和他的幕客们没想到的。但因此推断桑连理馆从此不务政业，以经济建设为中心，砌窑烧壶，烟火冲天，敛财充亏，推销砂壶，这是臆想误判。曼生治县屡有政绩，不会为余事耽误正事，也不会为举账告贷而售壶捞钱，这或许是一个文人的尊严底线。至于后来的“竞相效法，几遍海内”，那都是商家作为。曼生离开溧阳，再无制壶的可能。蒋宝龄《墨林今话》有言：“沙壶有伪者，刻‘曼生’二字，皆道光仿造，在今已罕见矣。若真者则贵重之至，外国人有以百洋蚨、数十洋蚨买之者，较乾嘉时时大宾壶价尤钜。”曼壶的造假，道光就有，即便是仿品当年也是“罕见”，真品连老外都重金搜购，想想，能有五千枚的产量吗？蒋宝龄与曼生是同时代的人，他的话较为可信。曼壶之价超过时壶，当年已有佐证，而今时壶真品能有几把？曼壶流传真品又能有几把？钱泳言“制砂壶百枚”，可信。

曼壶值钱，仿者不绝。就连图录都有孪生兄弟，唐云藏朱石梅摹《茗壶二十品》之“陶冶性灵”，龚怀希有“曼生三十八式”之《陶冶性灵》，均言郭频伽题签，孰真孰假？正如溧阳狄曼农题跋之曼生“辫筠”行书手札册页，上海博物馆有，“溶溶斋”又出拍卖本，据说日本又发现有此册数页，西泠印社又发石印本，孰真孰假？而册页间竟有“阿曼陀室”印章，让人摸不着头脑。既然曼壶的标准器为“阿曼陀室”底印、彭年把印，那么为何在郭麐、屠倬、陈文述、汪小迂、钮匪石、江听香等人的诗文中，从未提及有此印信？他们对曼壶的泥料、款式、烧制等都有详细的描述，连包装都有。“阿曼陀室”从何而来？仅是徐康的一句话吗？

笔者曾在宜兴藏家处见过一把“延年”半瓦当壶，底钤“桑连理馆”印。这位藏家说，只要你和曼生有缘，总会得到他的东西的。亦曾在杭州唐云纪念馆见过“八壶精舍”之四壶，隔着玻璃橱窗，只能凝视。据见过八壶并上过手的专家言，八壶真假，尚有存疑。几真几假，不敢断言。呵呵！每到拍卖会曼壶成交几百上千万，背脊上冷汗直冒！为何不早生二百年，囤积一批曼壶呢？不也一夜暴富？写两篇酸文，也算和曼生有缘了？

一日，某研究会举办一场曼生壶学术研讨会，让我去滥竽充数。轮我发言，大放厥词：“南博的那把井栏壶是假的！宜兴潘持平先生已有文章，我亦写过东西。原因有二，曼生壶以文玩为主，都是小壶，这壶是另类，偏大。还有溧阳唐井上的铭文，壶上有一个字错了，曼生和幕僚不会犯这种低级错误！”主人愕然，低声言：“这可是国家一级文物！你可不能乱说啊！当年曼生他们做壶，万一兴趣来了做了把大壶呢？”我无语。只怪我晚生了二百年，不能追随曼公做壶，做大壶时不在现场。没学到曼公之才学，只学到曼公“犟项”也。

曼生壶，太多迷。

记得有次在城郊胥渚村上走访，问起一位老者，知道曼生壶吗？孰料老人言：“知道，原来家里上代传下来过，盖子破了，扔了！”不少人听了要跳脚。陈曼生任知县，经常到胥渚狄家观看收藏，与狄曼农长辈交好，村上有壶是可信的。我欣赏老者的淡然，茶壶，不就是用来喝茶的吗？没盖子了，不扔做啥？

曼生之趣

一

曼生是个文人。出仕为官，虽贵为县令、同知，人称司马，却是苦不堪言。

理署溧阳，烦事不少。“寿处入夏后亢旱殊常，事多啾唧，幸皆化险为夷，而尤甚者。初大司马勒提上忙，只照额征，不准民欠，名曰‘截流清源’，以至全省惊惶，两方伯无辜被议。寿因旧款全清，毫无罅漏，理直气壮，遂以一禀触怒此公，绝大奇文，传钞殆遍，旋见时几至攘臂，旋复揖让为礼，叫跳不休，不得已，又以侃侃数语折之，周旋而出，见者咋舌，闻者快心。然为藩府牢笼，仍不免垫解，以顾大局。今年运气之恶劣，实为生平所未有，徒搏强项之名，未脱折腰之苦，而现在成灾，七分地漕全缓，又须赶办赈务，可危可怕。”此言选自曼生写与亲家榕皋的信札，读来生趣。

夏旱殊常，溧阳歉收，曼生应付得当，总算化险为夷。大司马不顾旱灾，照额征收税赋不准民欠，弄得全省惊惶。曼生因款收全清，理直气壮，因此一纸禀文上奏，不料却流传开来，使大司马失了脸面，见了曼生几乎撸袖攘臂，叫跳不休。曼生只得揖让为礼，周旋而出，顾全大局，叹息运气恶劣。上要应付漕赋，下要赈济灾民，可危可怕。此处大司马的依官仗势、暴跳如雷，陈曼生的忍让为上、彬彬有礼，栩栩如生，历历在目。曼生在另一信札中叹曰：“江南作官难如此！”

郭麐曾说曼生“治行为一时冠，以催科事，迕上官，强直不屈。纾民于艰，众咸指目，以为强项吏”。一个县官，敢于为民着想，救民于难，不怕得罪上司，犟头倔脑，气得上级领导跳脚动手，这需要多大的勇气和情怀！这样的基层官员，古今少有。

《前尘梦影录》亦有一段趣闻：“曼公任溧阳时，以官帑缓解，为胡果泉方伯檄取上省，文极严厉，合署皇皇。谒见时，方伯略问数言，即款入书斋，云有友人惠我五色青田石印，系巨材而完善，的是明时出土，必得名手如君者，方不辱此旧物。曼公云：束装匆遽，未携刻刀。征诸幕中，虽有而嫌刃薄材小，乃假诸木工，已而奏刀砉然，顷刻即成。方伯大喜，慰藉云：欠解款已与幕友商略，拨他款填解矣。”此文颇有趣，曼生拖欠官银，胡方伯发文严责，勒令上省汇报，衙署惶恐不安。谁知胡大人见面后略问公事数言，就把曼生叫入书斋，拿出明代青田石让其治印，曼生没带刻刀，以木匠之刀代替，立等即成。胡果泉大喜，说地方欠款已与领导班子商量，调拨其他款项解决了。看来“檄取上省”是假，名手刻印是真，曼生一技之长发挥了作用，一印抵千金。

曼生有印曰“强项”，书生做官，头昂腰直，趣事。

二

曼生为西泠八家之一，清徐康云：“浙西自丁、蒋、奚、黄、陈诸人以铁笔擅名，自成浙派。皆得汉印精髓，用切玉法颇露锋颖，至曼翁又参以钟鼎碑板，然发泄殆尽矣。”

郭麐亦言：“曼生天才亮拔，宗师其意而少变其体，跌宕纵横，时出新格。”

曼生曾云：“凡诗文书画，不必十分到家，乃时见天趣。”此为其艺论之精髓，艺术之领悟。

溧阳六年，连理桑下文友咸集，笔聚不辍，研墨伸纸，刻壶品茗，亦为曼生一生之快乐时光。“酷热无俚，与小迂、春萝纳凉桑连理馆，对谈兴发，急呼童取纸，信笔画数幅，殆知风雨骤至，相赏狂叫，傍若无人。”（《十二花卉册·鸡冠花图跋》）县官聊发野夫狂，为热狂，为风狂，为雨狂，为艺狂。信笔画图，大呼小叫，旁若无人，再也不顾县令之颜面威严，一霎风雨聚至，一霎落笔成画，一霎放肆狂叫，真性情也！真有趣也！

三

曼生好客。郭麐记曰：“旧交之过从，新知之慕用，其趋若水，其来如云，莫不倾襟以接，倒箧以尽。游谈者藉其声华，枯槁者资其膏润。乃欣然而白歉意，以为款洽之不尽。”

曼生致澥筠书札中言：“弟半年来寓中耗费，仅未盈千。旧雨沓来，万难膜视。

有来而即去者，有久羁于此者，浦上尽属新知，称贷颇觉厚颜。牙根咬定，不轻向人启齿，亦复铁铁铮铮。有疑我本系素封者，不知暗中之苦累，惟知己如吾兄，乃深鉴其底里也。”

重情重义，接旧迎新，慕名而来，热忱接待。殊不知主人已是囊中羞涩，暗中苦累，刚到新任，又不好启齿借贷，咬紧牙关硬挺。为朋友两腋插刀，铁骨铮铮，书生好情面，落得个“死要面子活受罪”！曼生之趣，得以一窥。

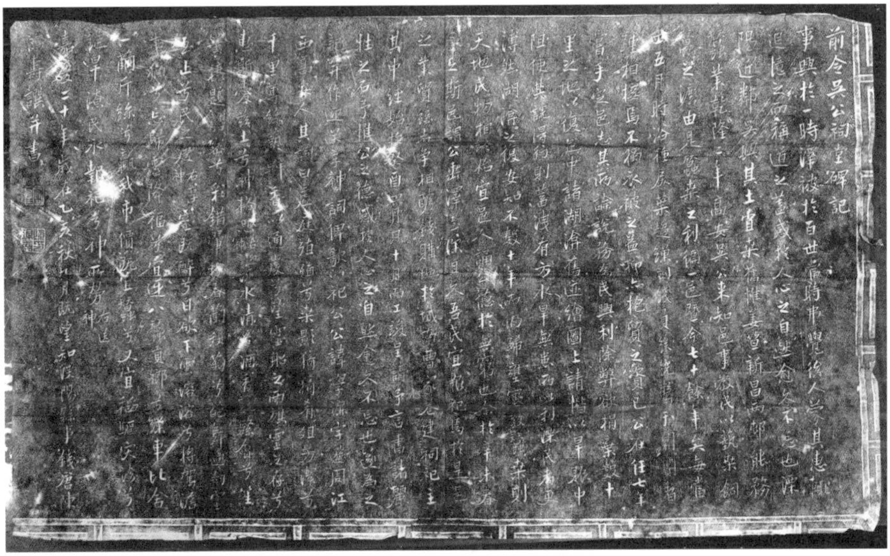

陈曼生撰书《前令吴公祠堂碑记》

“浪子”郭麐

郭麐，诗人，书家，胡得“浪子”虚名?

郭麐（1767—1831），字祥伯，号频伽，江苏吴江人，后迁居浙江嘉善。《清史列传》记：“麐少有神童之目，一眉莹白如雪，举止不凡，见者不问而知通人雅士。桐城姚鼐极称许之。家贫，客游，文采照耀江淮间。负其才识，不得有所见于世。素所积蓄，化为愤郁无聊，而时寓于咏歌酣醉。”陆耀尝谓人曰：“郭君交与行俱争第一流，惜其不见知于世也。”这里的郭君是指其父郭元灏，可见父子同脾性同命运，所谓“不见知于世”，就是屡试不第，科场失意，于是绝意进取，以诗文为乐。

冯登府在《频伽郭君墓志铭》中说郭麐“性通爽豪隽，好食酒，酣嬉讥骂，时露兀傲不平之气，不折身以市于贵势，每钼牙不合而去。”光绪《吴江县续志》亦云：“麐才气高岸，目慑侪辈。”其弟郭凤则说他“其目无人，其心无我。与世周旋，谓狂可也”。冯登府言：“其目无人眉独白，其文及古世识职，其狂可杀志不折。”

正因志高气傲，亦因嬉笑怒骂，郭麐不招人待见。“为许多权贵所不喜，无法长期共事，以致频繁流转各地，不断变换效劳对象。即便如此，郭麐仍宣称自己‘漂泊年多未悔狂’。”（《郭麐诗集序言》）

袁枚《随园诗话补遗》记载一则轶事：“郭频伽秀才寄小照求诗，怜余衰老，代作二首来，教余书之。余欣然从命，并札谢云：使老人握管，必不能如此之佳。渠又以此例求姚姬传先生。姚怒其无礼，掷还其图，移书嗔责。余道：此事与岳武穆破杨幺归，送礼于韩、张二王，一喜一嗔。人心不同，亦正相似。刘霞裳曰：‘二先生皆是也：无姚公，人不知前辈之尊；无随园，人不知前辈之大。’”乾嘉诗坛，郭麐重“性情”观念，与袁枚“性灵”之学相契，与随园先生多有交往。题照一事，足见频伽之率性，也见随园之雅量。

张维屏在《国朝诗人征略》中言："频伽虽狂，然极近情，极服善。"也许正是基于这点，他的诗作既重情，又颇具灵气。阮元曾赞郭麐道："其为诗也，自抒其情与事，而灵气入骨，奇香悦魂，不屑屑求消于流派。"张维屏赞其诗："频伽以灵芬名集，其心灵，其笔灵，真得乾坤清气者。"光绪《吴江县续志》云："故麐之诗甄综古今，腾踔变化，森森有以自振其风格，蜕然出尘埃之表，而独成为麐之诗也。"

郭麐多才多艺，诗、书、画、金石俱精。李浚之辑《清画家诗史》中言其"工词章，善篆刻，间画竹石，别有天趣，书法山谷"。盛叔清辑《清代画史增编》中亦云其"工诗文，能篆刻，行楷书宗山谷，笔力峭劲，风骨崭然"。

蒋宝龄《墨林今话》载："郭频伽醉后画石。吴江郭频伽麐，著有《灵芬馆诗文集》。同时擅笔墨者，无不识之。曾醉后为汪小迂画石，次日题之，有云：'昨暮真大醉，垒块忽一吐。枵然空洞腹，腹此出龃龉。生平所石交，皆不在缨组。磊磊落落中，意气自近古。汪君更可笑，崭削弥刻苦。我为图其真，落笔若牛弩。有人欲得之，岁为致鸡黍。不然待双荷，添丁生付与。'又《画竹》句云：'凤实难期鸾尾残，眼看儿辈尽檀栾。此君莫道全无用，江海苍茫要一竿。'诗人之画，偶一为之，别有天趣。"

诗人，才子，狂者，酒徒。文人之性之情，浪子其言其行，郭白眉身上彰显无遗。

郭麐与曼生

郭麐与曼生，知己知交也。

蒋宝龄的《墨林今话》有一篇《桑连理馆主客图》：“陈曼生司马鸿寿，字子恭，钱唐人。初以古学受知于阮芸台尚书。尚书抚浙时，与从弟云伯同在幕府，有‘二陈’之称。后官知县，署赣榆，补溧阳，廉明勇干，卓著循声。创文学，修邑志，办赈之善，为大江南北最。生平于诗文隶古篆刻外，兼好六法，意兴所到，生趣盎然。山水不多著笔，翛然意远，在姚云东、程孟阳间。亦工花卉兰竹。其言曰：‘凡诗文书画，不必十分到家，乃见天趣。’洵通论也。频伽称其诗宗太白，不屑屑于字句，而标致自高云。酷嗜摩崖碑版，行楷古雅有法度；篆刻得之款识为多，精严古宕，人莫能及。宰溧阳时，名流麕至，厅事西偏有连理桑一树，因颜其斋曰‘桑连理馆’。钱叔美、改七乡、汪小迂合作《桑连理馆主客图》，频伽为文纪之。又令宜兴人制茗具，创式制铭，名曰‘曼壶’，盛行于世。卒于海防同知任，年五十有五。”此文乃介绍曼生较为全面之说，为研究者常引用。

郭麐一生，绝仕进取，坐馆入幕，谋食养家。姚蓉《郭麐诗集前言》说他嘉庆年间“曾入杭州阮元幕”，“郭麐数至杭州依阮元，对其执弟子礼，为其校理《两浙𬨎轩录》等书，助其设立灵隐寺书藏并作后记。而阮元至浙后不久，就亲至芦墟探望郭麐，后为郭麐《灵芬馆诗二集》作序，并在其《灵芬馆第三图》上题‘人间亭馆知多少，可有浮眉一卷诗’之句，盛赞郭麐之诗。二人的交游，足称文坛佳话。”

郭麐与曼生交友，是否缘自阮元？

郭麐曾有诗云：“我与若翁交，异姓实兄弟。视汝犹子行，岂尚词绮靡？”（《曼生令嗣吕卿宝善新婚索诗为赠》）亲如兄弟，是两人关系之佐证。

郭麐对曼生的了解，有别一般朋友。他曾说：“曼生以诗文名一时，旁通金石篆隶，所交皆海内贤儁。家虽贫空，而宾客恒满，烹葵翦韭，无虚日。”（《陈仲恬孝廉传》）在后来的《陈曼生墓志铭》和《祭陈曼生文》中，他对曼生赞赏有加：“曼生瑰玮俊迈之姿，伉爽高朋之气，凌厉一世之才，掩有群雅之艺，孝友追配乎？”“曼生家故贫，以书记游幕府，诸公贵人皆重视之，不与常客均。所居新桥，室宇隘陋，而四方知名之士无不踵门纳交，觞酒豆肉，座上恒满，缓急叩门，至典质借贷以应。”文中曼生的慷慨仗义、豪爽英迈，栩栩如生。

郭麐于四十五岁时至溧阳入陈鸿寿幕，时间约为一年。他在《题晴厓桑连理馆录别图》中有“三年客馆忝同盟，先后交知此合并”之句，他的溧阳游幕，可能也是游历，来来去去，走走停停，前后至少有三年。他是一个落魄但不潦倒的浪子，四处漂泊，“家如传舍常难住，身似奔轮爱小停”（《重五日退庵见招不赴次来韵柬之》）。

郭麐曾言“陈尊自是轶群才，投辖留宾日几回”（《五月十六日即席送听香之濑水》）。他对曼生的吏治人品赞叹不已：“君吏事精敏。溧阳岁饥，振贫劝分，民不饥死，治行为一时冠。以催科事，迕上官，强直不屈。卒纾民于艰，众咸指目，以为强项吏。生平于学多通解，自以为无过人者，遂耻自名。于篆隶行草书，悬然天得，世争藏弆之，君意不屑也。”（《陈曼生墓志铭》）“逯牵丝而入仕，自海陬而江滨，旧交之过从，新知之慕用，其趋若水，其来若云，莫不倾襟以接，倒箧以尽。游谈者藉其声华，枯槁者资其膏润。乃欣然而白歉意，以为款洽之不尽。”“君以七品之官，百里之宰，达秩河堧，群欺众给，乃以博施而为怀，不自润而不改，宜乎造物都实应且憎……”（《祭陈曼生文》）

郭麐与曼生的交往，贯穿一生，念念不忘，曼生入都赶考，郭麐有《送陈曼生鸿寿入都三首》：“知己多生感，酬恩一意孤。云霄君努力，相望有潜夫。”曼生之官岭南，郭麐有《重九日曼生招集吴山道院》诗：“多烦公等酬佳节，笑谢山灵恕酒狂。明岁茱萸应念此，燕云岭峤远相望。”曼生宰溧阳，郭麐有诗：“吾友洮湖长，广矣太丘道。交结皆名流，一半已苍老。”曼生五十大寿，郭麐有祝寿诗：“与君廿载来，异姓若兄弟。”“一岁一相见，见必肝胆倾。”两人老了，郭麐有“等尔政成后，同放五湖船”之句。曼生去世，郭麐夜梦有感：“魂来魂返有无间，忽梦平生冰雪颜。眼底交知皆白发，意中惭负是青山。”曼生三子宝恒有图乞题，郭麐写道：“乃翁作官不作茧，但有图书数千卷。传家亦无田儿双，落落石友共明窗。”

知曼生者，郭麐也。两个文人，一生挚友，是为佳话。

郭麐与彭年

彭年，杨彭年也。

杨彭年，字二泉，号大鹏，清嘉道年间紫砂艺人，善配泥色，首创捏嘴不用模子和掇暗嘴之工艺，随意天成，颇合曼生心意，因此亦是“桑连理馆”成员之一。

彭年籍贯，一说浙江桐乡，一说宜兴丁蜀。有宝年、凤年弟妹，同为艺工。曼生如何结识彭年？如何招至溧阳？不得而知。

彭年得以留名，赖有郭麐诗文。

郭麐在其《桑连理馆主客图记》中有记：“司茗具者抟埴之工，曰杨彭年，其制茗壶得龚时遗法，亦无使其无传也。”

郭麐《灵芬馆诗三集》卷五有诗《赠为沙壶者杨彭年》：“其人有绝伎，于世必技穷。物外寄嵌意，手中抟捖工。茗柯皆实理，罨画此遗风。能为东坡制，休将石铫同。”

桑连理馆主客，皆为嘉道年间文人墨客，名士俊彦，频伽作图记时没有忘记艺人彭年，“无使其无传也”，此乃一种人文情怀。也许是因为郭麐的出身低微，也许是他的怀才不遇。当年诗名颇盛的他，能专门作诗以赞彭年，赞其紫砂绝技，赞其龚春遗风，赞其石铫壶式，说明作者是十分欣赏彭年的。

彭年作为壶工，在桑连理馆有一席之地。郭麐在《同人集桑连理馆试阳羡茶叠前韵》一诗中，有“已令陶氏作时壶，更遣水符调唐井”之句。其时，溧阳大旱，河湖干涸，曼生令彭年制井栏壶式诸种，以解喉渴，以润心田，取其吉兆，以泽万民。可见，彭年制壶不仅是馈赠亲友，也成为政府工作列项之一。笔者曾在南京博物院展览中，见彭年款唐井栏水盂，上刻铭文与溧阳唐井一致，型制亦同，不知是否当年作品？

彭年史料，知之甚少。作为曼生壶的主创成员之一，其工艺手艺应为上乘，其悟性灵性亦为上乘。文人墨客天马行空式的奇思妙想，落实在紫泥上变为壶式，靠的还是做工。文人设计图纸，艺人制成实物，流程大致如此，彭年功不可没。郭诗对其的赞许，应该无过誉之嫌。

丁蜀潘持平先生对我有言，当年顾老景舟曾说过，彭年不是当年顶尖的紫砂艺人，比他手艺好的高手有。

我想，曼生招彭年制壶，可能主要是其壶艺“乃见天趣”，符合其审美。彭年名不见经传，曼生也养得起，如是当年顶尖高手，未必肯来桑连理馆司茗抟壶。“壶依字贵，字依壶传”，彭年与曼壶的关系，同一理也。彭年得传，郭麐之功也。

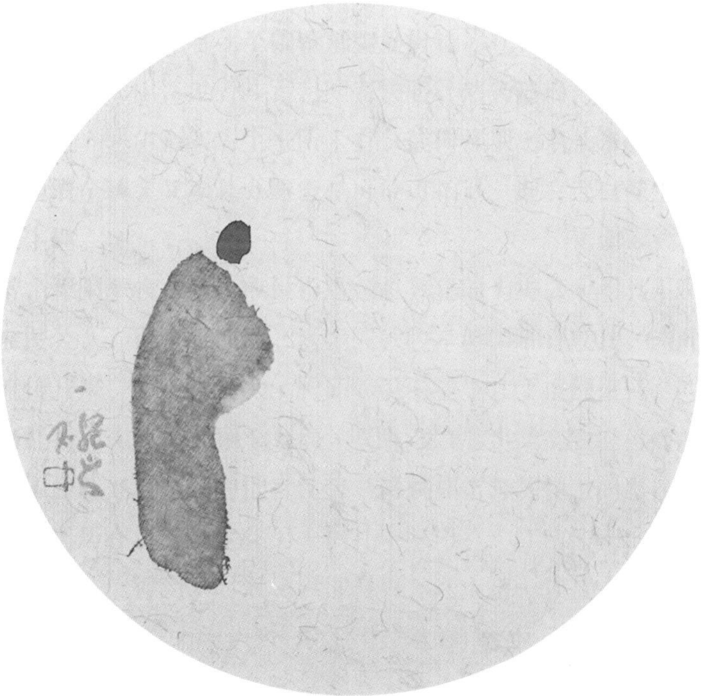

郭诗与曼画

曼生艺事，首推篆刻，次誉书法，“于篆隶行草书，悬然天得，世争藏弆之”。（郭麐语）对其绘画，知之不多。

香港中文大学出版的《书画印壶：陈鸿寿的艺术》一书，绘画一辑列七种：《仿李流芳山水轴》、《芭蕉金桂图》、《碧桃图轴》、《菊壶图册》、《花果册》及《花卉册》两种，其多为上海博物馆藏。

郭麐《灵芬馆诗集》中，多有为曼生题图诗，按诗索图，让我们可窥视曼生绘事一角：

一、为曼生题奚九画竹

寒碧萧萧护水云，一枝新向墨池分。便应携入东华道，十丈红尘无此君。

二、曼生种榆仙馆图

元乡老无用，偶以文名传。见君作新宫，伎痒成此篇。（节选）

三、题曼生水西感旧图

丛篁高树未荒凉，料得循檐更绕廊。第一人生难忘处，荷衣年纪读书堂。(节选)

四、绉云石图《为伯葵题四叠前韵》

注：石为恪顺吴将军赠查伊璜先生者，旧在朴园，园废，石亦为人所有。伯葵属曼生作图，以为他日汶易之券云。

五、题曼生为赵北岚画善权洞扇子

昔游历历真如梦，山水清苍善权洞。张公玉女亦招人，其奈尘凡俗缘重。

两君作吏吏而仙，与我交好宁无缘？碧鲜庵畔读书处，商略他时为买田。(节选)

六、曼生学书图

陈侯才调今第一，学剑学书两无敌。命工写此传我神，仿佛霜豪风雨疾。(节选)

七、题曼生画牡丹窠石

薤叶纷披参篆擂，错刀屈曲写箖箊。陈侯一色笔荒略，直是渠侬作草书。(节选)

八、题曼生梦饲千八百鹤草堂图

琼云碎碎瑶华冻，万顷天田闲不种。乘龙老懒小鸾娇，特遣胎仙来入梦。（节选）

九、题曼生画鞠

陈侯笔底有天真，偶写秋花妙入神。华岳奚冈皆化去，典刑犹见老成人。（节选）

十、水龙吟，题曼生石门听瀑图

青天何处龙吟，蒙蒙吹出漫空雪。松涛万壑，冰丝千缕，琴心三叠。（节选）

十一、曼生属题三家画卷各得一首

一、王椒畦学浩（略） 二、方兰坻薰（略） 三、奚铁生冈（略）

十二、为曼生题黄小松墨竹

秋庵秋影已如尘，留得琅玕是古春。纸上墨君应有语，他年龚隗定何人？

十三、水调歌头，曼生属题其太父鲁斋先生钓鳌图

陈登湖海士，李白地行仙。置身只合蓬岛，九点渺齐烟。截得孤生之竹，缀以一丸明月，引手六鳌连。最好不贪宝，闲任老龙眠。（节选）

《灵芬馆诗集》中题诗，见证郭陈两人之交谊交艺，也印证了曼生的绘事画迹。诗画合一，相得益彰。诗中之画或作或藏，足见曼生绘事亦为不少。只是所题之画，大都难觅踪影，吾等只能读诗悟画，遥想当年的艺事之盛矣！

奈何？

郭麐与溧阳

（一）

嘉庆十六年（1811）三月二十九日，陈曼生赴任溧阳知县。

是年，郭麐也来到溧阳。史炳《桑连理馆图记》中云："嘉庆辛未明府钱塘陈曼生先生始命其斋曰'桑连理馆'。吴江郭祥伯来游寓焉……"这里是讲"游寓"，而非"游幕"，也就是暂住，不是久留。这次游寓，大约一年。

游寓溧阳，郭麐和曼生幕僚诸友吟诗题画，制壶刻字，作主客图，拓唐井栏，赴善权洞，游沧屿园，饮太白楼，泛投金濑，品野山茶，尝白水芹，对本地的山水人文、风土人情体味勘察，写诗以记，为我们留下了珍贵的史料。

贞义女祠

天生英雄不轻死，中道生此奇女子。穷途一饭亦偶然，掩子壶浆竟沉水。人生一死有轻重，心许何必留余生。盘洲所记或有说，畸土原不论常情。伍君恩怨最所校，此意千金讵能报？淮阴漂母尚不屑，波底贞魂应失笑。呜呼！楚蹶吴颠皆天意，儿女乃关家国事。苎萝亦有浣纱人，白纻歌残属镂阳。

溧阳贞女祠，历代都有吟诵，李白的碑铭流传千古。郭麐的诗写得不同，贞女沉水，信守诺言，难道是千金所能报答的吗？英雄可以将生死置之度外，而一个浣纱的未嫁女子竟验证了生死的轻重，漂母、西施与她也无法相比。

孟东野射鸭堂

好人无高官，贱士有远名。寒酸一县尉，力与卿相争。当时郑与张，势足升天阁。局束就下吏，公等愧实盈。昌黎亦穷子，荐士诗铿訇。八珍一箪犒，其言哀且清。江南蹋浪子，蹋土曾不惊。非无桃枝弓，欲射鲵与鲸。世事尚凭籍，身后知重轻。请看此堂下，鸡鹜方纵横。

溧阳南渡东有平陵古城，旁有孟郊射鸭塘，唐尉因不满工作分配，常常在此弯弓射鸭，流连吟诗。唐陆龟蒙曾寻访遗迹，后人亦有堂屋筑其上，以志纪念。诗开头两句，直骂官吏，直赞下士，亦诗人心中之言。寒尉酸士，桃枝弯弓，射不了鲵鲸，只得射射野鸭。世事凭籍，生前位轻，死后名重。只有射鸭堂下的鸡鹜，尚在飞腾扑挪。

洮湖棹歌十二首

郎似浮山日夜浮，妾如湖水镇长流。浮山只在湖心里，阿郎只在妾心头。

诗中所写浮山应是洮湖中大小浮山，诗人以民歌的笔调，写出了湖山情恋、男妇情怀。

鹁鸪岭下雨冥冥，双桨回时一棹停。忽地好风卷云散，乌山浅碧燕山青。

这里的鹁鸪岭、乌山、燕山，都是溧阳名山。

白塔青旗画不尽，寒光亭畔饯春初。船孃纤手下盐豉，千里蓴丝半斛鱼。（张于湖词："湖雾平吞白塔，茆檐自有青旗。"《景定建康志》："千里湖，在溧阳县东南十五里。"张籍诗："长荡湖，一斛水中半斛鱼。"）

诗中写到溧阳的三塔荡、寒光亭、长荡湖、千里湖以及莼鲈之思的典故，并注明出处，证明诗人对地方历史人文的了解是花了工夫的。

木杓兜前花自落，伍牙山顶鸟空啼。投金濑上歌一曲，伤心无乃杞梁妻？（上二句，狄圳《金濑吊古》诗。狄工诗，以节闻。）

狄圳，溧阳女诗人，与史炳亲戚，郭与史乃同事，故能获知狄诗。木杓兜村有史贞女墓地，伍牙山因伍子胥得名。杞梁妻乃汉刘向《列女传》人物，有"杞妻哭城"典故。

一片苍云老故姿，玲珑也入习家池。侬心最爱双桥石，守定双桥总不移。（苍云石在书院，曼生复移玉玲珑以配之。忠义石在双桥，重不可致也。）

诗写溧阳赵府三石：苍云、忠义、高静。原来应是宋生辰纲之物，散落荒址，曼生集石于书院和衙署，并命人绘图成册。苍云后在实验小学建设时击碎填基，忠义不知去向，高静原在公园烈士墓前，现在高静园，园因石名。

荡入湖心采藕花，戈家小扇日痕遮。轻容方空都嫌薄，刀尺新裁四紧纱。（戈扇有名四紧纱，见《建康志》）

戈扇，溧阳之特产，为折扇，入选博览会，现已失传。

处处波漂百子蘋，酒楼三月又残春。诗人只有青莲好，解道杨花愁杀人。

诗写溧阳酒楼和李白《猛虎行》之作，对李青莲表达了崇敬之意。

烟水依然范蠡湖，溪山日对米家图。不知丝网桥边过，曾有西施网得无？（米友仁有《溧阳溪山图》）

洮湖，相传范蠡西施曾归隐于此，诗写得有趣，西施化作美人鱼矣。

铜斗歌成酒易赊，当年仙尉羡浮家。红香亭小东风大，又落蔷薇一架花。（孟东野有射鸭堂蔷薇诗石刻，旧在红香亭。）

丫髻山前打棹催，明眸寺里进香回。山光水色长如此，肯与儿郎卖眼来？

避暑新开风月堂，虾须七尺水纹凉。睡余诗句知谁续，问是梅孃与杏孃。（风月堂，张孝祥有记。赵南仲《避暑水亭赋诗》有"身眠七尺白虾须"之句，侍婢梅姐、杏姐为续之云"公子犹嫌扇力微，行人尚在红尘道"，见宋人小说。）

绿荈朱藤爱近游，鸳鸯也要几生修。劝郎莫向盘山去，到得成仙白了头。（绿荈朱藤，周绛《太虚观》诗中语。观在盘白山，以仙人李盘白得名。）

洮湖行舟，停棹吟哦，郭麐对溧阳可谓知之深也。

忆旧游·沧屿园故址

见芦芽抽碧，菜甲搀青，柳线搓黄。路转荒城角，剩弯环漫水，围住陂塘。著意瀜瀜冶冶，分绿上鱼矼。想荡桨船归，湔裙人去，留下波光。　　中央，俨孤屿，是平远江山，鸥鹭家乡。小立斜阳里，指断霞明处，昔日红墙。尘世几堪俯仰，随地有沧桑。待菡萏花时，还招野客乘晚凉。

沧屿园，有谢朓洗墨池，明光禄少卿史后所建，园中有红香亭，供奉孟郊诗石。郭麐在《晓起至东城观荷花分韵得送字》中有"似闻昔名园，山池接楣栋。（地为沧屿园故地）兴废一仰俛，造物是抟控"之句。

郭麐游寓，常和幕友寻访。《同听香、小迂、松泉、晴厓、犀泉、午庄游茭山（一名巧石滨）》："神羊一群鞭不起，走向寒潭卧烟水。""楼台十里今安在？但有破寺兀山嘴。"茭山巧石滨在西郊，马一龙曾有诗："青山十里尽楼台，万竹山房双径开。"今茭山炸山开石不见踪影。《十五日偕非石、理堂、午庄、子若、小曼访家镜我僧懒堂于东寺留题一首》："逭暑寻初地，携俦出近垌。树从僧腊古，草入药苗馨。雉堞澹斜照，鱼云明远灯。此时闵雨切，莫放四山青。"《三月十五夜太白楼望月》："参差雉堞压平湖，浓澹鱼云覆丽谯。夜月自知千里共，杨花谁遣一春飘？楼头列宿原名酒，波面长虹合有桥。说与仲宣休作赋，江南极目最迢迢。”

郭麐游溧阳时间不长，但对名胜古迹描述不少。报恩寺：“报恩寺里三丛紫，黄氏祠中一朵红。”沧屿园：“当时桃李已成蹊，稜稜桑塍界麦畦。多谢流莺似相识，绿荫如水尽情啼。（谓沧屿废园）”唐井栏：“古井依稀认李唐，苔花蚀遍字偏傍。银瓶绠断辘轳坼，谁问当年惠一娘？（报恩寺有唐元和六年井，又有宋沈公井，邑令沈琏为共亡妻惠一娘造，有刻字。）”燕山：“侹侹石街平似砥，重重岚翠远如环。角巾微侧支筇立，独障斜阳看燕山。”

离别溧阳，告别文友，郭麐依依惜别。“太白楼前人送远，铜官山下客愁思。”“回头官烛团圞处，可念今宵酒醒时。”（《中溪阻风寄濑水诸相知》）“谪仙楼下水溶溶，骏马名姬老富翁。陌上马兰如请客，城头燕麦已摇风。浮图身世仍三宿，羁旅心情时一中。多谢故人排日约，可能待得鼠姑红。”（《留别濑上诸故人》）“多谢洮湖水，纡回荡客艘。多情燕山色，相送满船窗。”（《自濑上至荆溪》）“试看洮湖湖畔柳，又舒青眼送归船。”（《酬史恒斋炳见赠原韵》）

溧阳史炳曾以野茶招待郭麐，他有诗曰：“春山茶事处处新，独有野者称佳茗。”“我来濑上谷雨过，百草千花困春冷。水芹菜白初努芽，土步鱼肥已生鲠。烧羊大酒匪思存，一壑风烟梦诸岭。”“买田有愿未易偿，说食无惨已多倖。”野茶、水芹、肥鱼、烧羊、大酒……溧阳的美食美酒美景，已使诗人有买田之愿。真想问下白眉先生：在溧阳醉过几回？酒醒何处？

（二）

郭麐著作颇丰，其《灵芬馆诗话》中，记录了他与曼生的交往，记录了他与溧阳的过往。

“浙江两陈，余与曼生最初相识，后又交于云伯。曼生才艺可了十人，诗宗太白、长吉，洒然而来，不屑屑于字句而标致自高。尝以手稿一卷寄余，后乃悔其少作，以为不足传，而亦不乐与时流争名。尊前酒边，闻一染翰，差取快意而已。”（《灵芬馆诗话》卷五）此记对了解曼生有帮助，可见他对自己要求颇高。曼生平时很低调，不与人争名利高下，而对诗作却近乎苛严，认为平时应酬之作不足以传世，后悔诗写得太少了。也许正因为他的个性，他在世时的诗作、书作、印作没能付梓，留下不少遗憾。

“曼生为溧阳令，余岁一访之，下榻于其桑连理馆。署有古桑一株，与墙外桑连枝直接，故以此名。壬申岁，溧阳有嘉禾百余茎，穗垂八九，每穗皆百余颗，邑人结红栏以护之，且乞闻于上官，曼生不许乃止。余为连理桑歌并及此瑞末云：但令农夫红女不寒亦不饥，此桑与禾何必为人知？盖纪实也。”这里记录的连理桑和嘉禾，确为祥瑞之物。曼生为人处世不张扬，田出百粒稻穗，也不愿呈上邀功取宠，可知其性格平淡低调。

“邑多古迹，有零陵寺唐井栏铭一，今名报恩寺，其文曰：维唐元和六年，岁次辛卯五月甲午朔十五日戊申，沙门澄观为零陵寺造常住石井栏并石盆，永充供养。大匠储卿、郭通以偈赞曰：此是南山石，将来造井栏。流传千万代，各结佛家缘。尽意修功德，应无朽坏年。同霑胜福者，超于弥勒前。凡九十一字，笔画遒劲，有颜柳家法。澄观亦诗增，昌黎所谓：道人澄观，名藉藉者也。余《东郊看花诗》其一云：古井摩挲认李唐，苔痕蚀遍字偏旁，银瓶绠断辘轳坼，谁问当时惠一娘。寺又有一宋井，乃邑令沈琏为亡妻惠一娘造者也。”此处记下的两口古井，唐井后迁凤凰公园，宋井已不知下落。

“濑上多搢绅处士，学问皆有渊源，胜国时处承平之盛席丰亨之世。园亭台榭甲于江左，今则文献翳然，而当时名园胜地，亦皆在荒畦断垅之中，可一嘅也！史孝廉恒斋炳，重修溧阳县志，搜罗精博，体例严谨，近时邑乘罕有其俪。”此言对溧阳地方人文、园林可谓经典总括，明末清初溧阳的学子可谓达到巅峰，宋之绳、陈名复、马世俊成为科举三鼎甲，而夏林园、甲园、归得园、沧屿园、如园等私家园林名盛江南，甲于江左，只是到清中后期衰败湮毁，令人叹息！史炳作为嘉庆溧阳县志的主修，学问治学颇为严谨，因此也使此志成为历朝县志的典范。

“其中艺文散见各门，尤为得体。名媛有史事妻贺洁，字靓君，有《溧水愁人集》。史女弟师孟，有诗哭之，名《哭愁》，洁妹禄有《寄愁集》，史夫人陈兰有《佽余草》，皆不可得见。师孟《移居》云：一水淡如此，疏花妍有余。衰年悲种柳，病骨废看山。人传诵之。又有狄玉川圳，少寡苦节，有《还珠》《玉川》诸集，其《投金濑吊古》云：三十春风与母俱，壶浆原为浣纱携；自甘白璧沉沙杳，岂望黄金压浪低。木杓兜前花自落，伍牙山畔鸟空啼；月寒华表人何处，一片垂杨拂墓齐。”这里记录的溧阳女诗人贺洁、贺禄、师孟、陈兰均为鲜见，志书中没有载录，狄圳诗县志有录，郭麐是个有心人也。《诗话》还有溧阳狄继绅诗录：“狄中舍继绅新刻《弜斋诗钞》，寥寥数章，亦自见雅音。《石矶禅院》云：石林斜照里，天气蔼余清，秋雨寒山色，霜钟落木声。水香迴客屐，竹碧怅人情，翻意看花过，禅枝语早鹭。余如：江头易得初生月，门外长横不系舟。炼成丹汞今何得，老尽松枝更不归。风吹雪浪渔千网，月上芦花雁一绳。皆清朗可读。”

《灵芬馆诗话》卷九记曰：“濑上古迹甚多：太白楼、投金濑、射鸭堂，同人既各有诗矣。后又各赋《洮湖棹歌》如于首，今录几章于此，以备黄车使者之采。江听香云：湖上女儿面如霞，卷帘日日对菱花；大浮山远小浮近，争似阿侬双髻丫。　石甃泉留青豆房，前朝遗迹胜银床；吴娃不管兴亡事，只问题名惠一娘。　凤皇山下波如縠，贞女祠边石卧苔；侬心比石何时转，郎影随波不肯回。　新昌细绢织水丝，裁得征衣寄所思；第一莫嫌衫袖薄，秋风才到已先知。　朱理堂云：留郎无计送郎还，送到湖头湖有湾；愿比郎心不相背，大坏山对小坏山。　丝网桥边湖水深，针锋柳叶共浮沉；不辞千里送郎去，自有莼丝系妾心。　中流小舫拨轻蘋，儿女青红约此邻；学得城中最高髻，髲桥镇上看迎神。　马棣原云：桃花匀面柳扶头，底死催人作远游；起拓篷窗拣针绣，岳刀剪不断离愁。　西风卷地夕阳低，丫髻山头烟霭迷；忽露眉痕青一抹，湿云衔雨过胥溪。　莼羹滋味话鸥家，半斛鱼苗醉落霞；七十二桥风露冷，沿滩开瘦白蘋花。　陈小曼云：小山山影入波摇，巧石浜前路未遥；一杵晚钟归艇急，南双桥接北双桥。　寒光亭绕碧芙蓉，四紧纱糊窗格红；妆点侬家如画里，远山重叠当屏风。　薄荷溪上水粼粼，环翠楼头倚玉人；刀尺却烦纤手剪，新昌里绢白如银。　茆檐隐隐树低低，郎住湖东妾住西；来往但愁风雨至，鹁鸪岭上鹁鸪啼。　射鸭堂开傍小池，猗猗丛筱满平陂；不须铜斗歌前曲，自有侬家新竹枝。”这里瑰集的诗句，多为曼生幕僚所作，小曼为其儿，诗中写到的溧阳人文、景物、特产、名胜，十分自然亲切，印证围在文人县令周边的文人，对地方上的文史掌故、风物土产都有深入的研究，而这些关于溧阳的诗作，也仅见于郭麐诗话，弥足珍贵。

“丙子春尽，过濑阳太白楼，见壁有题字，已剥落，稍可辨识，乃集唐二首云：他生未卜此生休，山外青山楼外楼；惆怅深闺独归处，碧天无际水空流。　枉抛心力画朝云，自别江南更不闻；惭愧情人远相访，当垆仍是卓文君。含思凄惋，不知何所谓也。”郭麐诗话，记录了当时的溧阳过往，颇有诗意，饶有诗兴，独具诗心。

感谢您，白眉诗人。

（三）

曼生宰溧，文事兴盛，桑连理馆聚集江南俊彦。郭麐的《灵芬馆诗话》记录了不少文人雅士在溧交流交往的趣事，读来回味无穷。

“往在溧阳，张君晴厓以一册乞题，每页画花果翎禽各一，并岭南所产凡十二页，别纸具疏其土俗之名，恐阅者不悉也。晴厓言游岭南得之，其中名状亦有不周知者，然赋色新艳可喜。余每页为题一绝，以三物联合组织之，类于俳优戏剧，故集中不登，今录于此，以博娱嬉，以广异闻，仍注其名于末。（略）”

“海昌查梅史揆、钱塘胡秋白元杲、屠琴隝倬、范小湖崇阶、殳积堂三庆，同读书于清平山之拂尘庵，与余先后定交。余时为云台先生校定《两浙輶轩录》及《笔谈》诸书，寓于孩儿巷，得暇辄相过从，弦诗颂酒，杂以谐谑，极友朋文字之乐。无何，查君入都，屠君入翰林，殳君出游，余亦归里中，惟小湖主秋白家课其儿子，得长相见。秋白、琴隝皆有《清平山读书》第一、第二图，余皆有诗题……今诸君皆落落散布，合并之期，未识何时？俯仰一时，不胜慨然！”查揆、屠倬皆是曼生挚友，此处写友朋之相识相聚、相知相散，有此伤感。

“梅史游西湖最久，华秋槎丈（瑞璜）时寓北山之德生庵，梅史过从甚密，而性傲睨，不可一世。又闻余有狂名，余每过华寓即偶值，亦掉头而去如避面。然后馆于梁山舟侍讲家，与余寓孩儿巷相接，因投刺往诣，接席披襟，欢然如旧相识，始悔前此之过自矜也！”这段记叙颇有趣，两位性格狂傲的诗人，由相互回避不见，到一见如故，后悔矜持，真性情中人也。

“琴隝神锋隽爽，有无前之气，弱冠登科，不即赴春宫，与陈白云、查梅史为师友，劬书嗜古，旦夕切磨。初刻《是程堂诗》四卷，虽皆少年之作，风骨已自遒上。”郭麐与屠倬交谊颇深，所以叹曰：“琴隝以翰林改官县令，宰真州，治声卓然，除去枭暴，课民织作，大江南北号为循吏。诗人妙为政，其弗信矣乎？”

“江听香青工于八法，诗亦澹逸秀整，恨其懒不肯作。曩余客濑上匝月，众客皆争奇斗胜，听香退然其间。群焉怂继且杂以诙嘲，始作数首。壬申之冬，与同寓汪已山家，作消寒之会，听香诗亦必促迫而后成，今检扇头有数篇，聊记于此（略）。”江听香乃曼生幕客，长住溧阳，其懒于作诗而促迫而成，窘态栩栩如生，他的诗“选题颇新，炼句极稳”，只是不爱显摆凑热闹而已。

“叔堂精于考证古文奇字，而诗不多作。理堂读书于曼生官署，余岁访濑上，与数晨夕，辱以兄礼，见事有作必就。余评陟时同用苏公韵作《游善卷试阳羡茶》，诗皆工，又和余《送春》诗云：闲愁如草那能删，载酒江湖未拟还；但道子规听不得，有人楼上唱刀环。又题余《樱笋蚕豆便面》云：野人相送休嫌少，太守虽馋未是贪；豆荚渐肥花乍落，些些风味是江南。清婉芊眠，殊有金风亭长风味。”理堂即为朱燮，工诗善画，有《传石斋诗集》，常住溧阳曼生幕府。叔堂应为其兄朱为弼。

“仁和高午庄，与犀泉弟兄行，曼生妻弟也。壮岁客游，中年道长，孤贫失学，每出必携其先人手稿于行箧。今岁相遇濑上，因获读一过七言，如：入夜更看新上月，将离还倚旧登楼；鬓已渐苍羞脱帽，腰因屡折怕登高。皆善写情事。又《扬州即事》一绝云：欲界仙都亦混茫，莫嫌老去易颓唐；五更丝竹一声磬，敲散人间百戏场。见道之言，可醒昏梦。先生名树新，号青雨，尝受知于仪封张壸敏，以荐举为阳谷簿。”高午庄，其兄高垲，浙江钱塘人，兄弟俩工书善诗，为曼生妻弟，追随其姐夫多年。

“辛未岁，余游濑上时，浦君情田为都尉。情田以大父难荫云骑尉，雅好文史，工吟竞病，所居有石名玉玦珑，相传为花石纲所遗，君修葺数椽，日与客徘徊吟咏其下。有《桐阴坐月图》，曼生、听香、晴厓诸君皆有诗徘，又各为赋《玉玦珑诗》。余有句云：辟邪天禄流传古，山鬼云君骨相尊；尽有故人同石友，只无力士撼天根。后曼生竟移石于书院，与苍云为伴矣。君有《玉玦珑馆诗钞》，其佳句如《草桥》云：野市成蛮语，山村近水寒。《晚眺》云：平田开径窄，远树护村圆。《京口感赋》云：铁瓮风生催木叶，金陵人远隔江潮。《九日都中》云：不随白雁三秋影，又负黄花一度开。《偶成》云：江城春画雨冥冥，帘外轻寒点滴声；小立栏杆看斗雀，竹阴深处不分明。君诗多牢愁掩抑之音，然元本性情，一归忠孝。情田名承恩。”这位浦承恩骑尉有点意思，他应该是个七品的武官，却偏偏喜欢诗画，与曼生文友交往，有图画并有诗集，住玦珑石下，吟玦珑石诗。联想唐朝溧阳县尉孟郊，文人武官，心存不满，骑驴吟诗，射鸭度日。浦君武官爱文，赋诗成瘾，亦为一奇。

桑连理馆内，郭麐与诗友互为唱酬。不亦乐乎？“张老薑《溧阳县斋奉迟频伽，即用寄青士韵》云：颠风吹雨撼青林，已过犹喧耳畔音；入望云山劳楚客，对床灯火想吴吟。不须入世轻余子，同是依人有愧心；庭月明明分照影，夜凉遥念酒孤斟。　汪小迂同作云：几曾大隐住山林，一别寥寥未嗣音；杜牧多应还中酒，孟郊无复有联唫。萧骚风雨离人夜，浩森江湖独客心；拨棹好乘新涨下，竹炉茶熟待同斟。　　朱理堂为燮同作云：新篁渐见欲成林，日日江干望远音；濑上寒波穷士意，淮阴寄食越人吟。已邀张翰寻前约（老董），其奈汪伦惜别心（已山）；吾亦辱曾为弟畜，新诗待定酒同斟。　　屠琴隖《送频伽还魏塘》云：如此严寒醉莫辞，一船风雪送行诗；狂原无奈悲歌里，贫最难堪饯岁时。刘宠一钱未分得，林宗隔宿去嫌迟；愁心寄与刀环月，除却梅花少妇知。　　查梅史《频伽过访有赠》云：未曾想见已头低，半刺风吹下墨西；莫谓左徒夸异服，何嫌方朔有旁妻。酒痕似水春无价，才思如花蝶尽迷；与尔人天同忏悔，且判檀板唱黄鸡。　　史恒斋《濑上见赠》云：邗上分襟向十年，越凫楚乙各遥天；竭来彭泽寻元亮，欲吸中江当酒泉。对客挥毫仍白眼，将人磨墨已华颠；如何桑下才三宿，归计忽忽下濑船。　　高犀泉《袁浦寒夜同云伯读灵芬馆集奉怀》云：浮眉空处景，和月随窗前，花韵澹逾媚，沐光寒更坚。举觞摇白日，似水送流年，多少伤心句，清淮落叶天。中年离别易，诗卷剧相亲，健格空时辈，精思补古人。湖山同旧梦，风雪记前因，归棹先相访，梅花别有村。”

连理桑下，人来人往，酒斟酒尽，诗和诗唱，墨湿墨干。那一场场迎送聚别的相会，已经散场，已经远去，只留下诗作诗话，给后人无限的思念和想象。

“张晴厓《冷泉亭诗》云：虚亭大可枕流眠，一镜澄泓浸碧天；终古在山清到底，不知人世有温泉。有一青楼妇子见之，沉吟数四，决意委身于人，杭州传为美谈。”

“甲子年余在钱唐，有人以铁生墨竹索题，上有铁生自题云：翠影玲珑月上初，晚凉堪枕北窗书；清风不用一钱买，听到秋声忆故庐。时铁生已故，余作一绝云：故庐犹是故人亡，腹痛乔公语不忘；地下平安谁寄与，他年为记墨君堂。越十年，于濑上遇犀泉，复出此见示，盖已归犀泉矣。文字因缘，深重如此，遂重为题识还之。”

两篇诗话，读之感慨。因一首诗而赚到一美人，真是美谈！才子佳人的故事，早已是昨日美梦，时过境迁，董小宛与冒辟疆、柳如是与钱谦益、李香君与侯方域、马湘兰与王穉登，一个个赚人眼泪的爱情故事，灰飞烟灭，烟消云散。而晴厓兄的艳遇，不知是否好事成双？是否偕来溧阳？铁生之墨竹，郭麐两度题诗，已过十年，物是人非，人画都是过客。相逢濑上，画依旧，人已故，展读提笔之时，感叹百生。试问，二百年后至今，此画何地做客？此画何人是主？

陈曼生《前令吴公祠堂碑记》考

沪上田君振宇藏有一张拓片，于上海图书馆示我，乃《前令吴公祠堂碑记》，陈鸿寿撰书，令人眼前一亮。拓片长92厘米，宽58厘米，字口清晰，品相上乘。细一打量，此碑原在溧阳吴公祠，乃祭祀乾隆县令吴学濂之所，是陈鸿寿于嘉庆二十年（1815）九月撰写并书丹。后一核查，《溧阳县志》嘉庆本、光绪本均无此碑记录，而原碑早已不知所踪，拓片也是鲜见。田君言购自苏州一古玩店，已有数年。

一晃两年已过。

海洲丁剑君从京城发来讯息，苏州一小型拍卖会上在拍曼生一张拓片："此曼公在溧阳为前任撰书，此吴公可查到否？"图片仍是《前令吴公祠堂碑记》，只是墨色更深，纸色更旧，石碑四周回字纹清晰可见。

两睹拓片，一实一虚，应该静下心来探下此碑的虚实了。

前令吴公祠堂碑记

事兴于一时，泽被于百世。当时弗觉，后人蒙其惠，辄追忆之，而称道之。盖感于人心之自然，愈久不忘也。溧阳近邻吴兴，其土宜桑，旧惟姜笪、新昌两村能务蚕业。乾隆二年，高安吴公来知邑事，教民以艺桑饲蚕之法，由是蚕桑之利遍一邑，暨今七十余年矣！每当四五月时浴种庋叶、趋缫剖线、负丝绕鬻于阛阓者，踵相接焉。不独衣被之益，抑亦抱贸之资已。公在任七年，尝手定邑志，其所论说务为民兴利除弊。欲捐弃数十里之地，以复邑中诸湖渰旧迹，绘图上请，惜以旱赈中阻。使其说得行，则蓄泄有方，水旱无患，所以利溧民者溥然。湖渰之复，安知不数十年而仍归壅塞。教蚕桑则天地民物相终始宜邑人，诵公德于无穷也。余于辛未春承之斯邑，谓公垂泽至深且久，吾民宜报祀焉。于是邑之业贸丝者争相醵钱购地，于城南曹家巷建祠，祀主其中，经始于癸酉四月，凡十月而工竣，呈请予言书诸丽牲之石。予惟公之德感于人心之自然，愈久不忘也！遂为之记，并作迎送享神祠俾歌以祀公。　公讳学濂，字逊周，江西高安人。其词曰：虚庭殖殖兮，桑影猗猗。

肴俎芳洁兮，千里蓴丝。艺瓣香以通虔兮，望灵船之两旗。灵之存兮，惠斯爱兹土兮，神格思。（右迎神）沚水清兮，酒香。竞繁会兮，笙簧。欀题髹密兮，彩错翚扬。春兰秋菊兮，葩舞迴翔。灵至止兮，民之庆。（右享神）灵既醉兮日欲下，云溶溶兮将驾。澹夷犹兮忘归，灵降福兮宜迓。八蚕贡乡兮，缫车比舍。一茧斤丝兮，赢我市价。既宜蚕兮，又宜稻。驱灾沴兮，绝旱潦。民永报祀兮，神所劳。（右送神）嘉庆二十年岁在乙亥秋九月既望　　知溧阳县事钱唐陈鸿寿撰并书（曼生）（陈鸿寿印）

曼公在此碑记中，主要称颂了溧阳前令吴学濂劝民课桑、修订县志、兴修水利的事迹，在任七年，造福一方，恩泽后人，丝业人士集资修祠，请曼生撰书此碑。

吴学濂何许人也？陈鸿寿主修的《溧阳县志》卷九“职官志·名宦”有记：“吴学濂，字逊周，高安人，增贡生，乾隆二年知溧阳。溧阳素鲜蚕桑，学濂教民种饲有法，民事效之，衣被之利安从此始。值岁旱潦，慨然欲修水利，亲历各乡测量地形高下、水道浅深详情，开浚。令承办菑赈事不果，行论者惜之。语具学濂所作《溧阳水说》。毁坏淫祠，整理学校，性爱人读书，或过人家塾，闻书声清越，辄入谭艺，移时乃去。在任八年，卒官。”

吴学濂主修了乾隆《溧阳县志》，他在志序中言：“（溧阳）文献向俱附载江宁郡志，邑乘创于赵廓夫，至有明嘉靖邑令符公观始一纂修，继之者则万历间邑令帅公兰也。本朝文章制度超轶前修，邑令江陵徐公一经复纂集成，书已有镌板，厥后王公锡琯、成公懋勋续为增补，迄今周一甲子矣。乾隆三年板复毁于火，何忍以千百年之文献而遽付之一炬？往者不可征，来者将谁问乎？学濂初莅兹邑，未悉其风土人情，诸绅士为予告邑志之宜修，予以有待辞，且惧才力之不胜任也。”“不揣固陋，七年于兹，公余之暇，访诸遗民耆旧之传闻，汇诸里巷稗编之纪载，即旧本而损益之不敢谓。”终于乾隆八年（1743）冬成书付梓。吴编乾隆县志应为集大成者，为陈编嘉庆县志之范本。该志共设十二卷，目四十一，为考邑志之源流提供了依据。今藏首都图书馆和上海图书馆。

吴公宰溧，修县署，兴学校，办养济院、育婴堂，成绩斐然，而影响最大之功绩，莫过于普及蚕桑。溧阳植桑养蚕，始于唐代。唐尉孟郊有《织妇辞》记：“夫是田中郎，妾是田中女。当年嫁得君，为君秉机杼。筋力日已疲，不息窗下机。如何织纨素，自着蓝缕衣。官家榜村路，更索栽桑树。”蚕桑之业，虽历史悠久，但未能普及，“其土宜桑，旧惟姜笪、新昌两村能务蚕业”。吴公“教民以艺桑饲蚕之法，由是蚕桑之利遍一邑”，溧阳蚕桑业之兴盛，功在吴公。

历史上关于蚕桑之著，有秦观的《蚕书》，黄省曾的《蚕经》，到了清道光年间，有溧阳沈公练著《广蚕桑说》，“明辨以晰，妇孺皆能通晓”，在其序中，同乡姚继绪写道：“吾邑土产之桑，葚多而叶稀，闾阎之饲蚕者鲜。乾隆中叶，茂林吴公学濂来为宰，始教民植湖桑，其夫人又娴蚕事，招妇女之明慧者至后堂，授以机要，自是递相传习，渐推渐广。数十年后，桑阴遍野，蚕丝之精好，媲美吴兴。商贾辐辏，享其利者立专祠以祀之，如古人之祀先蚕焉。然吴公亦未尝著书以传教也，余执友清渠沈公练，以道光初元辛巳恩科江南乡试第二人，司铎绩溪……取育蚕培桑之所宜忌，条举件系，汇为一编，名之曰《蚕桑说》，以贻绩人，俾之镌版流传，家喻户晓。”沈公练为蚕桑立说，应是吴学濂之后续。

《溧阳文史资料》第六辑有史青撰《溧阳蚕丝事业的概略》一文，其言：“清乾隆二年（1737），吴学濂任溧阳知县，他根据我县的气候和地形特点，积极劝导农民植桑养蚕，并亲自教民栽桑和养蚕的方法，人民争相仿效，自此，蚕桑事业日趋繁荣。在此之前，全县只有姜笪、新昌两村保留着养蚕缫丝的传统副业，自吴学濂鼓励倡导后，其业渐广，成为我县的一项骨干副业。他为我县发展蚕桑事业做了好事，人民为了纪念他，在溧城西后街建立了吴公祠。”

吴公祠建在何处？曼生在碑记中有“于城南曹家巷建祠，祀主其中”。那么曹家巷又在何处？光绪《溧阳县志》卷二记：“吴公祠，一在曹家巷西，丝业公建，经乱重修。一在西门外，后新增并祀前知县吴公学濂。”曼生所言城南应指县街之南，即今人民电影院一带。吴公祠后改为“忠烈祠”，民国后曾是商会办公之处。祠有房25间，抗战时被日本鬼子连同西后商业街付之一炬，灰飞烟灭。

一张拓片，引出一座祠堂，两个县令。吴公教民植桑养蚕，人民建祠祀之。曼公润地方之文风，名闻海内海外。两公宰县，溧阳有幸。这亦如曼生碑文所言：“事兴于一时，泽被于百世。当时弗觉，后人蒙其慧，辄追忆之，而称道之。”

行笔至此，心中忐忑：祠堂已毁，不知那块碑石尚存人世乎？

（图见135页）

竹林隐士瞿子治

如果说，陈曼生是紫砂文化的“名士”，那么瞿子治则是位“隐士”。

瞿子治何许人也？好多喜欢紫砂文化的人都答不上来，关于他的资料少见，他的作品更是鲜见，仅见的是他参与创作的“石瓢”一款壶，刻竹铭文，“子治”两字十分醒目，时人称之为“子治石瓢”。

郭若愚先生言：“瞿应绍制壶是曼生之后第一人。”我想他指的“第一人”，应该是文化含量。

溧阳姜丹书先生在《晚近美术家小传》一文中记：“瞿子治，名应绍，号月壶，晚年自号瞿甫，又署老冶。道、咸间贡生，上海名士。最善画竹，浓淡疏密，错落有风致。兰柳亦工。又擅篆刻，每好刻竹于宜兴茗壶上，规摹曼生，古朴精雅，允足传世。收藏古器甚富，亦善鉴别金石文字。”姜先生画了一幅子治速写：擅画擅刻，富藏善鉴，喜刻竹茗壶，仿曼生器形，精雅足以传世。

郑逸梅先生有文《谈艺人瞿子治》：“《海上墨材》及《中国人名大辞典》，均不载其人，无从索考。”他查阅史料书籍，寻找到一些信息。王韬的《瀛壖杂志》记述：“瞿应绍明经，字子冶，初号月壶，晚年自号瞿南，又号老冶。循例为司马，少年即与郡中贤士大夫游，名噪吴淞。善鉴别金石文字，能画竹，疏密浓淡，错落偃仰，无不有致，可谓板桥别派。其画兰柳，虽极工媚，然弗逮竹也。诗亦直入南宋之室。家藏有骨董甚多，所居有香雪山仓、二十六花品庐、玉炉三涧雪词馆，皆贮尊彝图史，及古今墨妙。酷嗜菖蒲，罗列瓶盆，位置精严。”冯少眉《印识》谓：“其室中商彝固鼎，湘帘棐几，入者几忘尘世。”“子冶尤好篆刻，高逸入古。其刻茗壶，规摹曼生，制极精雅，为沪人所重。宝之不啻拱璧。著有《月壶草》，其壶有粗细两种：粗沙者制特工制，细沙者多画竹，寥寥数笔，制更古朴。字画多有杨彭年镌刻者，底有彭年手制图章。郭祥伯谓宋时有周钟者，亦工此技，擅名一时，但种非端人耳。子冶所藏书画古玩，死后零落过半，云烟过眼，真达者之言哉！”又一则云：“子冶故以写生擅名，尤好为墨戏，而于画竹工力最深。肆笔所至，纵逸自如，论者咸谓时下第一手。然常心折铁舟、七芗两家，盖不忘所自。平生构思甚捷，然旋即弃捐，并无存稿，所镌版者，仅《月壶题画诗》而已。”孙玉声《退醒庐笔记》：“邑绅瞿子冶广文应绍，书画宗南田草衣。道咸间，尤以画竹知名于时。且喜绘朱竹，纵大叶粗枝，偏能脱尽火气，赏鉴家谓其已入化境。更喜以宜兴所制之紫砂茶壶，绘竹其上而镌之，奏刀别有手法，为他人所不能望其项背。故当时一壶之值，已需银三四两。逮瞿物故之后，厥值更昂。今偶有此种瞿壶，骨董肆皆居为奇货，非十金数十金不可。而真者又未必能得，盖珍藏家既不愿脱售，而陶器物又毁损极易，以致日少一日，所售者半赝鼎也。”

郑逸梅先生搜集的资料为子冶画了一幅素描：篆刻高逸入古，画竹名闻于时，茗壶规摹曼生，他的壶在沪上珍若拱璧，仿制日多，半为赝品。

民国李景康、张虹合编的《阳羡砂壶图考》中有记：“应绍，字子冶，初号月壶，改号瞿甫，又号老冶。上海明经，尝任训导。工诗词尺牍，少与郡中贤大夫游，名噪吴淞。书画俱师恽草衣，尤好篆刻，精鉴古。居有香雪山仓、二十六品花庐、玉罏三涧雪词馆，皆贮尊彝图史及古人妙墨，酷嗜菖蒲，罗列瓶盆，位置精严。入其室者不啻作倪迂清闷阁观也。子冶固工写生，尝为墨戏，于墨竹工力最深，纵逸自如，论者咸谓当时第一手，然常心折铁舟、七芗两家，盖不忘所自也（见《墨林今话》）。子冶尝制砂壶，自号壶公，倩邓符生至宜兴监造，精者子冶手自制铭，或绘梅竹镌镂于壶上，时人称为三绝。克继曼生之盛，至寻常遗赠之品，则属符生代镌铭识。”

这里为子冶陈列了一幅标准像。

关于子冶传器，《阳羡砂壶图考》罗列四具：一、碧山壶馆藏子冶牺砂幼造壶一柄，深赭色，壶身一面画竹，题云：“一枝鲜粉艳秋烟。此余画竹题句也。”壶盖刻款识云：“史亭能制茗壶，以此奉正。子冶。”皆行书，底有“月壶”二字，篆印鋬下有“安吉”小章。二、披云楼藏参砂轻赭色大壶一柄，镂梅花一株，密布壶身，壶盖近鋬处刻子冶款，鋬下钤“吉安”篆印，壶底钤“月壶”篆章。三、八壶精舍藏深朱泥中壶一柄，侵砂堆凸如村瓔，式度古雅，别饶风趣。铭曰：“翡翠婵婵，春风荡漾，置壶竹中，影落壶上。”署款曰：“子冶。竹中画竹，适日移阴，因写其意。”盖上镌“子繁茶具，子冶”六字，底有“子繁石壶”篆印。四、又藏白泥参砂中壶一柄，式度如前壶，铭曰：“前松雪，后仲姬，今春水、朴卿夫妇，后先辉映。盖此壶乃赠张春水、陆朴卿夫妇者也。”

由顾景洲、徐秀棠、李昌鸿合编的《宜兴紫砂珍赏》一书，收有上海博物馆藏子冶中石瓢一把，高66毫米，口径65毫米，刻竹，壶身铭：冬心先生余藏其画竹研，研背有竹一枝，即取其意。板桥有此一纵一横，颇有逸情。子冶藏板桥画盖仿梅花盦者。仿梅道人，子冶。壶盖铭：宜园。底印：吉壶。把下印：彭年。

《紫砂名品——黄正雄珍藏古今名壶特展》一书，收有子冶款石瓢壶一，两侧画竹，有铭曰：“读书评茶，有竹人家，子冶。”款识有：宜园、彭年、吉壶、子冶。宽14.5厘米，高6.8厘米。竹枝横陈，题字亦横写。

李明《砂壶选粹——天地方圆紫砂藏品集》一书，录有子冶石瓢一把，正面大部分留白，一面画竹，款识有：底印为壶子繁，盖款为贞羊，把款为吉安。

黄福弟主编《粲雅轩藏壶》中，有子冶石瓢一，镌刻横竹，壶身铭：“画竹多而作书少，人道余书无竹好。偶然作此当竹者，又道竹不如书老。子冶自记。”

余亦寡陋，瞿壶见得少，难辨真赝。正如曼壶一样，身价一高，仿者踊跃，苦了后人。

子冶既为曼生后“治壶第一人”，我想分析几点异同：一、两人都是清中后期嘉道间的官员，虽然职位不高，但有一定地位。曼生可招彭年溧阳制壶，子冶可遣邓奎宜兴监造。这非一般贫寒文人所能为。二、两人都是文人雅士，曼生为西泠八家，子冶为沪上闻人，两位诗书画印均为一时之重，尤好篆刻。三、两人都在金石之余觅得了紫砂，寻到了另一个施展才华的载体。四、两人都与彭年有合作，可谓英雄所见略同。五、在创作理念上，曼生不主张在壶面上刻画，他以富有哲理的壶铭题句；子冶以竹为主，多以冲刀深切，喜横陈横题，甚至盖上覆以竹叶枝蔓。六、创作风格上，曼生收敛含蓄，题铭切壶。子冶才情横溢，狂放率真。一收一放，一细一率。七、两人的紫砂作品传器均不多，仿品泛滥，以假乱真。这可从另一方面佐证紫砂一旦与艺术联姻，即身价飙升。八、曼生论造诣成就均高于子冶，可称“紫砂文宗”；子冶别出一格，风格鲜明，是继曼生之后将艺术融入紫砂的又一人。郑逸梅先生称其为“艺人”是有道理的。

郑逸梅家藏“瞿子冶所绘竹石直幅一，简在澹逸，自具神韵”。郭惹愚见过子治的竹刻扇骨，作垂松一株，题曰：“古松灵辟。南田画松，笔笔如针锋纤利，盖古法也。”子治艺事，颇具才华，难怪郑先生评曰：“一代艺人，得此可以传矣。”

器皿可传，文化可传，精神可传。从曼生到子治，从顾景洲到徐汉棠，一把石瓢贯穿了紫砂传承创新之路，也倾注了一代代紫砂人对艺术执着的追求。

竹叶竹枝横肆在壶上。那个画竹之人，隐逸在竹林之中，你看见了吗？

溧阳《双桥碑记》考

胥渚书家狄志福告知，藏家刁品华收有旧拓片若干，订成一本，与溧阳双桥有关，名人书丹，十分珍贵。

辛丑春月，相约赴刁宅赏宝。刁君取出破烂旧报一叠，纸黄张残，可点柴燃薪。细一打量，乃民国八年（1919）之报纸也。报纸一面，贴黑底白字拓片，计38页，无序无跋，无额无款，历时久远，残缺漶漫。幸大半拓片尚存，故录文字如下：

（尚）宝司司（承）（马从）谦　　（马一）龙篆额（缺）九（缺）西（缺2字）多波泽，并受建平、高淳、溧水、句容诸县（缺2字），而合流于县治之北郭，夹流为通衢，故有双桥分跨其上，则弘治间新喻符侯之所建也。(原)为石址，而木构甃之似甓，岁久倾圮。民（缺四行20字）诹民隐谋欲修之，曰：是非石梁不可以及久远也！召匠计之费，且不赀适。邑人宫僚玉阳史子蒙恩还侯，具以告，玉阳子请首奉白金二百两，以财鸠工，刻日为义倡，既而助者颇众，会举事出纳之计，委诸耆民狄湘。而宜兴善士许得（缺1字）亦乐以其徒相助之，乃伐石于山，仍旧址为二桥，东西连亘水上（缺5字）构精密。云横虹起，凌厉高空，见者瞻羡，行者赞颂，伟观美利，垂诸无穷。玉阳子谓：是役不可无记！乃以属予。予谢怨则无益于民，而徒勤君子之所不与也！侯于是役，不出公帑，而大不敏，而不予置也。昔孔子告子张以从政之五美，曰：惠而不费，劳而不怨，夫惠而费，则所及有限，而难久劳（缺4字）功成不用民力，而大事举，信所谓不费之惠，而不怨不足言也。故虽一事之微，而君子于此可以观政矣！桥各为三洞，高（缺4字）尺，广一丈六尺，长十丈。工始于嘉靖己亥四月，讫于是岁十一月。后之君子谨视而懋修之，虽至于千载可也。是固王侯惠民无穷之心，而亦岂非后之君子者之责哉！侯名士翘，号吾厓，以名进士宰吾邑，易直子谅，廉慎有为，多可书者以非桥事不载。玉阳子名际，好义敦（缺3字）利济（缺8字）厥弟太学生（史）隆，亦首捐米六十石。桥既成，玉阳子请名之曰：奉王桥，本侯志也。诸凡助财与有劳者，法得附书于后。　　嘉靖庚子春三月望日记

拓片后有“彭志宏”朱文印一方，另残页上有“甲子孟复月二十七日订，黄仑

书馆，切钉人陈子明”之墨迹。彭志宏何许人也？陈子明又是何人？不可考也。从装订形式看，当为临摹观赏之用。刁君言得之于收破烂之手，差点成为“废品”。昔日码头街毛笔店主叫陈子明，善书法，不知是订册之人否？

据此拓辨析，残字中应为马从谦书丹，马一龙篆额，从字数、字形判别，碑制应为大碑，内容为嘉靖重修双桥碑记。大意是：双桥，乃明弘治溧阳县令符观所建，桥墩为石址，而桥身为砖木，至嘉靖年已倾圮。众人相商欲修桥，认为非石梁不能久远，于是召集工匠计算费用。此时在宫中当官的史玉阳正好还乡，有人告之修桥之事，他拿出白金二百两作启动资金，接着捐助者踊跃。委托乡绅狄湘掌管资金出纳，宜兴善士许先生也出手相助。于是从山中运来石头，在原址上重建二桥，东西两座连亘水上，似彩虹横空架起，看到的人瞻仰羡慕，走过的人纷纷赞颂，壮观伟岸，好处无穷。史玉阳说：“这么大的工程不能没有记录！”于是嘱咐我来写。我如谢绝对不起人民，称不上君子。史侯主持这工程，没用公款……双桥各为三洞，高××尺，宽一丈六尺，长十丈。工程始于嘉靖己亥（1539）四月，完工于当年十一月。时溧阳县令为王士翘，号吾厓，以进士身份主事吾邑。史玉阳名际，好义乐施，桥建成后，他请题名“奉王桥”，县令写进志书。凡是出钱出力者，都书名录碑。

查阅县志，康熙、乾隆、嘉庆、光绪本均无此碑记录。

关于双桥，康熙、乾隆县志记载不多：“凤凰桥，双虹如翼，去县北一里，俗称上桥，符观立。高静石于中，如凤之有冠。俗又名双桥。僧海念募建。”康熙志无“海念募建”之记。

嘉庆《溧阳县志》有记：“凤凰桥，俗呼上桥，又名双桥。南北两座，距县一里，为溧阳上游诸水总汇之处。明弘治初知县符观建，嘉靖间邑人吏部主事史际更新之。国朝康熙二十一年，署县朱雯倡众重建。朱雯纪略：“溧阳之水由五堰而下，经升平、三塔与发源曹姥山之濑水相会，然后直注双桥，即今所称凤凰桥者，嗣是绕城分流而入荆溪。则此地实诸水之锁（轮），而且通衢往来，肩摩毂击，不能褰裳而往也。明弘治初，邑令新喻符公始建双桥跨其上，岁淹桥圮，邑吏部史公复新之，沈青霞为之记。阅百年，而履迹上敝木蠹下嚼，不无烂浥解坼之患。壬戌冬，予署篆兹邑，睹旧制之将颓也，蹙然忧之，独子贫吏，不能勉力任事如两公，幸有善者同力而肇举之，以聚沙成塔之，心证鞭石为桥之，果材殖既饬，版筑具与，桥将不日而告成焉。其亦王政之一端与。　　嘉庆十二年，北桥圮，权建木桥。”

光绪《溧阳续志》记：“凤凰桥，南北各一，北桥道光中狄鲤登建，易木为石。

南桥咸丰初狄缙、周岐山等建。距县一里。”

历代桥记，屡圮屡建，由木而石，废兴更替。东西双桥，天堑通途，双虹如翼，凤凰于飞。

明嘉靖双桥碑记，书者马从谦，篆者马一龙，撰者沈青霞。

马从谦，字益之，号竹湖，嘉靖十四年（1535）进士，授工部主事，转任礼部主客司主事，升尚宝司承，掌制诰，因直谏杜泰斋醮贪污，被杖死廷上。他有《竹湖遗稿》《诗文集》等传留存，与侄儿马一龙同享盛名，入祀乡贤祠。

马一龙，字应图，嘉靖二十六年（1547）登进士第，经馆选授南京国子监司业。辞官卜居玉华山，筑馆读书，书法为能品，有《玉华子游艺集》传世，为地方上家喻户晓之人物。

沈炼，字纯甫，号青霞，浙江会稽人，嘉靖十七年（1538）考中进士，十九年（1540）任溧阳知县，后官锦衣卫经历。因上书斥严嵩祸害人民，流放塞外，为严党所害。

符观，字衍观，新喻进士。弘治三年（1490）任溧阳知县。任内修筑圩堤，整理田赋，均平劳役，修葺学校，编纂县志，为民怀念。

王士翘，字民瞻，安福人，进士，嘉靖十八年（1539）任职溧阳，一心办事，而不扰民，官至副都御史。

朱雯，浙江石门人，康熙三年（1664）进士，由中书出任江宁府同知，二十一年（1682）冬季，暂代溧阳知县。廉洁仁惠，公正无私，治理享有声誉。

一本残帖，引出一座双桥，引出诸位名士俊彦。人已去，碑已毁，桥已拆。我们幼时走来走去的双桥，连同它栏杆上的铁狮子，仅留存在隐约的记忆中。

残缺的双桥碑拓，马从谦的字美，沈青霞的文美，一桥双虹的旧影，荡漾在濑水中，永远是小城的最美！

第五辑

呓·评

文坛常青树

——记著名史学家、作家、戏剧理论家蒋星煜

他是位世纪老人，著作等身的他，92岁高龄，尚笔耕不辍，著书立说。

他是位戏曲理论研究专家，对元杂剧《西厢记》的研究，奠定了他在文艺学、文献学、文化学方面的权威地位。

他被人称为“史学奇才”，《海瑞》《况钟》……一本本历史人物传记的出版；《元曲鉴赏辞典》《中国戏曲史钩沉》等大量专著的发行；《辞海》编委的担当，证明了博学多才的他“随便做什么学问，都能有成就”！

他对家乡怀有特殊的情感，《童年·少年·青年》文章的连载，描述了他特殊的生活经历，对溧阳人文的描写，填补了民国以来地方历史的空白！

他是位乐观、健康、开朗、有趣的老人，与他交谈，他朗朗的笑声时刻在感染、打动着你！

在二十多年前的一天，我坐在老文化馆大礼堂的木条长凳上，聆听一位从上海来的学者的专题报告。他渊博的知识、风趣的讲谈，深深地打动了每位听者。从此我知道我们溧阳有位研究《西厢记》的专家，他更是位文史家、文学家、戏曲史研究家。

作为《天目湖》杂志的编辑，我辗转得到了蒋星煜老先生的电话，冒昧地自我介绍，向蒋老约稿。我知道他稿约甚多，文债累累，不知是否能如愿。没过多久，一叠用笔一画一捺写成的文稿如约而至，老辣的墨迹清晰地写着《童年·少年·青年》。我如获至宝。

蒋老在文章里以惊人的记忆力和细腻的笔触，生动详细地描述了他童年少年的生活，给我们描绘了一幅活生生的“民国生活图”，溧阳古城过去的风土人情、旧街老貌、老宅老事，在他娓娓的叙述中栩栩如生。文章连载后，引起了较大反响，不少读者来电、来信谈感受，有一位热心读者还画了一张“长富亭巷”的位置图，专

程送来给我。

说实话，岁月流逝，关于溧阳清末民初直至抗战这段历史，了解的老人已不多，即使有老人健在也不会写出来。蒋老填补了这段空白。

文稿往来，电话不断。我经常能在电话里听到蒋老响亮的嗓门和朗朗的笑声。怕我“无米下锅”，他每次都会说：“你放心，我会写两期放在你那里，不会断档！”想到92岁高龄的老者，尚在为家乡一本无名的刊物辛勤写稿，除了对家乡的一片深情外，更让人感到老人的一份执着、一份认真、一份仗义！

让人更感动的是，他来电特意关照：“文章的稿酬千万不要寄，请你找一个需要帮助的学生，把钱给他！不要让人讲我回老家赚稿费来了！哈哈……”我只能一一遵嘱照办，一点薄酬他竟这么认真。后来那位受助的学生给老爷子写了感谢信，老人又一笔一画回信，依然认真。

蒋老有新书出版，马上签上名字寄来，另寄他人的，也一一列出名单。从他一本本涉及文史、戏曲、人物、茶叶的著作中，我对他有了大概的了解。

二十世纪二十年代，蒋星煜出生在溧阳城长富亭巷的一座宅院里。他在期成小学、同济中学度过了开蒙启智的青少年时代。他的外公孙汾卿是溧阳第一所小学的校长，外公领他泡茶馆、上馆子、爬城墙、逛公园，千年古城的风土人情、一草一木，蒋老历历在目，如数家珍。

1940年，蒋星煜毕业于复旦大学会计系。这位专攻会计、商务的学生，后来却迷上了文化戏曲。1942年，他22岁，就由中华书局出版了专著《中国隐士与中国文化》；1948年，他的《颜鲁公之书学》一书由世界书局出版。这两本学术著作，近年来还被出版界一再重印，学术价值非同一般。

蒋星煜曾任图书管理员、编辑、记者等职，新中国成立后在华东戏曲研究所、上海市文化局工作。才华横溢的他，曾应邀撰写了《南包公海瑞》《武训传》等评论文章，没想到这为他埋下了祸根。“文化大革命”中，他首当其冲，坠入苦难的深渊。他的夫人是原芜湖大粮商的千金，两人恩爱有加。“文革”中，他夫人被迫害致死。蒋星煜靠着坚韧不屈的意志，挺过了这段不堪回首的岁月。

1976年，粉碎“四人帮”后，蒋星煜冤案得到了平反，到上海艺术研究所从事戏曲研究工作。1981年退休后，被本单位返聘任研究员兼学术顾问，还兼任上海师大、华东师大、山西师大等高等学府的教授，并应邀到清华大学、台湾大学等院校讲学，风趣的谈吐、渊博的学识，使他的讲课深受师生的欢迎！

重新焕发活力的蒋星煜，活跃在文坛艺林，他出版了大量的戏曲理论、文学史论、历史小说、随笔杂文、文艺评论等专著。从1982年起，他先后出版《西厢记》的专著七种，其中《明刊本西厢记研究》与《西厢记的文献学研究》分别荣获了中国戏剧家协会戏剧理论著作奖和国家文化部文化艺术科学优秀成果奖。他的多部专著由日本、韩国等国及中国台湾地区出版发行，美国、英国、荷兰的专家对此都有很高的评价！

辛勤的笔耕取得了丰硕的收获。蒋星煜著作等身，获奖无数。他遵循“吾爱吾师，吾更爱真理”的宗旨，为我国文化艺术事业做出了杰出的贡献，受到国内外重视。1992年，他被收录进英国剑桥《世界名人录》，享受国务院政府特殊津贴。1996年，中国作家协会向他颁发了“以笔为枪，投身抗战”的荣誉纪念牌。1999年，上海有关部门专门为他主办了“学术研究60年，西厢记研究50周年座谈会”，社会各界对他的文化艺术成果予以高度评价！

在一个阳光明媚的春天，我随溧阳广播电视台《天南海北溧阳人》栏目组走进上海上中西路一个僻静的小区，专程拍摄关于蒋老的专题片。

走进蒋星煜简陋的家，仿佛走进了一个时光隧道。墙上挂着的名人墨迹，都是我们耳熟能详的大家亲笔所题，陈望道、老舍、孙伏园、史东山……蒋星煜与他们有过密切的交往。他把其中不少有史料价值的人、事加以追忆、记叙，写进了他的随笔集《文坛艺林备忘录》里面。

蒋老还是位茶文化研究专家，他主编了《文人品茗录》，被各地聘任为茶叶评定专家。在上海举办的世博会上，他还被评为“中国世博茶寿星”！他家的桌子上，摆着全国各地的名茶，太平猴魁、云南普洱、黄山云雾……绿茶、红茶、白茶，他热情地招呼我们各取所需，不用客气。溧阳话，他句句听得懂，他的话也夹杂许多家乡的口音。年逾九旬的他，耳聪嗓亮，直腰直背，谈吐自如，思维灵敏，哪像一位茶寿老人？

我曾在一本《申报》副刊的汇编上，读到他写故乡的旧文。而他撰写的《童年茶趣》《不肯游街的状元》《明末戏剧家彭天锡》等文，更是对溧阳往事的追忆与挖掘。久居上海的蒋星煜，对故乡充满着深情。

他说，溧阳人脾气耿直，“有理搏太公”，“三个不买账”！南人北相，很有意思。溧阳人自古“好吃”，会吃，老早先街上饭馆、澡堂很热闹，相比较，宜兴人就节俭多了。

我们请他在回乡之时，到电视台《平陵茶馆》做客，讲讲老溧阳，他哈哈大笑，欣然应诺。

走在小区寂静林荫道上的蒋老，身板挺直，神清气爽！我们难以想象他瘦小的身躯里，竟蕴藏着百折不弯的韧劲！我们难以想象他头发花白、年过九旬的年纪，记忆思维竟还如此清晰！我们难以想象早该安享晚年、养花种草的他，竟还笔耕不辍、著作连篇！这不能不说是个奇迹！

他从溧阳走出来，他向崭新的明天走去！我们由衷祝愿这位世纪老人健康长寿、活力永驻！因为，他是我们溧阳人的骄傲！

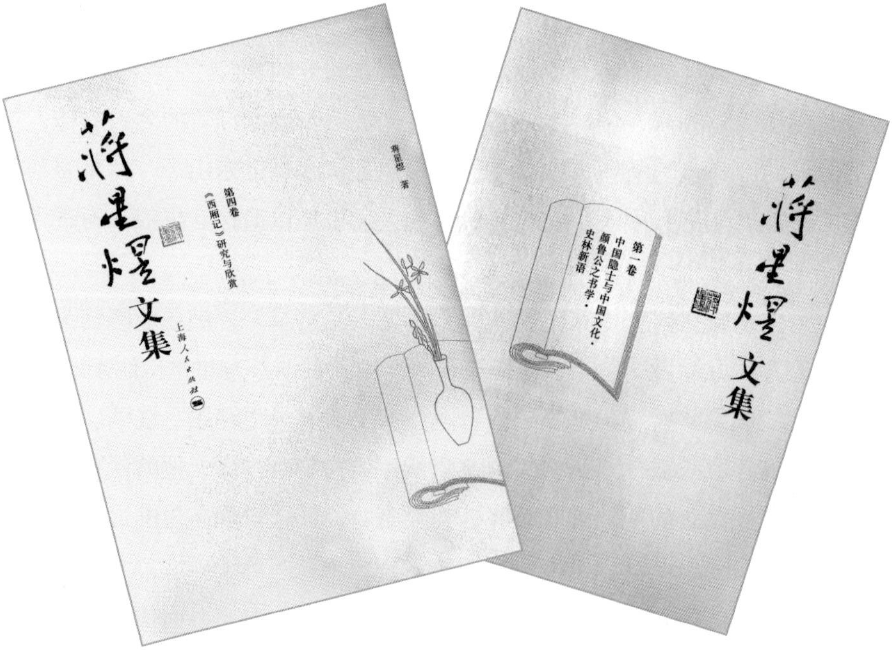

乡音·乡风·乡情

——史国富其人其艺

史国富来老家办画展了。这是他多年的夙愿，也是我这个门外汉久存心间的祈盼。

走进市文化艺术中心展览大厅，一帧帧尺幅不一的画作，满目琳琅。苍山峻峰，烟波云岚，大千万象，咫尺天地，让人感到视觉上的愉悦，感到心灵上的震颤。胸中丘壑，笔底气韵，化作纸上丹青，非一朝一夕能练就，非一招一式能概写。读史国富的山水，分明有一份大气在盘礴，有一种厚实在铺填。

握史国富的手，同样厚实。话语不多，乡音无改。一群他的同学、乡友和他夫人的同学，在他的画作前留影，主角却被挤到了最边上，兴致颇高的乡友们毫无察觉地咧嘴，史国富自然地站立，兴致也高。

谦和平实，这是史国富给我的第一印象。记得几年前登府拜访，入屋直觉进入了艺术的殿堂。厅堂高悬他的“春夏秋冬”四条屏，春山烂漫，夏山蓊郁，秋山厚重，冬山素洁。山峦间莽林密布，岚气升腾，瀑布垂挂，民居隐现其间，小舟停泊麓畔。不知是桃源故里，还是人间仙境，直觉是画家梦中家园。非常喜欢他画的江南风物，沁透了他对家乡景物的观摩熟识，倾注了他对这方山水的痴迷热情。《太湖晓烟》是其代表作之一，墨林匝匝，桃花灼灼，瀑流潺潺，晓烟蒙蒙，湖滩青青，有三两舟楫野横，不知是晓出打鱼，还是静泊候人。《秋色烟波寒烟翠》画的也是太湖，林密叶红，透出成熟的秋意，湖畔滩涂由青泛黄，应是收获季节。远帆行湖深处，该是撒网围捕。近船落篷待航，疑是满舱银鱼。水鸟围桅而飞，寒烟浮波而起，一种地域特色的意境，尽现笔端。画家对太湖流域的审视与审美，达到了一定的境界。我总觉得，青青滩涂是太湖流域的特色，也是史国富国画作品的特色，是他的独创，是他的风格。

王维曾言：“凡画山水，意在笔先。”意在笔先，需要对自然进行细察详摩，对山水进行心领神悟，史国富深谙其理。他拿出一叠叠写生的速记本，其线条之流畅、勾勒之详尽、造型之逼真、足迹之远行，令人心生敬佩。他像一位苦行僧，一步一叩，脚踏实地走向艺术的塔尖。

浏览史国富画作，他笔下的题材涉足颇丰。洞庭曲唱、九寨山花、济州岛景、峡江暮烟……各地不同的地貌风景，被他巧妙地以艺术的笔触，融进水墨，勾皴点染，形成自己的丹青世界。这正如马鸿增先生所说，他一是有功力，二是有眼力，三是内涵魅力！

史国富是有功力的。作为国家一级美术师、无锡工艺职业技术学院教授，他把画展办到了美国、法国、日本、韩国、马来西亚等地，把艺术的魅力展示到东方西方，拥有大批的观赏者、收藏者。他还在另一种“纸”——瓷上作画。其新彩、青花绘就的瓶盆盘板，同样精妙精到。在其府上曾得以欣赏数只精品，让人叹为观止！作为研究员级的高级工艺师，鲜为乡人所知的是史国富还是陶艺家，他所制作的“紫砂陶十二生肖壶”，被中国邮政作为庆祝中华人民共和国成立六十周年贺礼，印在邮票上广泛发行。我与丁蜀几位陶艺国家级大师有交往，问及史老师，大家点头称许，可见其道行匪浅！在陶都通蜀路占地6600平方米的史国富艺术馆，是其在人才辈出、高手林立的邻邑所享殊荣的又一佐证！

我曾厚脸向史老师乞画，不久得《天目湖水传乡音》一幅，一如他作品的风格：近景墨林，中景滩田，远景一抹远山，是天目湖山水的再现。展卷细读，似有湖风吹来，似有乡音传来，似有渔舟驶来，似有碧波涌来。史国富的老家茶亭，历史上曾是“千里湖莼”的产地。也许是从小浸淫了湖风水韵，他的作品离不开湖，他的心灵离不开湖。童年饱受磨难的他，踏着厚重的步履，拔苇作笔，蘸水为墨，书写着奋斗的艰辛，绘画出成功的登攀，成为家乡的骄傲！

读史国富的画，能读到他心里的湖，湖水中荡漾着故乡的情，浓得化不开。

雄风万里指笔间

——记江苏省指画研究会会长范遵荣

范遵荣从台湾载誉而归。

这是他第二次赴台湾佛光山为星云大师庆贺生日，随行的有江苏的书画名家萧平、尹石等人。2011年，范遵荣为星云大师献上了国画《并蒂和美》，这次他又呈上《如虎》苍鹰图，表达了江苏人民对老乡的敬仰之情。星云大师亲手接过生日礼物，并高兴地和他合影留念。

石头城里，玄武湖畔，明城墙下，我们见到了长发飘逸、风度翩翩的范遵荣。他热情而又朴实，一见如故的家乡情结，拉近了我们之间的距离。

1953年，范遵荣出生于溧阳。他曾在溧阳京剧团工作过，后调到镇江市越剧团，借调到南京市越剧团。他是位乐队的“司鼓”，在专业戏曲团体任音乐指挥17年，又通音律、知乐器、晓旋律、明节奏，这对他的爱好绘画大有帮助。音乐和绘画本来就是相融相通的，音符如同点墨，旋律如同色彩，节奏如同笔势，鼓点节拍如同挥毫泼墨，工暇之余的研修书画，使范遵荣沉迷其中，陶醉于斯。后来，金陵八大家之一的张文俊曾为他题词“曾有八音首”，徐石桥先生又题“今继三绝艺”，一副对联，概括了他的艺术人生。

来自江南小城的范遵荣，后来在南京博物院工作，任职高级美术师。近水楼台，使他能饱览大量古人真迹，“元四家”“明四家”“清四家”“扬州八怪”以及八大山人、石涛……大大开拓了他的眼界，耳濡目染，非一般习画者所能比肩。

早在二十世纪八十年代，范遵荣就向镇江薛元中先生学习中国画，后又坚持自学，在中国书画函授大学南京分校深造，得到名家傅二石、朱道平、庄利经等名家指教，画艺大进。后又成为南京艺术学院中国画大专学历自学考试的首届优秀毕业生。

“搜尽奇峰打草稿”，范遵荣在苦临古人和今人优秀作品的同时，注重向大自然学习，经常野外写生，观察山川岩壑，临摹阴晴变幻，脚踏实地地苦行苦修。他画的一幅《地耸苍龙》，老干遒劲，枝桠盘曲，根须扎地，枯藤垂绕，苍苔杂间，枝叶繁茂。他的老师汪澄先生题跋："遵荣仁棣南游归来，写其印象，苍郁可观，艺术当从生活中来，信乎！"

范遵荣精于山水，笔墨在自然中徜徉，在豪放大气中透露出温婉之情。他的青绿山水，传承了古代中国画技法，泼墨与泼彩杂间，勾勒与皴擦并用，使即将失传的画技重唤光彩。他画的《我见青山多妩媚》《禄膺九锡》等，较好地运用了古人青绿技法的渲染，又有自己的独特领悟，青山绿水间梅花鹿的点缀，使画面生趣灵动，富有情趣。范遵荣的水墨画淋漓着江南的风韵，《秋江泛月》里的泊舟渔网，《野水钓艇》里的浓荫水荇，《松亭听风》里的茅亭飞鸿，《柳溪渔舟》里的渔翁垂纶，《风雨归棹》里的墨云湍溪……无不渗透着水乡的空灵，到处弥漫着湿润的气息。

范遵荣画鹰是一大绝活。他创作的鹰大气磅礴，雄风万里，志存高远，姿态各异。台湾岭南画派领袖欧豪年欣然赞曰"江南神翼惊虬龙"。江苏省文联原党组副书记高以俭评价："他笔下的雄鹰则是他自己创造的具有他个人风格的极具震撼力的大写意。其犀利的鹰眼、锐利的鹰嘴、锋利的鹰爪、飞展的双翼，体现了驰骋天地、雄风万里的气概、气派和气势……"

指画，也是古人倾心的画种之一，其特点是以指掌为笔，勾点画抹，独具品位，独领风骚。高其佩是指画创始人，钱松喦是现代江苏指画的奠基者，南京书画院创始人汪澄曾得钱老指画亲授。范遵荣随汪澄研习指画二十余年，是第三代传人，他的指画奇趣横生，一派天机，《柳塘鳜鱼肥》里秋月柳下鳜鱼肥硕，张嘴遨游；《春雨无痕》里山峦静立，渔舟静泊，春雨静湿；《秋江探幽》里远山近黛，江舟横渡，翠鸟出林；《秋江归棹》中山峦横峙，峡江水急，归棹已歇……出于笔，迴于笔，笔指互参，共臻化境；以指代笔，勾勒泼洒，知白守黑，浓淡枯湿，这也许是指画的境界，更是范遵荣追求的目标。

范遵荣除了指画的创作实践外，还致力于指画的理论研究。近年来，他在专业报刊上发表了《指画漫谈》《钱松喦晚年艺术又一高峰——指画艺术欣赏》《清高其佩"水中八事图册"与指画艺术》《汪澄指画艺术赏析》《江苏指画台湾行》和《中国古代指纹画探趣》等多篇论文，从历史的沿袭和当今的创作诸方面，阐述了指画艺术的传承与发展。他说，他将出一本《承常求变——范遵荣指画研究与创作》的专著。同时收集资料，考虑写《中国手指画史》，以填补美术史的空白，当然这个难度和工作量是很大的，是对自己的又一次挑战。

2012年11月，他的指画《苍鹰丽日》获江苏省花鸟画研究会成立25周年大展优秀奖，并参加了进京展出。2015年1月，中央电视台科教频道拍摄《太湖画脉》大型文化历史系列纪录片，范遵荣作为钱松喦指画艺术的研究者，其指画视频，多次出现。

我们来到“南朝四百八十寺”之首的鸡鸣寺，山门右侧，是江苏省指画研究会的办公地，也是范遵荣于南博退休后的创作室。他是江苏尼众佛学院的兼职教授，对佛学中的“悟”，与天地之间的“融”，感触良多。他说：“真正的优美从来都无须张扬。”江苏报界的陆华先生对他的评价则是：“儒雅飘逸，胸怀坦荡，尊师重义，寡言勤事，只知丹青，不擅张扬。”

多年来，范遵荣的画作越来越为人们所认可，他的作品入编《中国当代书画名家集》《第四届中国当代山水画展集》《第六届中国当代山水画展集》等，他的传略入选《中国山水画名家三百家》等，出版了《范遵荣画集》三种。南京艺术学院博导周积寅教授曾说：“范遵荣为人谦和，正派，其艺术才能是多方面的，在中国画创作上取得了辉煌成就。成为一名出色的书画家，正是他刻苦勤奋的结果，这种精神是值得我们大家学习的。”2012年8月，“雄风万里——范遵荣中国画展”在南京博物院举办，江苏省广播电视台、南京广播电视台播出了《范遵荣》艺术专题片，《扬子晚报》《现代快报》《南京晨报》《江苏文化周刊》《金陵晚报》等都曾对他的艺术创作做过专题报道。

走进玄武湖畔范遵荣的家，居室不大，装饰简朴，却是他精神世界的宏大天地。他的夫人告诉我们，他们的女儿继承了父亲的遗传，考上了中央美术学院，后又去日本九州大学读建筑学博士，毕业后留在那里当老师，他们夫妻俩会去看看女儿一家，范遵荣也应邀去讲授过中国传统书画。

在范遵荣的画夹里，我们看到了多幅描绘溧阳老家旧景的小品。旧街小巷，石阶老树，仿佛刻印到生命里的年轮，留下了岁月的印迹。他是个热爱家乡的人，说是溧阳的山水给了他热爱艺术的天分和创作的灵感。他会经常回老家看看，汲取养分，增加灵感。讲到家乡的美术事业，他说溧阳人杰地灵，在美术绘画上人才辈出，关键是要抓早期培养，走出小城，开阔眼界，取长补短，多出人才，多出精品！

著名诗人丁芒曾有诗《题范遵荣画集》，其中有“乾坤眼底浮，一支画笔驾轻舟”之句。从范遵荣的画作，我们看到了咫尺之间天地山水；从范遵荣的人生，我们看到了雄风万里的指笔气魄！我们期待他更多的新作、力作！

西湖灵秀育俊彦

——记陆俨少入室弟子、溧阳籍画家陈少亭

溧阳有个西湖，在旧县。浙江有个西湖，在杭州。

陈少亭一辈子和西湖有缘。出生在旧县西湖村，生活在杭州西湖边。

1935年，陈少亭出生在瓦屋山下、濑水奔涌的西湖村。家乡丘陵起伏、水网密布的自然生态，赋予了他对山水的感悟和对艺术的喜爱。在东湖村读小学，到金渊中学上初中，他就喜欢国画、面塑、木雕，没有老师，没有教材，庙堂里的塑像、墙壁上彩绘，给了他最早的艺术启迪。从南渡到旧县，濑江上的船帆、堤岸上的纤夫、大河上的渔篷，都在他幼小的心灵上刻下了难以磨灭的印痕。九岁那年，他成了西湖村上远近闻名的舞狮队的一员，从叠起的八仙桌上空心跟头翻下来，成了拿手绝活。而正是家乡民间文艺的熏陶，在他心田里埋下了艺术的种子。

读初中时，陈少亭看到一位姓杨的老师画的花鸟国画，感到非常新鲜。那时配合政治运动的宣传画、漫画很多，抗美援朝，画“打败美帝野心狼”，杨老师画底稿，陈少亭着色。不知不觉中，绘画成了他青少年生活中的一抹亮色。

陈少亭原名锁秀，少亭是字。锁秀之名，颇有意思，他想用自己手里的画笔，把家乡秀丽的景色全“锁”在画稿上。于是，在省溧中毕业之际，他一心想考美术学院，把画画作为一生的事业。但当时国家需要大量的建设人才，陈少亭成绩很好，老师动员他报考理工科，科技报国，为国分忧。

1955年，陈少亭考上了浙江大学园林系，来到了美丽的西子湖畔求学深造。读大学时，他是学校美术队队长，因此画画时间较多。园林设计和美术绘画是密不可分的艺术门类。因此，学校聘请了浙江美院有名的周昌谷老师前来授课。周昌谷当时正红极一时，其作品《两只羔羊》刚刚摘取了莫斯科国际青少年艺术节金奖，为国争了光。周老师给陈少亭他们上“名画欣赏”“中国画技法”等课，令“身在曹营心在汉”的陈少亭受益匪浅，他私下问周昌谷：“我好不好转到你们美院去？”周

老师回答："按照你们浙大的文化程度，转来美院没问题，但你千万不要来！学美术很难，国家正需要建设人才，你这系科多好？有吃、有看、有玩，和艺术又有关联。你有空来我们学院好了，叫老师指点指导一下，一样学美术！"

陈少亭于是有空就去美院兼修，当时美院的学生正在临摹宋元古画，而陈少亭带去的几张写意画让吴茀之先生看到了，他开导说："你路都不会走就想跳了？学中国画首先要从白描线条开始，不能从大写意开始，要不基础不扎实！你看他们临摹宋元古画，学习传统，很要紧的！"当时美院一个班只有十来个人，老师都比学生多，在这批学生中，许多人后来成了名家。

1959年浙大毕业，陈少亭被分配到浙江省柑橘研究所。当时的黄岩蜜橘出口很吃香，社会风气其实也提倡"一专多能"。1973年，他搞了五个国家级科研课题，其中有一项荣获国家一等奖，一项出国展示。在专业研究的同时，他始终没有忘记自己的"副业"，一有空就利用野外考察的机会去写生，台州、雁荡、山阴，一路风景如画，一路笔临心慕，画了大量的山水画。同时，黄宾虹先生编辑的《神州国光集》让陈少亭如获至宝，观摩临写，沉湎其中。"毕业后，工作生活于天台、雁荡之间，面对千岩竞秀、万壑争流的越水浙山，大自然的绮丽风光陶冶荡涤着我的心灵。"陈少亭如是说。

1973年，为解决两地分居，陈少亭调回杭州，在职业技校当了六年的美术老师。"从此名正言顺地把更多的精力投入到中国画的创作中。这期间我结识了吴茀之、余任天、诸乐三、朱屺瞻、王伯敏等老一辈艺术家。由于对艺术的共同理解和追求，有幸结下了良师益友的画缘——他们对我这个后学者格外照顾，关怀备至，指导有加。"

周昌谷大陈少亭五岁，两人是亦师亦友的关系，从绘画意境到笔墨技巧，周昌谷给予他许多的指点。一天，周先生对陈少亭讲："按你的笔性和线性，跟我学画人物是吃亏的，你更适合画山水。这样吧，上海有两位先生，一位程十发，一位陆俨少，你去拜他们为师，我写两封推荐信，看你和哪位先生有缘了。"1975年，陈少亭赴沪投师。程十发先生看到推荐信说："周昌谷介绍来的要接收的，你来好了！"第二天，找到陆俨少先生处，令陈少亭没想到的是先生处境十分艰难，一家人上有老下有小，全靠他50多元工资维持生活，师母无奈地陈述着家境。"也许是溧阳人的本性，和较苦的人容易接近，我决定跟陆先生学画！"

每到周日，陈少亭从杭赴沪，向陆先生请教。师生俩境遇相似，心意相通，有相见恨晚之感。1980年，陆俨少调往浙江美院任教，全家迁居杭州，陈少亭得以朝夕随师研习艺事，观摩先生作画，聆听恩师教诲。陆俨少之子陆亨曾撰文记叙此事："少亭兄由周昌谷先生介绍拜父亲为师。我父亲正直、厚道、善良，但性格内向，不善言语，更不善交际，初来乍到人生地不熟，少亭兄弟常随父亲前前后后打理一切。他言语不多，埋头只干实事，性格和父亲极其相似，颇得父亲喜欢。父亲画画时少亭兄总是在一旁认真地观察、思考，潜心学习父亲的笔墨、线条、构图、润色……"

1986年，陈少亭调到园林研究所工作。有一次陆先生住院，少亭夫妇天天去看望。闲聊到拜师，当时陆先生在上海有一徒弟，还有一个四川弟子，比他还大一岁，是位和尚。陆俨少讲："和尚是不能拜师的，他给了一块大洋，算是拜师了。"陈少亭夫人翁丽倩插话："我们家少亭跟了您十多年了，能不能正式拜师呀？"陆先生正色道："拜师是件很严肃的事情，我回去要和你师母、师兄商量后才能决定，等我出院后商量一下通知你们。"一周过后，陆先生通知陈少亭："我们商量过了，同意你正式拜师！"少亭问："那有什么仪式？""蛮简单！请阿拉（我们）吃一顿饭，算拜师酒啦！""那到楼外楼好了？""不行的！一定要你们自己烧，在家里举办！"

1986年5月6日，在杭州东山路植物园宿舍里，一场简单而隆重的拜师宴举行，应陆师之言，陈少亭另请了宓安、吴振华、董也山、胡候林等同道好友作见证人，师父、师母和师兄陆亨一齐到场。在这简陋狭小的"仁寿山居"里，陈少亭正式成为陆俨少的入室弟子。拜师后第二天，师徒一行数人就赴方岩游览写生。

陆俨少对陈少亭要求甚严："学画要得法，不是你花多少时间就能画好，方法很要紧，大方向要抓牢。"先生提倡"读画"，把前人的画看仔细，每根线条，怎么收拾，用心去临摹，不必整张古画去照临下来，可以局部入手，"以指划肚"，这是一生得出的经验。说到写生，陆先生也主张用脑子记，勾勒轮廓地形地貌，记录四季变化，不要死记硬画。他说："中国画与西洋画是两大类别画种，西画是色彩、块面、光影入画，而中国画是线条艺术，讲究形态、笔墨，最根本的是笔墨色块。"先生开始学"四王"，后学宋元，他认为自古到今的画家都在追求变法，创新很难，是站在古人的高峰上攀越，在传统中创新是最难的！陆先生那时条件有限，画册又少，他在博物馆里看古画展品，有时一连看十多天，直到把古代技法、墨色全都背熟，这种方法在当时是比较前卫先进的。

1990年，陈少亭曾随先生在西湖写生四十五天，还多次采风画画，耳濡目染，受益匪浅。刚开始，先生让他临摹自己的画，但临了十多张就不让临了，要求他走自己的路，“似我者死”，最好是师徒风格融为一体，创新求变。“跟大师学画是一生的幸福！这是学校里上课教学得不到的，我画的东西，老师在边上稍加指点，或在画上稍加几许茅亭小舟，效果就完全两样了。我有老师改过的十多张画放在那里，一生受益。”

二十世纪八九十年代，陈少亭在长期的工作实践中，搜尽奇峰打腹稿，曾七上黄山，三游庐山，远涉巴蜀，雪山莽原，大泽荒漠，观山川之雄浑，察花木之柔美。特别是他根据自己所学专长，在游历写生中根据地域和气候的不同，注意地质、地貌、植物群落特征的比对，对传统笔墨、架构、线型、皴法、意象进行新的组构，形成了个性化的绘画语言。在野外考察中，他观察到造山运动的推移、挤压、断裂、升降所形成的褶皱，创出了各种线型、不规则三角形、矩形组合在一起的新型皴法，自称为“横七竖八皴”，充分发挥了各种线条的形式美和写意美。这与他从事的专业和对艺术的领悟是分不开的，形成有别于其他画家的独特风格。

有一次，陈少亭用摄影的技法画了芦苇，虚实结合，形成了“光影花卉”。陆俨少看后很开心：“你已经懂得怎样变法了，按照自己的路子走下去！期望你能突破我辈山水画的框框，有所创新。你也擅长线条，不可拘泥于我，尽可随你所欲，自由发挥。”陈少亭曾对恩师言：“你为何要收我这个门外汉做学生呢？画不好会坍你的台呀！”陆老师回答：“我们也看了你十多年，你为人正直。你们溧阳人彭袭明，在四川时是我最好的朋友，也是正直憨厚，是位大画家！你是园林专家，画画是玩的过程，专业和艺术结合得很好。你笔性不错，但作画要得巧，不是一天两天学得好的，要长期努力。画到老，学到老，变法到老！名利不重要，重要的是艺术熏陶！笔墨就是笔墨，照片不是画，画是其他艺术形式替代不了的。”

陆亨曾说：“父亲对少亭兄的评价：少亭的笔性最为像我。”“去年少亭兄邀我去杭州画室，第一次这么全面地看到他的作品，让我刮目相看：大漠荒野、渔舟唱晚、高原雪域、佛塔秋光……犹如一部既抒情又气势磅礴的交响乐，使人充满无限的遐想。画中的笔墨透着少亭兄在艺术道路上所下的功夫：画面的线条无时无刻不体现了父亲陆氏传统绘画的一种传承和发展。”“他在线条、结构上很好地传承了父亲的艺术精髓，也有了自己的认识和发展。”

由陆氏山水传人这么评价，应该是比较精到和精确了。

陆俨少对黄宾虹十分推崇，讲他不容易，画了这么多画，做了这么多事，生活清苦又不卖画。陈少亭讲：“对黄宾虹的画，刚开始我看不懂。在一家旧书店，有人把黄宾虹送的画拿来卖，算了一下价格，一大张才值三只茶叶蛋的钱，没人买。边上有美院的老师，也讲看不懂！而现在黄宾虹的画要多少钱一张了！”艺术的鉴赏，需要循序渐进的过程。陆俨少当年贫困潦倒，生活维艰，而现在他的画作在拍卖会上动辄上百万、千万的价位了。

上海名画家刘旦宅曾对陈少亭讲：“你不要学陆先生的形式，要学习他的方法，变法的方法，变成自己的风格，有个人的艺术语言，这需要长期的磨炼。”陈少亭一直在学先生的变法，始由古人的中锋、侧锋用笔，改为卧笔45度中侧锋用笔；但有一点他坚持不变，就是淡泊名利，宁静致远。他很少参加类似画展、评奖什么的活动，也没有“著名”“大家”之类的头衔，更鲜有“会长”“主席”之类的职务，直率、憨厚、踏实、勤奋，在他身上呈现的是溧阳人共同的禀性和脾气。他也有溧阳人的不服气、不买账的“拆天胆”，下乡救火，一人爬上街房，差一步就葬身火海；下江游泳，遇到暗流，差一点就上不了岸；上山采药，摸黑野路，凌晨吓坏了村民；悬崖拍照，两脚踩空，挂在榉树上得以脱险……

陈少亭主要定位，还应该是位园艺专家。他编著的《植物景观艺术设计》一书，填补了高等教育教材的空白，懂植物、懂艺术，会摄影、会画图……这样一专多能的才华，“碰巧”非他莫属。

见到陈少亭的人，都为他“80后”的身体而赞叹，直腰直背，大步流星，一点没有老态龙钟，这大概与他长期在野外考察活动有关。谈到家乡溧阳，他满怀深情，说：“溧阳山清水秀，文化深厚，人才辈出。我刚到浙江美院，就听说姜丹书先生是溧阳人，是中国美术教育的先驱。后来看到他的画，用笔线条很好，很厉害，近代人没有人能比得上！连潘天寿先生都是他的学生。还有彭袭明先生，被陆俨少称之为顶要好的朋友！他们都是溧阳的骄傲。我的画，深受家乡山水的启蒙和影响，从小放学回家，看到河里捕鱼的大网、小划子，后来都成了我笔下的素材。特别是瓦屋山，我上去过两次，看到山势的长线条受到启发，尝试作画，一气呵成，这种有别于古人的画法，潘天寿先生用过，我常用于创作。溧阳这几年经济发展较快，交通四通八达，人的思路很开阔。希望在文化艺术方面也有大发展，走在江苏前列！”

陈少亭是位甘心寂寞、献身艺术的人。浙江美术馆典藏部主任、著名画家尹舒拉说：“陈少亭先生和我同出陆氏师门，他学过地质学、园林树木学、自然科学，对自然的把握和探索要胜过许多画家。他在陆氏弟子里是位独树一帜的画家！”杭州书家、画家、溧阳籍传人宋一洲说：“我和陈少亭先生认识已有二三十年。陈先生的作品既有陆氏山水的面貌，又有他自己独特的风格，主要是他取法自然，把艺术和生态高度融合，把传统与创造有机融合，这在浙江众多的画家中是很不容易的！具有较高的艺术成就。”

陈少亭的好友车鹏飞言：“中国园林界有两位专家，一位是陈从周，是张大千的入室弟子；一位是陈少亭，是陆俨少的入室弟子。两位学者型的画家，离不开对自然山水的关注，离不开对绘画艺术的思考。”

我想，这也许是对陈少亭艺术的最好诠释。

濑水润泽嘉禾生

——记画家刘禾生

金秋时节的溧阳，硕果累累，丹桂飘香。

瓦屋山下，竹箦桥堍，刘禾生又回到了他熟悉不过的故乡。青砖墨瓦，青石窄巷，老宅的屋脊沐浴着金色的阳光，老家的轮船码头仿佛回荡着汽笛的嘶鸣和脚夫的号子。他拿起了写生簿，用线条勾勒起岁月的轮廓，用笔墨记录着青涩的记忆……

1943年9月，刘禾生出生在竹箦桥老街上。吃着北山脚下种出的稻谷，喝着濑江流来的清清河水，他像一棵禾苗，在家乡的雨露滋润下茁壮成长。也许是冥冥中命运的安排，刘禾生从小就喜欢涂涂画画，大门上的门神，线装书上的插图，土戏台上的公子小姐，都是他临摹追写的对象。

1963年高中毕业，他来到了部队这个大熔炉里磨炼。由于“美术”这个专长，他从事部队的宣传美术工作，画插图，配版画，创作油画，还有连环画……他是个多面手，样样拿得起，样样都出彩。他的油画陈列在淮海战役纪念馆，他的年画、宣传画、连环画印成书籍在全国发行。刘禾生还写得一手好书法，书画同源，几十年孜孜不倦的研修，逐渐形成了自己独特的书画语言和风貌。

1984年，刘禾生转业地方，担任过美术编辑，后来在江苏省群众艺术馆从事群艺工作，但万变不离其宗，他一直深爱着书画，深爱着线和面结合的艺术天地。中年以后，刘禾生师从南艺教授、书画大师陈大羽先生，攻花鸟兼山水，习书法，虚心求教，心慕手追，既学大师的技法，又学大师的风范，这成为他艺术人生的一个里程碑！在刘禾生家里，至今还保存着一张大羽老师为他修改书法作品的墨迹。

刘禾生说自己是个酷爱传统的人，但他师古又不泥古，崇师又不从师，在艺术创作中张扬个性化的追求，于是无论是花鸟走兽还是山川岩崖，都打上了“刘氏”的印记。作为一位传统的写意派画家，作为书画讲究中庸之道的画家，作为慈眉善目、个性亲和的画家，刘禾生的创作，却充满着恣肆的笔触、奔放的倾诉、豪迈的癫狂！他画的鹰振羽扑翅、双爪似钩；他画的马奔驰嘶鸣、狂放不羁；他画的鹿欢快腾跃、其乐融融；他画的鹤翩翩起舞、引吭高歌；他画的鸡独步傲视、一唱惊天……有人说，画如其人，而生活中的“老刘”和图画中的“老刘”，却分明不是一个人！生活中的平和，艺术上的狂放，矛盾地结合到了老刘的身上。戎马生涯的熏陶，使刘禾生的作品充满了行伍的阳刚之气！也许是行伍出身，刘禾生喜欢喝酒，豪饮之后的谈笑风生使他更显个性，“哈哈”的笑声常常感染着你，打动着你。

大家都知道，刘禾生的动物走兽画得好，却不知他的山水也是别具一格。不断探索的皴擦的山川、点勾的屋宇、泼染的层峦、飞泻的瀑布、翻卷的浪花，配以墨韵味浓的飞鸟、鹤鹿……形成了一种浑厚大气的阳刚之美，倾诉了画家对自然情感的流露，对山川草木的眷恋，对生存环境的领悟。

几十年来，刘禾生耕耘在书画艺术这方天地里，取得了丰硕的成果。1992年，他在北京举办了刘禾生水墨画展，出版了《刘禾生书画作品选集》。1993年，其作品入选中国美术家协会主办的日本·中国画廊开幕展，并入选中国美术出版社出版的《功在千秋》大型画册和《当代中国美术》，在美国举办过六人中国画展、三人中国画展。2004年10月，参加了美国动物保护协会举办的野生动物画展。2006年，赴美参加由美国宾夕法尼亚大学举办的三人中国画展。2010年，人民美术出版社又为其出版了《中国当代实力派名家精品鉴赏·刘禾生画集》。

在南京大方巷一处嘈杂的巷弄，我们走进了刘禾生的家。狭小的斗室，狭窄的画桌，使人难以想象那么多气势恢宏的山水和傲视群雄的走兽，原产地竟是这方天地。刘老师依然乐呵呵，仍旧不以为意，一派“不以物喜，不以己悲”的淡然，似乎有了艺术这片天地，生活的这方天地大小，已经无关紧要。爽朗的大笑声在陋室里回荡，也许画风与现实的差异，才是成就画家的途径。

刘禾生是个家乡情结很深的人。他的画作中，家乡的山水始终是创作的主题。《天目湖夕阳》《南山秋胜》《南山银妆》《马欢南山》《天目湖一隅》……每一幅，都是他对故乡的思念，都是他对故乡的情愫，都是他对故乡的向往！他常常回到溧阳，走亲访友，把酒话旧，看看山，看看水。把生他养他的南山当笔，把滋他润他的濑水当墨，画出他心中的家乡，心中的山水。有亲友求索字画，刘禾生总是不吝笔墨，慷慨挥毫，体现出一种大气和豪爽！

刘禾生说，他的画刚刚成熟，风格面貌刚刚形成，他要继续探索，不断前进！

这位刚从西班牙、法国办完画展回来的“老顽童”，爽朗地大笑起来。笑完，他说，他的一幅画刚被西班牙大教堂收藏，大主教回敬了他一件礼物，是什么呢？还没收到！哈哈……

濑水汤汤，润泽平陵嘉禾茂生。我们祝愿画家刘禾生青春永驻，艺术常青！

山水蕴育笔墨情

——史解元山水画赏析

与解元兄有缘。几十年前为老街邻居，几十年后为陋巷近友。只是我孤陋寡闻，一直不知他酷爱丹青，至报端常见其画作获奖频频的消息，方知他捉笔弄墨几十载，颇有建树，已是小城里的“大画家”矣！

隔行如隔山。对书画一窍不通，附庸风雅的我却厚脸上门观画，翻阅解元的旧画新作，聆听他的创作经历，受益匪浅。满目的山岚云烟、笔墨情怀，镌刻着对艺术执着追求的足迹，镌刻着对理想苦苦追寻的心迹！

山远天际，云聚水涌，恰似银河落九天，一道瀑布奔流直下，激石飞珠，击岩轰鸣。山梁间云诡波谲，苍松盘虬。有木桥立涧上，茅篷竹篱，古朴野趣。桥上有一老者，衣袂飘忽，拄杖远眺，虽不见脸，却现仙风道骨。不知何方高古雅士，有此雅兴。李白耶？孟郊耶？不知此君因何而来，听瀑耶？观瀑耶？读史解元的《观瀑图》，古气、水气、云气、墨气扑面而来。山峦皴法，人物线条，颇有金陵画派代表人物傅抱石之风范。

《霜晨》是史解元一幅获奖的代表作。霜凝层林，露挂杂草，山村在炊烟中苏醒，茅舍在瑞雪里静卧。盘曲的山道上，一位早起的村姑担水而行，红色的上衣和纱巾，在洁白的世界里跳跃一团生命的亮色。画作以白为主，用色大胆，以人点缀，动静结合，为我们描绘一幅动人的山村雪晨图。

中国画讲究意在笔先，胸有成竹。苏东坡说“合于天造，厌于人意”，讲的就是尊重自然，减少匠气，要做到这点是很难的。时下书坛画坛，浮躁之风日盛，精神气少了，“鬼画符”多了；内容浅薄了，形式虚花了；能品多了，神品少了，逸品更是罕见！石涛曾说：“以我襟含气度，不在山川林木之内，其精神驾驭于山川林木之外，随笔一落，随意一发，自是天蒙，处处精通，处处醒透，处处脱尘而生活，自脱天地牢笼之手归于自然矣！”这画语切实地道出精神与艺术之间的关联，也道出“丹青难写是精神”的真谛。

纵观史解元的画作，姑妄论其“神逸”之说，他有一点是令人佩服的。他把自己艺术的根须，深扎在家乡肥沃的土壤里，吸收营养，汲取源泉。创作题材也多以乡土为背景，其画中神貌似曾相识，却焕然一新！《天目湖胜景》是他获国家第四届特殊奥运会书画艺术大展银奖的画作，画面上层峦叠嶂，林草茂盛，游船犁波，山庄隐云。俯视式的构图，为观者展示了“心中的她永远是个梦幻世界”（画跋）的意境。《南山瑞雪》是他又一幅入选大型书画作品集的国画，瑞雪纷飞，南山披银，繁茂的森林银装素裹，冷峻的山峰气势恢宏，原来南方的冬雪也是那么纯洁多情！《横涧小溪》则是一幅秋景图，枝叶披疏，秋山金黄，一条无名小溪从山间流出，涧水成潭，叶落有声。画角偶露的山居，似乎隐隐传来桃花源里的鸡鸣狗吠。《龙潭晨曦》则写的是夏岭，山峰高耸，劲松苍翠，双瀑飞泻，岚气氤氲。宋朝画家郭熙曾论山图：“春山艳冶而如笑，夏山苍翠而如滴。秋山明净而如妆，冬山惨淡而如睡。”史解元笔下家乡四季之山形，莫不出自对这片山水的观察揣摩，出自对这片山水的钟情眷恋，出自对这片山水的皴擦晕染。

青山不墨千秋画，绿水无弦万古琴。大自然永远是艺术家描写不尽的素材和蓝本。史解元深知“行万里路”对一名画家之必要，师法自然才能有所造化，他抓住一切机会亲近自然，观摩山水。桂林漓江、黄山烟云、北京长城、皖南民居……都成了他创作的灵感和题材。他画的漓江青山如碧螺，渔舟泛清波；画的《黄山朝晖》旭日蒸霞，峰如斧劈，松如龙蟠；画的《和谐春风吹山村》，其崇山峻岭雄奇浑厚，耸入云天，分明北方山脉之气势。

胸藏丘壑，笔底始有峰峦；兴寄云霞，墨迹才呈气韵。解元兄的山水画以余拙见，是较为大气的，他喜以俯视、仰视法构图，取景宏远，视野开阔，大处画山峦的气势，小处画草木的纷披。大处落墨，小处收拾，详略得当，粗细匀称。大处著思，小处描俏，清秀其中，浑拙其外。画山的梁、坡、峰、沟时，运用多种皴法，造出各种姿态；画水的瀑、涧、溪、汽时，善于用留白晕染来达到生动效果。墨色线条，苍郁凝重；细节点缀，清新夺目。我想，这正是他画的长处，也是艺术特色。

史解元学画源于家庭熏陶，出自从小爱好，古典名著上的白描人物画，曾是他临摹的范本，16岁时就有美术作品入展省美术馆。后虽经上山下乡插队务农，一直不弃对艺术的追求。进城工作直至退休，他三十多年醉心笔墨，作画不辍。他从《芥子园画谱》入手，临摹石涛、黄宾虹等人的名作，又学陆俨少之青绿、刘海粟之雄奇、宋文治之清秀，一步一个脚印地自学成材。因此，你在他的画里能读到传统的规矩，读到名家的风范，读到修炼的成果。

毋庸讳言，史解元不是“大家”“名家”，他的画尚有许多不足的地方，如气韵的流动、题材的多样、画法的兼蓄等方面，他还有许多功要练。还有他的书法较之他的画来讲，稍逊一筹，这是我这个外行的一孔之见。

解元兄有一方闲章，叫“心画”，印如其人。多年来，他把绘画当作生命的倾诉，当作价值的体现，当作心泉的喷发，他才能在这小城东门的陋室里坚持下来，他才能在全国的征稿中崭露头角。他的“画室”是天井的一隅，临街面路。几次深夜途经其窗，见他尚在临池笔耕，不忍扰了其雅兴，只是把平时收集的画册、画报悉数供他参阅，希望他能百尺竿头，更进一步！

人生就是这样，对一件自己喜爱的事，用心做了，管它能否成名成家。老农春播，不问秋收，顺其自然也，是为道。

擎旗“新院体”，领军“新山水”

——记“中国首届十大山水画家”之一、华东师范大学艺术研究所所长阮荣春

在“山高水长——中国首届十大山水画家作品展”的现场，媒体和观众的焦点都对准了一位儒雅画家——阮荣春的山水作品，意境深远，灵动灵逸，笔墨自有格调韵致。

在2002年举办的新院体中国画作品展中，阮荣春的中国画充分反映了“新院体”的风格风貌，受到广泛好评。

在阮荣春作品上海、南京、西安三地巡回展中，他的山水画引起不小的轰动，作品被订购一空，得到了鉴藏界的高度关注。2012年《江山明镜》单幅绘画创下了414万人民币的拍卖纪录。

在中国最高一级的事业性画院、引领全国画坛发展的中国国家画院，名师工作室至今为数不多，阮荣春是上海地区唯一受聘的一名导师，在中国国家画院成立了山水画工作室。

作为溧阳人，我们有幸看到过阮荣春为家乡创作的《天目湖之春》大型绘画，深为他的造境造型艺术功力所折服。当我们风尘仆仆赶到上海华东师范大学采访他，他即将赴印度去考察佛教造像艺术的流传，撰写论文完成国家重点文化科研项目。

学者、画家，坐在我们面前的阮荣春谦和而又儒雅，走进他“仁智之乐”的艺术世界，我们才看到另一个他。

中国美术家协会副主席、广西艺术学院院长黄格胜先生，曾这样评价阮荣春：“阮荣春身兼学者与画家，在当代，他是画家里面最有学问的，也是学者里面画得最好的。”

著名画家、史论家，教授、博导，国务院艺术学学科评议组成员、中国国家画院研究员、华东师范大学艺术研究所所长、《中国美术研究》杂志主编……当众多

的职务头衔集中到阮荣春身上，当众多的称誉赞扬聚焦到阮荣春身上，他还是他，一脸谦和的笑容，一种从容的心态，一袭简朴的穿戴，一身儒雅的气质。

学者，画家，似乎都是可以令人肃然起敬的称谓。他还是他，见到老乡，他用地道的家乡话笑着介绍：“我叫阮荣春，溧阳湖边人！”

1950年，阮荣春出生在溧阳长荡湖畔的湖荡村。长荡湖为古代五大湖之一，蒹葭苍苍，鸟集鱼跃，“一斛湖水半斛鱼”，确是江南的鱼米之乡。芦滩捉黄雀，下簖捕鱼虾，上树掏鸟蛋，下田挖黄鳝，年幼的阮荣春度过了充满美好回忆的童年。虽然遭遇“三年困难时期”，吃野菜、吃米糠，吃半碗糊汤就像过年一样高兴，但他从不认为苦难是一种遭罪，而是一种磨炼，一种激励，一种回忆！

也许是长荡湖的盈盈碧波荡漾在他的脑海，也许是家乡的芦苇草荇扎根在他的胸膛，他的艺术天分浸润在这片水乡泽国，他的艺术禀赋汲取着门前山水风物的滋养。

门前有塘，塘通大河，大河通湖，湖通长江，长江流向大海。那大海在哪儿呢？少年的阮荣春，常常望着湖水，寻找着大海的方向。

1972年，到了工农兵大学生招生的季节，听说要招画画的，有人推荐了在乡广播站当通讯员的阮荣春，因为他已是年轻的党员。县上来了通知，让他去考试。他可犯了难，虽然小时候割草时用镰刀在河堤湖滩上涂鸦，但没有正规学过啊！到了县上，一听要考素描和速写，他连这两个名词都没听说过！看到别的考生手上拿着本本，画得有模有样，他心里十分焦急，只能试试看了。也许是天分和勤奋帮了阮荣春的忙，他考上了！

22岁的阮荣春，来到南京艺术学院学习，他像大旱逢甘霖的朝圣者，以勤奋和踏实的步履，一步步登上艺术殿堂的台阶。1974年，作为班长的阮荣春，以各门功课名列前茅的成绩，经过全系师生的无记名投票，留在母校当了一名老师。

十年后，32岁的阮荣春担任着南京大学美术杂志编辑之职，他考上了南京艺术学院恢复学位后的第一届美术史硕士生，师从美术史泰斗林树中先生，走上了一条研究美术史理论的学者之路。

读万卷书，行万里路。

孜孜不倦地在艺海史论中游览的阮荣春，跟随林教授上西安、兰州，过武威、敦煌，拜麦积山、炳灵寺石窟，谒新疆克孜尔“丝绸之路”壁画……

在连云港孔望山佛教造像的定位中，年轻的阮荣春崭露头角，以一篇《孔望山佛教造像时代考辨》的论文，大胆提出“唐代说”，推翻了诸多专家学者的“汉代学”，惊动了中外美术史界，表现出他独行独立、独言独说的追求真理的个性。

1989年4月，应日本学术振兴会之邀，阮荣春东渡扶桑，开始了为期一年的日本京都国立博物馆客座研究员的经历。在研究过程中，他发现佛教造像有一个“南传系统”，从而确立了“南传说”，并对长江沿线进行了实地考察，他的《佛教南传之路》一书的出版，被媒体称为“有划时代意义”。

1991年，阮荣春的论著《中华民国美术史》出版，填补了这段历史美术史研究的空白，该书荣获国家教委普通高校第二届人文社会科学研究成果奖。

1995年，他的专著《佛陀世界》出版，内有许多他赴日本、印度搜集来的珍贵插图。

1996年，阮荣春的专著《沈周研究》和《佛教传来之道》在日本出版。1999年，被列入“九五”图书重点工程的《海外藏中国历代名画》，由阮荣春担任了第七卷主编。

2004年，《丝绸之路与石窟艺术》一书，由阮荣春奉献给了读者。接着，《中国美术史》《中国美术考古学史纲》《中国近现代美术史》《中国绘画通论》《佛教艺术》等二十余部专著，先后问世。在美术史研究这个领域，著作等身的阮荣春，是位享誉海内外的学者！

中国美术史研究泰斗林树中先生曾说：“谈及艺术史研究，阮荣春是我的入室弟子。记得在二十世纪八十年代初，艺术家们都在热衷于新潮美术，阮荣春却在这时考入南京艺术学院，跟从我学习、研究中国美术史。转眼又是十几年，我再次惊诧于我的这位不同寻常的弟子，他又能在中国画创作领域独开境界，以不同一般的个性品格为当代中国画演进着新探索。”

南京博物院原院长梁白泉说：“阮荣春先生兼有山水画家、佛教艺术史家、考古学者和美术教授等多重身份。”

摆在我们面前的，是一本《阮荣春的艺术世界》，作为中国首届十大山水画家之一，作为新院体山水画展的领军人物，阮荣春的中国画随着全国巡回展而闻名遐迩。

摆在我们面前的，是一幅幅气势磅礴、气韵生动的山水画力作：《仁者之乐》《山高水长》《清气乾坤》《溪山停云》《江山明镜》《高秋橙染》《云烟供养》……

著名美术史论家、中央美院研究生院院长薛永年评论道："阮君荣春，艺院师首，画坛名家，早已名满宁沪，渐至播誉海外。""如阮君者，无愧真学者型画家也。"

在如今学者凑数画画、画家硬充学者的美术界，像阮荣春这样得到一致佳评的学者型画家，是为数不多的。对于绘画，外行不能妄评，还是让我们来读一读众多专家的评论吧！

西安美术学院院长、博导王胜利："气韵格法，格高意远。"

山东工艺美术学院院长、博导潘鲁生："学养寄翰墨，画物赋予心。"

中国美术学院教授、博导曹志强："深静微妙，宏通幽远。"

清华大学美术学院教授、博导陈池瑜："势壮境阔，笔健墨妙。"

美国亚太艺术研究院院长穆家善："澄怀观道，君子之风。"

江南大学艺术学院教授、艺术史博士黄培杰："温雅敦厚，清新刚健。"

对于画坛之画道、画风、画格，作为画家的阮荣春直抒己见："本人认为必须张扬'三气'精神，提高三种能力。'三气'即正气、文气与静气。'三力'者，即造景造型能力、用笔用墨能力，以及营造气韵的能力。"在他的画作中，他既是倡导者，又是践行者，正如林树中教授对他的评价："善于用渲染来构筑诗的意境，诗情画意相得益彰。这既是手法的高超，也是一种传统文化的厚积，非对中国画之理、之哲学前提深悟而不能为之。同时这也和他所提倡的'新院体'绘画对心气、文气、静气的追求相一致。"

1994年，阮荣春任南京艺术学院教授。1997年，他被任命为南艺副院长，并担任了博士生导师。1998年，他获得日本早稻田大学文学博士学位，成为该校第一位中国人获此学位的学者。同年，荣获国务院特殊津贴。他多次出访日本、意大利、韩国，成为国际学术界的知名学者和专家。

2004年，应中科院院士、上海大学校长钱伟长特聘，阮荣春出任上海大学艺术研究院院长，为这座东方大都市的美术史理论研究砌炉起灶，开辟学科。后来，他又来到华东师范大学艺术研究所，开始他学术研讨和培育人才的新征程。

阮荣春认为："我主张笔墨当随时代。在当今的和谐社会里，山水画里还是要多一些典雅闲适、平淡、温和、赏心悦目为好。浓重粗野无异于大喊大叫。"他以美术史论家的高度审视当代中国画，认为过度批判"四王"及过分推崇石涛的"无法而法"、八大的"横涂竖抹"是最终导致当代画坛的"浓重粗野"画风的根本原因，应予以纠正，并以"新院体"精神来改良中国画。有人说阮荣春是"炮轰画坛"！这样论点的提出，一方面需要勇气，另一方面需要底气，也正是站在山水画发展的高峰上，阮荣春才敢于大声呐喊，才敢于耿直疾呼！这里面既包含着他个人的真知灼见，也衬托出一个溧阳人"犟头倔脑"的直脾气！

阮荣春有很深的家乡情结。

陕西省文联副主席赵振川评论："阮荣春的画有浓郁的江南风格，是典型的文人画，并使用了传统的技巧。他的画展现出江南文明的气息，充满江南的韵味。"

浙江工业大学艺术学院副教授沈克说："长期以来，阮荣春先生正是怀着对故土江南眷恋的信念，奋进不息，埋头于中国山水画的耕耘。试看他的作品，无论那春雨霏霏的江南水乡，还是粉墙黛瓦的山林民居；无论那永听不厌的款款橹声，还是农家月夜的清光，江南古朴幽静的自然风物和特有的生活乐趣，无不在他的画中熠熠生辉。"

也许是故乡长荡湖的碧波常常凝聚笔端，也许是湖荡肥硕的滩田铺设在宣纸，阮荣春的画作中溧阳景物时隐时现，时惊时艳！《长荡湖忆旧》中的风帆归舟，《长荡湖来雁》中的芦丛潜雁，《三月江南》中的滩田农舍，《三月春风》中的绿柳曲溪，《小桥渔家》中的泊舟板桥，《春山行旅》中的行船纤夫，《晨雾初开》中的捣衣村妇……有意无意中，都打上了溧阳地方特色的印记，都染上了阮荣春故乡情结的心迹！

我特别欣赏的是那幅《米元晖溧阳溪山图意》，原图乃米芾之子米友仁（字元晖）游溧阳时所作，原图已佚，仅存元代莆田人陈旅诗一首《题米友仁溧阳溪山图》，其中有"宿雨散层巘，林麓翳烟霏。遥山断复连，川上初昕微"之句。阮荣春的画——烟雨霏霏晴方至，山岩层叠岚起时，波映石巘舟静泊，米氏云山吟诗意，把诗中的意境、格调、氛围，表现得淋漓尽致，展现了作者深厚的写实功力和浪漫情怀。

不是对古典诗词有洞察力，不是对家乡山水有观察力，不是对笔墨纸张有穿透力，是画不出这样的佳作的！此亦“三力”也。

阮院长是位随和的人。有一阶段，凡是家乡有学生要考艺术院校的，都想方设法来找他咨询求教，他总是不厌其烦，出谋划策，分析得失，尽心尽力予以帮助。对于家乡溧阳，他总想多培养点艺术人才，他曾设想在溧阳开设高等艺术学院的分院，为家乡多出几个姜丹书、陈晓南、黄若舟而出力。他说：“溧阳这几年经济建设进步很快，城市面貌日新月异，令人骄傲！溧阳人杰地灵，具有艺术天分，艺术人才的培养近年来也大有进步，但还远远不够！文化是软实力，艺术是推动力，家乡有这么美丽的山水风光，应该成为一块艺术的肥沃土壤！”

有人说，阮荣春是一位“修行者”，艺术的修行者。

有人说，阮荣春是一位“时间的歌者”，歌唱着艺术的时间与空间。

我要讲，他更是艺苑师首，培养了16位教授、5位博士生导师。在2014年上海入选书法艺术最高奖“兰亭奖”的6人中，有两位是他培养出的学生，其中一位就是溧阳书法家朱国平。

我要讲，他是一位学者，他又在着手著写国家重大科研项目、社科院基金项目——《中印佛教美术源流》一书！

阮荣春的艺术，是他的一幅画——《山高水长》。

高处不胜寒

——观马得画展有感

我有福。有福到常常能一个人静静地享受饕餮之餐，尽管此餐只能养眼提神，只能修身怡情，我乐此不疲。

我爱看艺术展览，也许是在京几年养成的癖好，休息天一辆破自行车，一张4元的门票，可以消磨半天的时间。虽然是外行看看热闹，对艺术一窍不通，但比看电影便宜啊！而且中国美术馆楼上楼下好几个展厅，一路看下来，划算！出了门，过马路就是首都剧场，碰上有好的话剧再看一场，满足啊！往前到王府井金鱼胡同吃碗小馄饨，大半天就打发了。骑车回住处，一路的回味。

小人物注定容易满足。回来后就有点“馋”了，看个展览要跑到南京什么的，费劲。从报上得知马得的画展要来小城，心里一喜，这送上门来的“大餐”正好解解“馋瘾”。

一百多幅画作挂在墙上，挂在岁月的凝望里，挂在艺术的氛围中。马得老人也“挂”在墙上，和蔼的笑容好像在和你打招呼，平和平淡地说：看看我的画吧！

我看得很认真，一幅幅，细细品味。我知道画戏剧人物的有关良、韩羽，我们江苏就是马得，在报刊上曾见过他的漫画、戏剧人物画，但这么近距离地看到原作，还是给我以震撼！

马得的画很“简”。寥寥几笔，没骨画技，墨是身段，线是衣袂，类似文人的简笔画，但此画“简”而不“陋”，颇能传神。这就是“简”处显功力，比之“繁”来更为不易也。正如评家所言：“虽粗疏几笔，却传神地勾勒出戏剧人物的神态和性格，实在殊非易事。”何绍基曾说“愈简愈远，愈淡愈真”，这“简”真不简单！

马得的画很“丑”。不刻意为人物涂脂抹粉，《十五贯》中娄阿鼠是“丑”，而鲁智深也不美，美猴王也不俊，以形态传神态，拙中藏巧，“丑”中显美，这是画家的高明之处。

马得的画“不要脸”。这与丰子恺的漫画有异曲同工之妙。《林冲》是侧面，《坐楼杀惜》是半脸，而《贵妃醉酒》《千里送京娘》《断桥》干脆是背影，但通过人物的身段水袖，你竟能想象到主角的表情，这“不画脸”比浓眉大眼、沉鱼落雁之类的细描，更显艺术功力。

马得的画很“神”。神，不是神乎其神，是精神、神气、神韵。新凤霞称赞他的戏剧人物画“带锣鼓点”“真有腰劲”！昆剧大师俞振飞夸他笔下的人物“有情有意”，这与他对人物的理解、对题材的研究、对一颦一笑的捕捉，这些日积月累的功夫是分不开的。叶浅予说马得对戏剧“深到一个非常内行的鉴赏家”，可谓一语中的。以少胜多，余味无穷，关键在于“神”。张大千说八大的画百看不厌，“那股子灵气可真是要得！”而马得的画靠的也是那股神气。

初看马得的画，也许会有人不服气，这几笔“涂鸦”，谁不会呀？那你来试试？要知道摆在你面前的“涂鸦”，哪张不是心血凝成？“每幅画都要画上几百幅，才能从中筛出几幅稍中人意的画来”（马得语），容易啊？画家黄苗子曾评马得：“他的作画态度认真得怕人，一个题材，反复画十几遍，换了多少草稿才能一下子‘捕捉’住一幅惬心的作品的。”这种对艺术的执着和对创作的认真，正是当今不少自诩“大师”们所缺乏的！

马得一辈子没进过美院。不是所谓的“科班”，他是靠自学走上职业画家之路的。这也印证了“实践出真知”的格言。他画苗家风情，从民间艺术汲取营养；他临汉代壁画，以传统绘画奠定根基。他画漫画，画连环画，画应命的刊头、速写，这也许注定成不了时髦的“大家”“大师”，但他走了认定走的路，画了喜欢画的画，自成一派，这就足够了。

看马得的画，你能看到一颗童心，一颗平常心。黄苗子说：“马得，我羡慕你的童心，羡慕你的境界和修养。”艺术之道，拥有一颗童心多么难得！我们眼下常见的势利、铜臭、自大、膨胀等圈中怪象，不具备的正是这种境界和修养！

马得和溧阳有段情。他和夫人很早曾来溧阳写生，对此地的山水人情有了解。他画的“山南公社积肥”的速写式报道，也是另一种艺术探索。他的夫人陈汝勤在接受采访时说，来溧阳举办画展，也是一种回归。

走出展厅，一位戴眼镜的男子叫我，介绍说他叫程立。我立即明白他就是这次画展的主要策划人、组织者，因为读过报上他的文章。他问为何这么好的画展看的人并不多？我笑言这不奇怪，曲高和寡，我去省美术馆看改革开放三十年精品画展，楼上楼下拢共不超过十个人。北京的展馆也是如此啊！除了美院的学生，谁有闲工夫来看美展？圈内人都不来，何谈圈外人？程立要我在留言簿上写点什么，我思考了一下，写：“高处不胜寒，马公能传神，得来皆不易。溧阳太需要这样的大师精品展了！也需要程立先生这样的热心人！”

马得姓高。人长得高，画品也高。一路回家，脑海里总浮现他那几幅画，《牡丹亭》里的“游园惊梦”，还有《断桥相会》《花为媒》，真是美哉、妙哉！可惜老爷子走了，不然看完画展求他画一幅，也许他不会拒绝。以前在其画展上有人索画，一般只要聊得来，他画完即赠。

这就是高马得，一位平民画家。

端庄静穆　狂放雄强

——黄晖书法赏析

接常州书篆前辈王日曦老师电话，言常州市第二届刻字艺术展来溧巡展，我欣然前往观赏。

偌大展厅，王老师相携一一评点，使我受益匪浅。在一幅“君子明道”的刻字作品前，日曦先生点头赞许，而在一幅小楷扇面挂轴前，他说：这字写得有静气！

好一个静气。在主张个性张扬、剑拔弩张的眼下书坛，追奇突怪崛者有之，摹荒诞偏锋者有之，究其根源，都是不肯扎扎实实下苦功，想走捷径而已！说白了，浮气上升，静心不足。而王老师称赞的两幅作品的作者却是一人——黄晖！

知道黄晖这个名字，大概还是他作为“少儿书法大使”出使日本之时。他与王春、房玥、符蝶等成为小城的书法“天才”，常常用老祖宗传下来的笔墨，书写文明的国粹，一时传为佳话。其实书法并无天才，只有一笔一画的苦练，加上书者的定力和悟性。黄晖幼时的苦功，也许是日后他“吃这碗饭”的基石。

仿佛是眨眼间，站在我们面前的黄晖，已是位戴着眼镜文质彬彬的大小伙子。他毕业于南京师范大学书法篆刻专业，师从尉天池、徐纯原、李啸等名师，供职于市文化馆，从事书法创作。少时的爱好，成了贯穿他成长过程的红线，连接成工作事业的纽带。传承有序，这也许是书法艺术的滋养，也许是小城文脉的伸延，黄晖，注定“吃这碗饭”。

黄晖在书艺上下过功夫。他刻苦研习法帖碑板，由北魏《张猛龙》入手，上追魏晋，中游唐宋，下探明清，逐渐形成了自己清新洒脱、婉转典雅的书风。他的老师徐纯原对其书法有如下评价：“真书端庄静穆，承钟太傅衣钵；草书狂放笔强，得王孟津劲力；行书自然典雅，继二王、襄阳风骨；隶书古厚清新，有汉碑简牍之趣。拙巧并兼，妙化多方。”真可谓知徒莫如师：“晖从吾游，凡十有六年，少时寡言孤语，唯于书艺有妙语，余故知其来日必书中之龙象也。”这是老师的心言。

黄晖的作品多次入围全国书展，并在国家级核心杂志上发表过几十幅作品，这也是他跻身中青年书法中坚力量的试金石。作为溧阳最年轻的“80后”中国书法家协会会员，我倒不想把过多的溢美之词送给他。黄晖还年轻，他前面的路还长。“书艺之道，学养相长。”“天才勤勉，终成大器。”这是徐纯原老师勉励他的话，应是肺腑之言。

在黄晖的书集即将面世之时，嘴拙的我想说一句话：守住那份静气！

共勉。

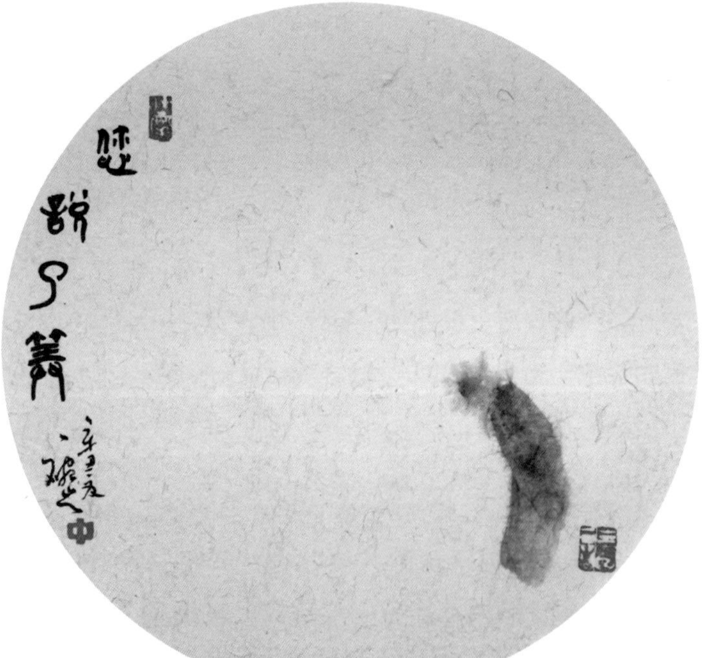

江南的雅致
——读尚云画有感

江南的雅致，是隐在那片山水里的。

不高峻，不浩渺，甚至不显山不露水，从从容容平平淡淡之间，就呈现出一份风韵，定格在特定的时间空间里，形成特别的风格和记忆。

江南的雅致，是藏在一张书画里的。

知道《富春山居图》，知道《青卞隐居图》，可你也许不知道它们的流序，大痴道人的巨作被宜兴吴家收藏，黄鹤山人的名画为溧阳狄氏庋撷。两个山水相连、风俗相近的江南小县，竟也曾是艺术的渊薮，生出许多雅致的人事来。

读尚云的画，分明能感受到这种江南的雅致。他笔下的那份疏淡平和、温文尔雅，带有鲜明的个性特色。

没见尚云前，以为他是位仙风道骨的老者。因为有人评价他的画是“一共四笔，一笔在宋朝，一笔在明朝，又一笔在民国，还一笔在现在”。能擎住这四笔的人，汲古融今，不是一般的功力。唐朝的边鸾创出了“折枝”，撷取部分的美感入画。中晚唐有了工笔细描，花鸟鱼虫，竹石蔬果，具备一种疏逸简括的技法。南唐的“江南布衣”徐熙，“志节高迈，放达不羁，以高雅自在”。汀花野竹，水鸟渊鱼，野逸之景，敷以淡彩。而北宋文人画的兴起，多以简淡水墨描摹自然景物，以灵动的神韵寄寓画者的道德情操。尚云的画，接得住古人的文气，敷成出传统的雅气，铺展了个人的墨气，师古不泥古，守规不拘规，形成了自己的面目。

尚云画的野蝉，翅翼透明，躁声逾林。尚云画的翠鸟，灵动活泼，时鸣幽山。尚云画的窠石，清劲秀逸，浑穆恬澹。尚云画的蔬果，人间一味，妙趣天成。元人风骨，宋时雅淡，明朝肌理，清代敷色，都有那么一点影子。见过他的湖石佳果，石以浓淡衬出空灵，果以艳丽显得鲜嫩，樱桃荔枝，相得益彰，清丽兴雅。宜兴乃紫砂之乡，他亦以砂壶入画，缀以折枝，“紫壶曼妙遗天工，拓影浮翠且酌吟”，地域特色跃然纸上。

阳羡本是天然的画卷。太华山的野逸，东西氿的灵秀，罨画溪的渊源，玉女潭的清幽，浸淫出一代代的书画大家。尚云徜徉期间，濡墨伸纸，描摹写生，课徒授业，不亦乐乎？

见到尚云，你才惊奇他的年轻，斯文儒雅，平平淡淡。尚艺崇文，耕云读月，这就是江南的雅致。

第六辑

呓·序

心静意远 笔墨峥嵘
——彭建勋书画集序

静心斋主彭建勋，平陵书坛之名家。

积数十年临池研墨之精品，融诗书画印于一集，如此艺文粹编，为小城古今之鲜见。建勋兄，全才也。今公诸同好，实乃可喜可贺。

平陵与书法有缘。“书法之祖”蔡邕，在此筑读书台，抚琴习字，课徒授业，其曰：“书者，散也。欲书先散怀抱，任情恣性，然后书之。”又曰：“书，先默坐静思，随意所适，言不出口，气不盈息，沉密神彩，如对至尊，则无不善矣。”余谓：散，放也；静，敛也。书法之道，无不在收放自如之间。建勋兄非官无禄，一介平民，本是散淡之人。斋名“静心”，则是默然间沉下心来，习碑临帖。濑水当墨，南山作笔，古人晤对，楮墨为友，苦行苦修。世事浮华，人心浮躁，难得他有这份心境定力。心静则意远，意远则艺逸。正是散静，成就了他的艺事文趣。

建勋年幼失怙，教书匠之父未留万贯家产，仅遗艺术基因。弱冠之年辄下放偏远乡村，朝耕暮种。一颗红心两只手，寒窑烧砖，破车推瓦。白天劳作，夜晚习字，未敢一天懈怠。返城进厂，闻橡胶之焦味，绘绣花之样图，混饭糊口之余耗灯磨墨，笔耕不辍。家境不济，书联售字，寒冬腊月，沿街铺卖，以渡年关。许是往年的执着痴迷，奠定了今日成功之基石。

建勋于书艺筚路蓝缕，锲而不舍，曾拜刘恒、周志高、储云诸高人为师。苏州大家华人德这样评价他的弟子：“彭建勋貌寝而不善言辞，在小地方要为社会所知太不容易。”此言甚中肯，彭兄的作品虽屡入国展，多次获奖，并多幅为国外鉴家收藏，但敏于行而讷于言的本性，使他长年“默默无闻”。然不久前中央电视台书画频道慧眼识珠，专程赶来为其拍摄专题，尊称“著名书法家”，终使“一枝红杏出墙来”矣！

建勋书法，自成风格。常州名家叶鹏飞称其为“汲古存韵，学碑出新”。南帖北碑，碑帖之争，古今莫辨。阮元曾言：“知笺长卷，意态挥洒，则帖擅其长。界格方严，法书深刻，则碑据其胜。”建勋颜柳起家，“石门”“曹全”打底，米芾王铎兼蓄，形成了“碑帖结合、以碑写草”的风格，难能可贵。初观其字，似乎存“怪”。王铎云：“怪则幽险狰狞。”再观其字，又有点“拙”。傅山主张：“宁拙毋巧，宁丑毋媚。”三观其字则“奇”，怪里有险，拙中藏巧，奇间品趣。真草隶篆的具备，证实其兼收并蓄的扎实功底。

东坡云：“笔势峥嵘，文采绚烂，渐老渐熟，乃造平淡。”时人知建勋善书，不知其亦能画。其画清秀俊朗，不像“貌寝”之人所为。近年其又着力诗文、金石，不辞劬劳，看来越趋“大师”之列发展。这也是他高明之处，不故步自封，不沾沾自喜，腹饱珠玑，胸藏篆籀，乃造大千世界于笔端也。另值得大书一笔的是，小城的少儿书法，他亦有功之人，课徒发蒙，桃李不言，下自成蹊。而吾邑书画之事，每每见其忙碌身影，可佩可敬！

建勋兄嘱余作序，“门外汉”手抖心颤。寥以胡言乱语，不足以表其艺术成就。君言难违，仅以此贺其艺集问世。搁笔。

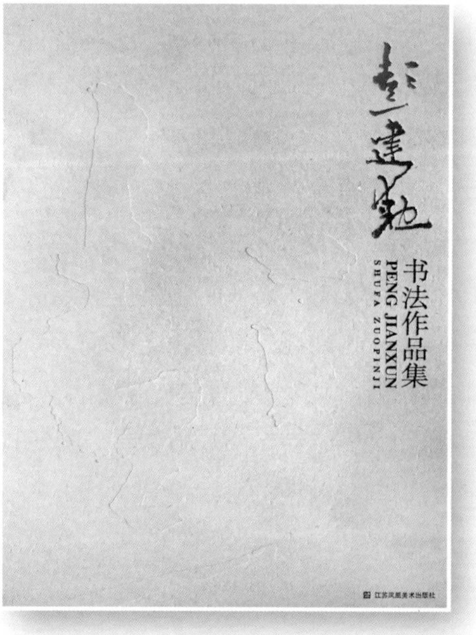

金玉振声　龙行天下

——饶金龙书法集序

平陵书法，源远流长。

蔡邕隐居，传熹平遗韵；李白英迈，留壮观遗迹；张旭豪放，书狂草在墙；一龙不羁，走龙蛇于间……濑江是墨，南山为笔，书风文脉，代代传承。

书法，心迹也。书者，性情也。德刻于金石，声托于弦管，名留于竹帛，金石翰墨，国之瑰宝也。

饶君金龙，泥瓦匠人也。

非名门之后，非世家祖传，手握泥刀，指绕钢筋，脚攀竹跳，肩扛水泥，苦力谋生者也。区区匠人，当以手艺为重，当以稻粮为谋，文墨岂是尔曹舞弄，写字能当饭食疗饥？噫！不知天高地厚也。许是命里注定，许是天赋异禀，金龙泥水为墨，钢筋为笔，房梁为架，斗拱为构，潜心习字，不务正业，竟使匠人嬗变成书者，匪夷所思。或曰：只要人有心，铁杵磨成金！

金龙习字，志存高远。京城省府，拜求名师，虚心请教，受益匪浅，兼收并蓄，艺出诸门，跬步千里，滴水成渊。

金龙之书，真草隶篆，四体皆备，尤以八分见长。张迁礼器、魏楷石门、颜公东坡、石谷缶翁……笔出有根，字出有源，架有来处，构有去向。古人真谛，默记于心；老师之言，融汇于笔。忌野狐禅，弃鬼画符，是为书法正道也。

饶君金龙，平陵书者也。

临池磨墨，抻纸运笔，搦管藏锋，转腕挥臂，一招一式，一字一体，非一日之功也。金龙躬耕墨田，春稼秋穑，日积月累，无问收获。向前人鞠躬，问乡贤求索，一笔一画，一钩一捺，一步一行，一日一进。苦学苦练，不知晨昏；苦修苦行，已忘饥饱，真学书者也。

蔡邕书论：“书者，散也。欲书先散怀抱，任情恣性，然后书之。”观金龙书，散也，恣也。许非科班出身，墨迹散淡冲和，汪洋恣肆，几多任性，少见拘谨，敢于放笔，勇于落墨。散闲之际，勿失法度；恣肆之时，无忘规矩。峥嵘风骨，拙巧相间。闲之野鹤，漫步荒山野岭；雨中蛟龙，穿行云里雾间。金玉振声，龙行天下，饶有情趣，真性情也，真怀抱也！

饶君金龙，杜康之徒也。

君尚好酒，量大声响，性情中人，豪气冲天。酒后挥毫，一发不可收拾。疾风劲草，驰马脱兔，落笔神速，顷刻百字，似有神助，似是草癫。孰好孰坏？远请八百！快活为上，快乐为好。看似逸笔草草，实乃费尽心机；看似苍苍茫茫，实乃收拾仔细。濑江草堂，常闻鸡鸣三更；锦绣花园，常见迟归步履。往往佳构，酒后而生，杜康门徒，有滋有味。

饶君金龙，中青翘楚也。

擘窠大字，蝇头小楷，江左风流，江右潇洒，频频获奖，屡得殊荣，硕果累累，声名渐隆。初展在即，大作在目。命余作序，折煞老夫。门外说书，一派胡诌。嗟乎！打住。

以画为友　以松为模

——许友松画集序

中国美术教育先驱、溧阳籍名画家姜丹书先生曾说："书画，乃精神粮食之最高雅者也。"书，乃心迹；画，乃精魂。擅书画者，将思之神绪、胸之丘壑倾诉笔端，雅事也，能人也。

许君友松，擅画，与雅事有缘。几十年临池研墨，涂碳抹彩，水彩水粉，橱窗宣传，花布图案，一专多能。绘事相伴曲折的人生，色彩装饰黑白的岁月。画事，成为生命年轮的刻痕。即使命运多舛，未能深造，许公仍然不弃梦想，笔耕不辍，实乃痴迷也。后其从事财政工作，作为领导，仍兢兢业业，细细致致，一丝不苟，将绘事之精神贯穿数据，可敬者也。退休之余，遵嘱撰写财政史料，许公纵横捭阖，一笔一画，仍不失绘事之风范，较真者也！噫！今之世风，较真者少，浅薄者浮。似公者，不多也！

许公绘画，多工笔细描，偶有写意点缀，用功颇深。一花一世界，一笔一心意。他画的观音像，慈眉善目，温润端秀，手拈柳枝，脚踩莲花，和蔼可亲。他画的黄河之水，奔腾呼啸，气势如虹，声震入耳。他画的双鹰图，箭羽迎风，锐眼逼人，利爪似钩。他画的松虎图，皮纹斑斓，毫毛毕现，圆目生威。在多次展览中，许友松的佳作屡获奖项，这是他多年心血之结晶。

天道酬勤。许公以画为友，以松为模，淡泊名利，老有所乐，这才是艺术的真谛。不图虚名，不谋厚利，书画为乐，物我两忘，真性情也。山水有情，金石有味，松柏有心，兰桂有气，将书画作为修身养性的雅事，智者也！每见许公，精神饱满，谈笑风生，谁说不于丹青得益?

耄耋之年，许公将一生心血汇集精选，出本画册，可敬可赞！无论传之同好，还是留与子孙，颇有意义。他嘱我写几句话，诚惶诚恐！吾与绘事，一窍不通，手不能提笔，笔不能落墨，何能言画？只是公命难违，更有三顾寒庐之盛情，勉为其难，信口开河，不为别的，只为许公精神之感染!

向您学习，许公!

《团城拾忆》序

任君建中，与其交往不是一天两天了。

同门同厂。同门，同一大门也，他家住三阳泰巷那头，我家住大同巷这边，中有干涸的荷花池相通，沈家大院也。同厂，在无线电厂同事十余年，把青春当作玩耍时河面削的“水劈”，跳了几下，无影无踪。厂一关门，作鸟兽散，再无瓜葛。

往前聊点，两人的父亲是酒友，两人的母亲是老师。两人关系，北方话叫“发小”，溧阳话称“卵子拖堂灰”！

任建中是位残疾人，小儿麻痹症不幸选中了他，让他双腿有点麻痹，走路不由自主地晃荡。小辰光无知，讥笑他“远看缺口多，近看路不平”，他倒也晃荡得不急不慢，不气不恼。对腿部不便的人，背地里有人叫“脚爷”，我没觉着他是位“爷”，只觉得他脑子没有麻痹，写得一手好字，还会写写画画，一直在厂工会做宣传工作，嗓子也不错，偶尔会来几句“长征组歌”，中气十足！

多年不见，到我觉得任建中成长为一位“爷”之时，他已改名叫“平陵一哥”！俨然是一个“网红大伽”。我也愚笨，从不上网，至今不会打字，“恐龙级大痴”！所以知道任君成为“一哥”，时已晚矣。实在佩服他的能力，成为地方网络论坛的“一哥”，没有点实力是不行的，因为称“哥”已不易，前面还加了个“一”。

留意“一哥”的文章，发觉他的涉猎面颇广。老城老墙、老院老亭、老人老戏、老店老菜、老工老艺、老滋老味……与时尚相比，虽有点“老人头气”，但留住了一段历史、一点记忆、一件往事、一丝乡愁。在一个提倡“向前看”的年代，写一系列“向后看”的文章，需要一种热爱家乡的情怀，一种不忘初心的情愫，一种牢记历史的情结。在佩服他题材多样化、题目精细化的同时，我常疑惑：他哪来这么多精力？哪来这么多素材？还有哪来这么多体力？在地方报刊上读到他采访抗战老兵的系列报道，更为他的精神感动，他在为历史做书记员呵！

聚沙成塔，集腋成裘，任建中把多年来辛勤笔耕发表的文章，集起来组本书叫《团城拾遗》，可喜可贺！翻阅书稿，“溧阳记忆”涉及各行各业，许多消失的记忆得以记录；“溧阳人物”采写深入细致，残疾创业者、民国老人、抗战仁士都有篇章。《团城拾遗》从细微入手，选题准确，记事真实可信，记人真切入心，其史料的翔实，考证的缜密，采写的周全，花费了作者大量的心血！弥补了小城历史的缺憾，是地方文史园地的一朵奇葩！

作家孙犁曾说：“在创作中，我倾诉了心中的郁积，倾注了真诚的感情，说了真心的话。”任建中也算个性情中人，他不光回忆过去，还常常针砭时弊，语言犀利，态度鲜明，也有过激之辞，让人捏汗一把！也曾相劝，一把年纪，当什么“大咖”？出本书吧！哎，没想到真出书矣！嘱我写序，一拖再拖，看在同门同厂的份上，斗胆凑个数吧！

任建中，“平陵一哥”也。团城，溧阳城池也。拾遗，实非易事也。何况拾遗者并不方便？众人都不知其有个小名，叫“奇奇伢”，看来这小名有点意思。

《公忠自矢》序

溧阳史氏，世家巨族，书香门第，簪缨传代。

明末溧阳探花陈名夏曾言：“史氏始于汉封溧阳侯，自晋魏而下，代有显者四十余传。”“史氏二千余年，名族天下。史氏水源本末，道德文章，世为训云。”

东汉世居，一脉相承，溧阳莫过于史氏。瓜瓞绵绵，散枝开叶，溧阳莫过于史氏。簪缨蝉联，科第为盛，溧阳莫过于史家。缙绅世家，人才辈出，溧阳莫过于史家。自唐宋以来，在溧阳的史氏以科第起家，累有进士33人，史务滋、史后、史际、史顺震、史夔……皆为人中蛟龙，国之栋梁。至明清时期，史氏更是显赫江南，名重一时。清代梁章钜曾言：“按史氏联云，‘祖孙父子、兄弟叔侄、四世翰苑蝉联，犹有舅甥翁婿；子午卯酉，辰戌丑未、八榜科名鼎盛，又逢己亥寅申’。”

清朝史氏之盛，至康雍为极，以史贻直为鼎。史公（儆弦）少年得志，金榜题名，再遇传胪，洞房花烛，春风得意。三朝元老，一代重臣，历任五部尚书，九州总督，六任钦差，八省巡抚，开汉人巡陕之河，创家乡为官之例，任大学士二十年之久，见皇帝不用磕头请安……康乾盛世，他是有功之臣，一生做官，他是人臣之极。他19虚岁考中进士，82岁病逝任上，在朝63年，可谓恩荣备至，荣光倍增，为清朝鞠躬尽瘁，死而后已。

史公贻直，乡人俗呼“宰相”，亦曾返乡暂居，引万人空巷观瞻。好戏于夏庄开锣，乡民于闾巷奔告：“台上看假宰相，台下看真宰相。”其人其事，街谈坊议，志纪文载，经久不衰。

余与史氏有缘。埭头祠堂，谒灵雨坊，拜进士松，探汲古泉。远赴宜兴，访玉女潭，寻史际迹，找碧波源。《百家讲坛》，叙忠勇篇，论报国志，讲为民事。史氏，史事也。

与史全生先生识，获赠大作《史贻直评传》，题“挖掘乡土文献，弘扬传统文化”。一晃十年已过。

与史剑云先生识，一晃也已经二十年了。其曾任语文教师、中学校长，教书育人，硕果累累。并曾专门延请本人以及陈芳梅女士同去他所任学校，为师生讲授文学创作，当时情景历历在目。有一日，他忽告正在写史贻直。余心中一惊，题材颇大，材料很少。史贻直公在清朝乃杰出之臣，于今有铄金埋沙之感。又一日，史君言文稿初成，分为两册，一册为《三朝元老史贻直》（历史故事），一册为《钦差大臣史贻直》（电视剧本），总书名为《公忠自矢》。洋洋洒洒，几十万字，用心之切，用功之深，令人惊叹。

著书写剧，文史为难，忌杜撰戏说，信口开河；亦忌呆板拘谨，味同嚼蜡。剑云兄以史为鉴，以人为本，以历史人物为纲，以历史事件为目，把史贻直的生平、功绩、品行、故事，逐步道来，逐层剖析，不一味吹捧，不一蹴而就，使人物渐显丰满，让故事令人信服，这是难能可贵的。

文史之作，费心费力，板凳坐冷，屁股难热。难得史剑云有这份心，不为名利惑，不为世俗迷，辛勤数载，终成此作。嘱我写序，勉为其难，拖拖沓沓，不敢落笔。想起忠勇之史，想起世族之传，粗笔草草，聊作引玉之砖。但愿该著早日付梓，该剧早日开播，为史氏家族增光，为地方文化添彩。

第七辑

吃·旅

生命，就是一场流浪

这是一间叫“蕉林”的民宿，在正定迎旭门的西侧。城墙是新砌的，房子是新砌的，在拆旧建新的氛围里，找不到一点过去的痕迹。

没有蕉林，只有疏疏的一排竹子算是景观，但当推开房门的一刹那，我还是回到了过去。

墙上，桌上，全是“三毛”。墙上的小镜框里，是她旅途中的留影，长发，长条，长袍，或倚墙而立，或推车而行，或跷腿而坐，洒脱得令人羡慕。靠窗的一幅大照片，她赤足坐在街边的地上，背靠木板壁，边上一张斜倚的竹椅，一只旅囊放在两腿间，那忧郁的眼神仿佛在说：“我累了！”照片下有她的两句话：一个人至少拥有一个梦想，有一个理由去坚强。心若没有栖息的地方，到哪里都是流浪。

那时年少，读了三毛的《撒哈拉沙漠》，一下子懵了。原来，除了家乡，世界还有那么大。原来，除了婚配，爱情还能如此浪漫。原来，除了生活，流浪也可以成为一生的梦想……异域的风情，凄美的爱情，远方的激情，三毛就是一个梦的存在，一个谜一般的女人。

发了疯地寻找三毛的作品，《万水千山走遍》《哭泣的骆驼》《梦中花落知多少》《雨季不再来》……原来，文章还可以这样写，还可以这样地打动人！母亲去台湾看望二姨，问我要带点什么，脱口而出的是“带点三毛”！她带来了三毛的有声读物，我这才听到她略带沙哑的台湾腔。

关于三毛，她是影响了一代人的奇女子，她的魅力，是她身上特有的气质风度，是她的坦诚和直率，是她的经历和奇遇。

后来，三毛走了，她去了再也回不来的远方。有人说她抑郁症，有人骂她神经病，有人指责她编故事，甚至连荷西这个人是不是存在都是个问号。

我相信三毛，相信她是个真实的存在，相信她是用坚实的足迹丈量了生命的长度，用感性感人的文字延续了生命的宽度。我也相信荷西，那个大胡子西班牙帅哥。

后来我赴欧洲旅行，第一站便是西班牙，也许是巧合吧。接下来是葡萄牙、德国、美国、瑞典、瑞士、挪威、冰岛、芬兰、捷克、波兰、法国……我走了33个国家和地区，正打算去巴尔干半岛把欧洲走完，新冠肺炎疫情爆发。

世界上一共有两百多个国家地区，我能走上多少个呢？

这种走遍世界的欲望和冲动，不能不说是中了三毛的毒。说毒也好，说蛊也罢，少时的冲动，注定了今时的践行。虽然只是打卡式的掠影，缺一份流浪的艰辛，少一种放飞的自由，没一次邂逅的缠绵。毕竟，我来了。毕竟，我走过了。

“不要问我从哪里来，我的故乡在远方。为什么流浪，流浪远方，流浪！”每当听到齐豫的歌声，你就会想起三毛。她是一个时代旅人的象征，是一个时代流浪的向往，是一个时代行走的偶像。

我已经走了一段路程，我还想再走几段路程。有人说，你不能把旅程写成日记吗？让大家共享。我不想。旅行本身就是放松，是放飞，为什么要带着目的上路呢？一路记录，一路记忆，累不累？再说，凭你浮光掠影式的路过，你能写出什么东西来？

我不想做什么攻略，不想做什么功课，自由自在地旅行不好吗？只是一些忘不了的片段，速记下来，也算人生的一段经历过往。虽然片言只语，简单马虎，但那是留在脑海里的积淀。

生命，就是一场流浪。哪怕这场流浪并不理想，我们还是要解缆起锚，张帆远航。

但愿，我们能找到梦中的橄榄树。

三要素

有人说，旅游就是从你看烦了的地方，去别人看烦了的地方。

人世间，烦恼的事有无数，为何又多一件旅游？待在家中，你脱离烦恼了吗？熟悉的地方无风景，你去看看别人生活的地方，看看别人是如何生活的，同在一个星球上，有那么多的不同，这就是旅行的意义所在。

有人说，旅游是花了钱买罪受。旅游是要吃苦，甚至受罪的，但苦中有乐，苦中有收获，心胸的扩展，眼界的打开，心情的放飞，人生的感悟，这是用钱买得到的吗？

有人说，旅游必须具备三个条件：有闲、有钱、有力。即时间、金钱、身体，这是三要素。这话仿佛是放之四海皆准的真理。

在西班牙的旅程中，有一个戴眼镜的中年人，带了一群大妈大姐玩得不亦乐乎！偶尔与之交谈，方知他是浙江一个集团公司的老板，带着企业的优秀员工出国旅游，也算是一种奖励吧！他的夫人也在其中。他说，在家整天有接不完的电话，理不清的杂事，做不完的业务，这么大一个摊子，哪来时间出来旅游呢？但回头一想，挣钱又是为了什么呢？是为了躺在床上点钞票吗？人，不趁走得动的时候四处看看，到老了抱着一堆钱去哭？所以我一咬牙一跺脚，出来了！出来一看，天也没塌下去呀！地球不照样转？但我的心情不一样了，轻松呀，开心呀！这是钱买得到的吗？这世界，少了你无所谓！但你不能少了一双看这个世界的眼睛。你说对吧？

在东欧的旅行中，同桌有两对上海老夫妻，一对姐弟俩。同桌吃饭之际，我问他们走了多少地方，他们说已去了三十多个国家。我说你们的子女很有钱吧？旅费是他们出的？老头回答说：阿拉（我们）俩不贴！我说，那你们的退休金很高吧？他答：企业退休，三千多一个号头（月）。我不敢相信。在上海这种高消费的城市，拿这点退休金，老夫妻俩竟然还在环游世界。我能想象出他们平时锱铢必较的节俭生活。进入商场，我为用欧元标的衣服咋舌，老头给儿子买了T恤，给孙子买了玩具。老太后来告诉我，她差点来不成，心脏病发作住院，但旅费已经交了，心疼呀！就和医生商量，能不能出门，医生说你自己拿主意！这出来了，没想到一点事没有，旅游能治好病呀！

在德国法兰克福机场转机等行李，我边上站着位颤巍巍的老头，后面是位背躬到80度的老太。我问老头，你拿行李啊？孩子们呢？他答，孩子们工作忙，我和老太婆两个人出来玩的。我问，你多大岁数了？他说，还小，今年85岁，老太婆82。我彻底惊讶！问：你们自己出来旅行社同意吗？答：有医院健康证明，小孩们签了责任认定书。问：走了多少地方了？答：到了三十二个国家了。问：还打算去哪里玩？答：这次回去就不出来了！外国看看都差不多，都是看教堂。

世界那么大，我要去看看。人是个惰性的动物，当你以三要素来作为捆住手脚的理由时，想想我讲的小故事里的小人物。他们很平凡，但他们有一颗不甘平庸的心。忽然想起一句话，人为什么要旅行，只是不想把365天，过成同一天。你再不出去就晚了！

哥伦布

从小知道是哥伦布发现了新大陆。

到达巴塞罗那，导游说有5个小时的自由活动时间，怎么打发？女士们去奢侈品街狂扫了，我一个人，沿着拉布拉基大道闲逛。

大道宽阔，商肆林立，小巷纵横，有扮成卡通人物者招徕合影，小孩子们乐呵呵被“妖怪”拥住。有街头素描者为人画像。

一个人扎在金发碧眼的人堆里，语言不通，像行走在另一个世界里，蓦然陌生中一丝新鲜涌了上来。

时间有限，我快步走，道路尽处有广场，中间有耸入云端的雕塑，这就是哥伦布广场了。

哥伦布站在塔尖上，面向地中海，一只手指向远方，仿佛在告诉人们：看，那就是新大陆！塔基的雕塑，描述哥伦布的一生事迹。

在塞维利亚主教堂，有哥伦布的墓，这也是国王费尔南多的安葬处。

据说，哥伦布要去航海，缺乏资金，是伊莎贝拉皇后拿出了自己的私房钱赞助了他。

在靠风帆作动力的航海时代，要去征服大海，得有非凡的决心和魄力。

哥伦布的另一只手，是拿的地图还是望远镜，看不清，太高了。

我们现在只知道哥伦布了，还有和他一起出海的航行家呢？

探索者，永远值得尊敬。

罗卡角

车在盘行，向着海边开去。

绿草和野花就这样肆意地铺展着，随山坡起伏。远处是海的壮阔，近处是海岸线的弯曲，偶尔有一两幢房子，不知狂风暴雨之时如何安身?

这就是罗卡角？全球必到的500个景点之一?

“陆地到此为止，海洋从此开始。”欧洲大陆的最西端，海蓝，天蓝，蓝到令人心醉。

悬崖上，有白色灯塔耸立，映衬在蓝天白云下，静成一幅油画。灯塔，航海的路标，崩塌陡峭的悬崖下，白浪滔天，不知吞噬过多少逐波的行船。

岩石边，有石砌十字架，是心灵的路标，在上帝的指引下，人们出海，人们回家。迷途的羔羊，看到岸边的十字，也许就看到了希望。

悬崖边用木栅围起，导游敬告不要越栏游玩，但还是有好多游客行进在栏外小径上。据说每年都有人掉下去，连尸骨都捞不到。美景，诱惑到连性命都不顾。

山坡上，类似仙人掌的野花灿烂开放，一切都自然、协调、和谐，没有过多的人工雕饰。

吹着从大西洋来的风，念着十字架碑上卡蒙斯的名言：“陆止于此，海始于斯。”人欲翔，心在飞。葡萄牙的“天涯海角”，仿佛是由陆地走向海洋的一块跳板，苍茫里现出一种温情，你会感到自己的幸运，自己的渺小。因为你来到了罗卡角。

大洋彼岸，据说是美国。

弗拉门戈

西班牙有两大国粹：斗牛，弗拉门戈。

当得知看斗牛要提前很久预约，肯定没戏之时，弗拉门戈便成了一种期盼。

塞尔维亚的傍晚，我们走向剧场。剧场有点旧，舞台也不新，服务员和导游很熟，我们被带到楼上最后一排位子，圆桌，供应免费的果酒或咖啡，选一，我点了果酒，说是特色。

演出开始，西班牙吉他拨出了节奏强烈的旋律，男女演员或坐或站，轮流出列，响底的皮鞋在地板上敲响强烈的节奏，女的舞裙摇摆，男的双手击掌，优雅的身姿随着脚的踏点时而激越，时而缓慢。独舞，对舞，群舞，那如雨点般快捷的足音让人感到不可思议。有老者唱起忧郁的歌，像叙事，像倾诉，像哀泣，像叹息。掌声、足音、吉他、歌曲有机地融为一体，把人带入异域的风情，除了惊叹，就是钦服。

雨点般急速的敲击，要多少年才能练成？观弗拉门戈，没有一点杂念的滋生，剩下的是纯粹的艺术，纯粹的生活。男女共舞，也是一场斗牛的角逐，一场爱情的交流，用鞋，用地板来表达，快风疾雨，热情似火，是西班牙的方式，正如那剧院天幕上的天使，双翼振翅飞向人间。

散场，我买一对舞鞋的冰箱贴，脸有点红，那果酒有点烈，那舞蹈更浓烈。

黑脸圣母

蒙特塞拉特是位于巴塞罗那附近的圣山。

远远望去，平地上耸起的奇峰高在云天，蜿蜒盘旋而上，山顶那一块块岩石像一个个圣人，永远地屹立在天地间。

修道院的建筑依山而建，显得庄严宏伟，在壮观中现出一种神秘，正门的石雕精美绝伦，令人感叹。

修道院的闻名，在于黑脸圣母。据说她发现于山岩，是先有圣母像还是先有修道院，谁也说不清。

在右侧的长廊排队半小时，依次去瞻仰黑脸圣母。踏上狭窄的大理石阶梯，圣母端坐在透明罩中，一只右手露出在外，人们抚摸其手，心中祈愿，往往很灵验。

我扶着圣母的手，心中默念愿望，愿她能帮助我实现，阿门！

坐在修道院大厅的长椅上，让心静下来，沐浴一下黑脸圣母的恩泽。

上圣山有缆车，从修道院往山顶也有地轨缆车，时间关系，罢。

从圣山俯视峰峦，仿佛仙境。

红磨坊

赴巴黎前，曾有人告知：“到巴黎必看红磨坊。”

红磨坊是什么？民族舞？色情舞？综艺表演？

当我提出看红磨坊之时，导游小稽说，你必须有一车人我才能给你安排。后来，约了一少一中两对夫妻，但到了酒店，小夫妻说累了，不去了。我和“邵胖”夫妇三人成行。

司机来了，瘦，小个，开辆旧的丰田。他说姓刘，香港人，来法国几十年了。我问，为什么来旅游的人不看红磨坊呢？他说，他们都是来买包包的！买买买！说实话，巴黎春天、老佛爷这些奢侈品店，没有你们来肯定关门！有几个人会去欣赏当地文化？我又问：那红磨坊是什么？是文化吗？他答：红磨坊是全世界秀场的发源地，已经有一百多年的历史了！很多人以为是色情表演场所，错！那是艺术！是的，里面是有无上装表演，可是在法国，无上装算什么？裸体海滩上全家一丝不挂习以为常，国情不一样啊！能进红磨坊跳舞是一种荣誉，对身高、三围、技术都要求很高！

夜幕降临，夜空中，霓虹灯组成的红磨坊车轮在旋转。老刘停好车，带我们向剧场里面走去。我惊讶地发现，他像到了自己的工作单位，和门卫熟，和检票员熟，和服务生熟，我们仨没有排队，直接就进到场内，像贵宾中的贵宾。在舞台中排左区坐好，老刘问：“你们是喝红酒还是啤酒？红酒是一瓶，啤酒是一人一罐，票里含的！”我们说红酒吧！他马上取过红酒和杯子，说：“你们看完出来，过马路。还是在那家银行门口等我！”

红磨坊表演的节目以歌舞为主，穿插杂技、轻喜剧，演员身材高挑，舞技精湛，令人想起美国好莱坞影片中的歌舞场面。几乎同样的表演形式，在同一舞台表演了一百多年，这大概也只有红磨坊做得到。令人想不到的是，整个剧场座无虚席，来自全世界各国的观众西装革履，举止优雅，没有一丝变味的气息。到巴黎看红磨坊，也许成了众多游客的必选。

走出剧场，老刘在等我们了。他操着广东腔的普通话说："没骗你们吧？里面场场爆满，票不好买的！你们看一场，值得！文化，法国文化！"

塞纳河畔

你要说哪条河是法国最有名的河，应该是巴黎的塞纳河。

不是宽阔壮观，不是波涛汹涌，而是因为这里有卢浮宫，这里有巴黎圣母院，这里有蓬皮杜中心，这里有巴士底监狱。

导游说你们有3个小时的时间在巴黎自由活动，同行的人都去扫货了。我问导游，塞纳河怎么走？他说你一直向前，有一段路，一个人当心钱包，准时集合。

我忽然感到一阵轻松，一个人逛巴黎，不认识路，不懂语言，有点意思。

昨天的旅程，去了巴黎圣母院，坐船游了塞纳河，我总觉得行色匆匆。

走过巴黎歌剧院，走过繁华热闹的商区，穿过那道拱门，就是卢浮宫广场。贝聿铭设计的那个玻璃金字塔，在阳光下生辉，游客们散坐着，拿出相机纷纷合影。一个充满现代气息的建筑能和古老的巴黎相融合，这也是顶级的智慧。

穿过广场，便是塞纳河畔了。河边的堤墙，应该是老的建筑，上面有一个个木箱排列，昨天导游问这是干什么用的？今天我知道了，木箱一打开，板往下一放，卖旧书、旧唱片、旧物件，走时一锁，不用挪动。沿着河堤散步，看看那些旧货，时光仿佛在倒流。

我昨天在巴黎圣母院里面，买了一个长着金色翅膀的小天使。门口排着长队，但没有门票，当然圣母院的哥特式建筑没有想象得那么宏大，也没听见塞纳河上回荡的钟声，没见敲钟人卡西摩多，没见跳舞的吉普赛姑娘艾斯美拉达。可是，这块石铺成的广场，曾经留下过他们的足迹。那悠扬的钟声，在每个人的心里回响。在游船上从水中回望圣母院，那高高的塔尖直耸天空，仿佛是上帝到达人间的阶梯。船在河上行，穿过一个个桥洞，那桥上的人在向船上的人挥手，船上的人又向桥上的人挥手，他们认识吗？不认识。这就是人类的沟通，人类的善意，人类的笑脸，人类的举止，国籍不重要了，语言不重要了。在这自发自然的挥手中，我感到了温暖。

圣母院前的桥上，我坐在木椅上，闭上眼，享受阳光，享受安宁。一阵小提琴声从对面传来，对面那位男子，一个人拉着琴，不问有无听众，不管有无施舍，独自拉着。一只小狗从他的衣领中探出头来，好像是唯一的听众，哦，不！这不还有一个我吗？

沿像大仓库似的巴士底监狱走着，回想着当年革命运动的种种，已经物是人非。从桥下的河堤上走着，杨柳拂面，一对对恋人坐在河边聊着。有一对情侣边上有个篮子，里面放着红酒、面包，两人边喝边聊，巴黎人的浪漫名不虚传。

巴黎是文化之都、时尚之都，即使你没看到卢浮宫里的蒙娜丽莎的微笑，你脸上也会漾着微笑的。因为你在塞纳河旁走着，也许会碰上一个老人，他的名字叫雨果。

巴黎圣母院的小天使放在我的书橱，但圣母院的穹顶已经化身火海。我真是幸运。我看到了圣母院的全貌，看到了卢浮宫里的“蒙娘”。与塞纳河短暂的相处，一生都会把她当作梦寐以求的女神！

普希金

住圣彼得堡涅瓦河大街的涅瓦河宾馆，当然要去看看涅瓦河的夜景。

圣彼得堡是俄罗斯的旧都，据说它是仿照荷兰阿姆斯特丹修建的，河道纵横，水网密布，这里也是黑海的入海口。走在大街上，一座座的桥梁，一座座的教堂，一个个的美女，让人时不时发出赞叹！涅瓦河上，有“十月革命一声炮响”的阿芙洛蒂德号军舰。涅瓦河边，有举世闻名的艺术宝殿冬宫。入夜的涅瓦河，灯光把古建筑投影到碧波奔涌的水面上，令人浮想，令人神往！

在一座桥旁的墙上，我无意发现了一个熟悉的头像——络腮胡子加卷发，高挺的鼻梁，深邃的眼神带着忧郁，普希金！我心中的偶像！这应该是个咖啡馆，带户外走廊的那种，它和普希金有何关系？

咖啡馆的门关着。我实在抵不住普希金的诱惑，推门进去，一看，一楼没人，沿楼梯上二楼，门里传来音乐声，推开那扇门，突然冲过来两个五六十岁的人，一男一女，很不友好地将我们往外轰，他们讲的俄语听不懂，大概是今夜咖啡厅他们包场了？那生硬的态度令人不爽。

我悻悻地走在大街上，咖啡馆墙上那普希金的头像隐在昏暗的灯光里。涅瓦河岸边有游船在招徕顾客，我已无心去欣赏那波光灯影了。

后来，问了导游，才知道那是家非常有名的咖啡馆，当年普希金经常去喝咖啡。那年他为了妻子去和军官决斗，就是在这家店喝完人生的最后一杯咖啡，然后拔剑上路。

我不知道普希金喝的最后一杯咖啡是什么滋味。我只记得，在人生的低谷之时，我把他的诗抄好放在身上，屈辱和受伤之时，拿出来念念：“一切都是瞬间，一切都会过去。而那过去了的，是你一生难忘的记忆！”

奥斯维辛

不知为什么，即使离奥斯维辛很远，我也能闻到空气中弥漫着一种令人窒息的气息。

两条锈迹斑斑的铁轨，从远方延伸而来，向着尖顶城堡下的大门延伸而去。铁丝网围住了生命和自由，焚尸炉烧毁了男人和女人，犹太人的噩梦，在这个死亡集中营里，法西斯夺去了多少鲜活的人命？

关于“二战”，关于奥斯维辛集中营，电影、电视、书籍中描述很多，最有影响力的是《辛德勒的名单》。看完这些文艺作品，人压抑得几乎喘不过气来，而当你来到奥斯维辛现场，这种压抑愈发加重。

铁丝网将集中营隔成一个个区域，集中营的牢房残存墙基，焚尸炉的三支烟囱孤零零地兀立着。死亡铁轨还在，死亡站台还在，死亡的挣扎呼喊，早已消逝在历史的天空中。

集中营很大，大到走一圈要花上半天时间。铁道两边，有当年的牢房，木架木床，拥挤杂乱。一堵墙上，还有当年囚禁的人刻下的文字。在阴暗的室内走着，忽然感到刺鼻的恶心，一股呛人的气味让人受不了！后来琢磨出来，这是故意施放的瓦斯，让人回味当年的场景。屋内有忽明忽暗的瓦斯灯，像那一个个冤屈的灵魂。

走出牢房，天空湛蓝，草地上的绿茵开满了不知名的小花，远处的树林苍郁成片，像是一道绿色的屏障。深深吸一口自由的空气，活着真好！

集中营内的路是砂石路，踏上去沙沙作响，每个到这里的参观者，脸上的神色凝重，默默地走着，看着，谁也不想多说一句话。

入口大门边的商店里，有卖图册的。我找了一下，日文的、韩文的都有，却找不到中文版的。我在入口的商场里买了一本波兰文的照片册，一个印着集中营图案的冰箱贴。

图册是2016年出版的，一张是旧照，一张是现照，相互对照。大量的犹太人被火车运到这里，排好队，走进集中营里。他们有的穿着条纹衫，胸前戴着六角的犹太人标记。有的衣冠楚楚，在和德军士兵诉说着什么。妇女抱着小孩，身边拖着拉着孩子，他们可能是刚到的人群。一位老人手提缸子，像是渴了要去打水。一群被剃了光头的女人穿着统一的服装，排着队去"洗澡"，等待她们的将是毒气。"洗澡房"前站满了光头女人，老老少少，后面是毒气室的三支烟囱，她们不知道，生命将在几分钟后终结……堆积如山的鞋子、水壶等遗物前，几个妇女在整理着什么……

奥斯维辛是我一直想来的地方，没想到来了，感到的沉重和压抑如此强烈。

战争，是几个发了疯的狂人，为了满足自己的占有欲，不惜把别人的生命当儿戏的悲剧！战争，最可怜、最无奈、最悲惨的是无辜的百姓！战争，是当权者运用国家机器屠杀生灵的无耻行径！战争，是人类历史上最黑暗的时刻！

奥斯维辛，让我闻到了瓦斯的味道，闻到了血腥的味道，闻到了死亡的味道。

我坐在尖顶碉堡前的铁轨枕木上，想象死亡列车呼啸而过的颤动，一列又一列。我分明看到那远方绿树的上空，飘浮着无数的冤魂。

珍惜和平，远离战争。

维利奇卡古盐矿

我们跟着美女导游，踏着木质阶梯盘旋而下，向深不可测的地心走去。

这里是欧洲最古老的富盐矿，开采深度达327米，从九世纪开始开采，到1995年结束大规模开采。它是联合国教科文组织评定的0级世界遗产，每年接待150万游客。

木梯共有54层，378级楼梯，矿道在130米深处，总长有300多千米，连接地下2000多个洞室。我们走过一段坑道，管理人员就会把大门封上，这里岔路极多，没人带路，你绝对会迷失在深邃的盐道里。

头顶是盐，脚下是盐，四壁是盐，在光溜溜的盐井里，你来到了另一个世界。地下9层的坑道里有古老的盐阶、轨道、绞盘，还有还原当年地下采盐的模型场景，还有小矮人、小矮马。

最令人惊叹的是，这地下深处还有个盐雕宴会大厅，能容纳400多人，许多外国政要在此用过餐。更神奇的是还有一个教堂，壁画、吊灯都是盐做的，连人物雕塑、世界非遗标志、台灯也是盐晶做的。耶稣像、圣母像、教皇像、圣经故事都是盐雕。圣金加公主教堂高10米，长54米，最宽18米，是3名矿工用67年时间开凿而成，于1896年竣工。其气势宏大、精美绝伦，堪称地下世界奇迹，给人以心灵的震撼。

地下盐城，千年盐矿，据介绍当年共有2000人、800匹马一直生活在地下。我在商场买了一个盐雕猫头鹰作纪念，也算是来自地心的礼物。

世界真奇妙，只有你不知道。

金色大厅

住在维也纳郊区，一点方向都没有。

我跑到服务台，做了一个拉小提琴的姿势，嘴上说“施特劳斯”，那金发妹妹算是听懂了，递过来一张节目表，我看不懂呀！书到用时方恨少。

在房间休息一会儿，和老宋下楼，值台换了一个光头汉子，故技重演了一下，加上一嘴“TAXI”，他点点头，马上拿起电话帮叫出租车。出租车到了，两位同行的同团“美眉”姗姗下楼，出发！上车，向司机小哥又比划了一下，他好像立马听懂了，音乐没国界嘛！

天渐渐黑了下来，维也纳的车水马龙像一条音乐的河流，流淌得五光十色。司机在一幢有立柱的建筑前停了下来，示意到了，这就是金色大厅吗？我们下车走了一圈，不像呀！后来才弄明白，这是国家大剧院。剧院前的广场上，有三位头戴假发，身穿老式礼服的人在卖票，上前一问，竟然是卖金色大厅演出票的！几个哥们挺逗，还会几句中国话“你好”“马马虎虎”“音乐会”“金色大厅”。我们买完票，和他们合了影，看来中国人来的不少。一位帅哥把我们带到了路口，一边比划一边说，应该怎么走，怎么走，可惜没听明白。

我们转悠着找了一会儿，终于来到了剧场，这里的衣服是要寄存的，要花钱。我们走上二楼，持票进场，检票员看了一下票，突然叽咕说了几句，好像是这票不对！我们一脸懵呆，买了假票了？碰到骗子了？那老汉又比划了一会儿，我们逐渐有点明白，票是另一个剧场的！

下楼赶紧取过衣服，我们来到了大街上，金色大厅在哪呢？转悠了几条街，找不到呀！突然看到一对情侣走过来，女的是亚洲面孔，也不管三七二十一，上去就开问！哎，那姑娘还真是同胞，她说也不清楚，问那位推自行车的老外男友，也不知道。小姑娘手机导了下航，说还有十分钟的路程，不远。她带我们走了两个路口，说不远了。

当我们气喘吁吁地走进大厅二楼，迟到了，刚想进场，被一位戴眼镜的胖女人挡在了门外。演出开始了，不能进！我打开手机翻译说了几句，想让她听，她一脸斩钉截铁的威严，用手一挡一连说几个“NO”！毫不通融的板脸让人不寒而栗！正好场内一个黑发小伙出来上洗手间，当要返回到剧场时，也碰到几个“NO”！我们明白了，演出期间只出不进，入内要等中场休息，这是规矩。但你不能给个笑脸嘛？干嘛这副铁面无私的腔调？我也知道迟到是不礼貌的行为，这不是地形不熟吗？加上说中文你们全听不懂呀！呵呵。

剧场内的音乐声、鼓掌声阵阵传来，几位工作人员坐着闲聊，一位帅哥讲了几句什么，那胖女人笑得满脸是花，赘肉乱颤。

终于等到中场休息，胖女人检票让我们进。

我们来晚了，坐在最后一排。隔着铁栅，后面还有站着欣赏音乐的人，票价便宜。

这就是大名鼎鼎的金色大厅，许多音乐人梦寐以求的音乐圣殿。在金碧辉煌的氛围里，装扮古典的乐队演奏了许多耳熟能详的管弦乐，当《拉德斯基进行曲》响起，指挥转过身来，邀请大家拍手加入，一霎时掌声、乐声混成一体，听众与乐队混为一体，那种和谐默契，那份激情激动，像多瑙河的激流，冲击着每个人的心灵，荡漾着发自灵魂的欢欣。

金色大厅建筑始于1867年，是意大利文艺复兴式建筑，有1744个座位，300个站位，外墙黄红两色相间，音乐女神雕像耸立在屋顶。它既是奥地利最古老的剧院，也是最现代化的剧院。华灯相映生辉，人流熙熙攘攘，我们站在大门口照相，虽然只听了半场音乐会，总要和这圣殿合个影吧！

找了一家餐厅，我请另外三位吃了个夜宵。他们是因我而来，不然，早已在旅舍里入梦了。

维也纳的大街，有点冷清，心里还是有点热烈。到金色大厅听音乐会，毕竟是人生的一大愿望。

美食杂咀

美食者，美国之食品也。

赴美省亲二月有余，说起美食一言难尽。

在洛杉矶，姑姑陪着尝秘鲁菜、墨西哥餐，感觉就是大杂烩，荤素一起拌、烤、炸，配点特殊的香料，夺去了味蕾的品味，荤的太荤，素的太素，没有留下什么印象。乡下人开洋荤，不对胃口。姑姑一天有点兴奋地说，带你们吃下洛杉矶最好的汉堡，全美有名！那家店的标志记得是一只高跟鞋，人满为患，还有轿车排着队买外卖的。我也没吃出名堂，除了汉堡里面的肉厚点之外。姑问好吃吗？我苦笑。她说，你没吃出来吗？那土豆丝全是手工切的！是薯条吗？真没吃出来。

在旧金山，表姐夫说一定要带你去一家唐人街上的川菜馆，许多国家政要访美都去那里用餐！店面不大，名气太大！你去后或许可以写点东西出来。那家店真不大，要排长队，表姐夫拿了一个号，说要等一个半小时。要说特色，就是大门口的墙上，满墙都是我们非常熟悉的大人物来店用餐的照片。至于川味嘛，不如重庆、成都随便一家路边店来得地道。

表姐夫的妹妹过生日，请我们去吃日本料理。也是一家小店，里面很挤，门口也是长队，好像很受年轻人的欢迎。那店小得人得侧身而行，但吧台座无虚席，满是喝酒聊天的人，老美像是喜欢这种氛围。日餐做得精致，但量太小，我反正没吃饱。表姐夫说，这家店很有名，东西也不便宜。我问，有中餐馆贵吗？他说，在美国，中餐算是便宜餐馆，卖不过日餐、韩餐。为什么呢？中国餐馆太多，竞争激烈，有的互相降价，所以价格下来了。我有点不服。

在旧金山郊区，有一家餐馆叫“法国洗衣房”，奇葩吧？因为这幢建筑原来是法国人开洗衣房的。我们去那帕葡萄园回程的路上，特意绕道去看了一下。这是家法式餐厅，房子是木结构的，很旧，普通到你不会多看它一眼，但它却是全球排名第一的餐厅！进去用餐，要提前一年预订。表姐说，进过一次，也是小姑子请客，感觉就是服务好、餐具好、环境好，没什么好吃的，那次也是没吃饱。

纽约中央公园边上有家三星米其林餐厅，也是要网上预约的，他提前告知你，入内必须着正装。什么是正装？汗衫、拖鞋不得入内吧？我也没带西装领带呀！想起带了一套短装汉服，对襟盘扣、衣边绣花的那种，你总不能说不是正装吧？咱是中国民族风！这家米其林很整洁，也没看出奢华，明厨明档，我们订的是套餐，也不用点，三菜一汤一甜点，每人一份，用刀叉，两三个人围着服务，有点紧张，生怕哪个环节出错出洋相，右刀左叉，动作慢点呗！吃得优雅点，这是顶级米其林呵！吃完出来，什么食物忘了，反正又是没吃饱！只记得那天的中央公园和第五大道，只有一个穿汉服逛街的人，我就是那街上最靓的仔！哦，老汉！尽管是汗流浃背。

纽约还有一家牛排店，百年老店，老房子老桌椅老装修，服务员也是老人老汉，吃的是百年老味道，有点情调，牛排味道也很好。

旅美用膳，最爱是中餐。旧金山硅谷有家广式早茶，我和表姐、妹妹是那里常客。从那帕回来的晚上，表姐夫说有家不错的淮扬菜馆，忘了在哪了，于是打电话给朋友问地址。这是家夫妻店，开间不大，老公厨师，老婆收银，老妈端菜，几只淮扬菜，味道十分到位，有种家的味道。

纽约的法拉盛，是华人聚居之地，在这全球最繁华之地的中心，据说有十几万的中国人生活在这里。广场上竖着孔子和林则徐的塑像，乍一看，你会怀疑这里是美国吗？法拉盛有家很大的广式早茶厅，去了几次，人满为患，又让人怀疑这里是广州还是纽约？早茶品种和国内一致，味道也一致。在广场边上，有家老式的广东茶餐厅，一些须眉皆白的老人在饮茶，一看就是老客人了。

纽约还有一家上海餐厅，门口也是要坐等的。这家的生煎馒头、清炒鳝糊、八宝辣酱、无锡排骨、龙井虾仁等菜，味道纯正得不得了，甚至超过了上海本帮菜店家，也许是老师傅烹饪老滋味吧！

时间待久了，在外吃中餐吃不消，我和妹就天天坐F线地铁去法拉盛，到中国超市买菜回来自己烧，我也重拾荒了几十年的“厨艺”，在租的公寓里当“伙头军”。烧好几个菜，去给在第五大道上班的外甥女送饭。

回国后，我曾和一个本地的餐饮巨头商量，美国人吃的是“垃圾中餐”，为了拯救他们的胃口，可以去硅谷苹果公司附近开一家正宗中餐馆，让他们知道一下什么叫美食！苹果公司多少员工？那圆形的新办公室即将完工，开家餐厅不火才怪！我曾进去参观了一下旧部，员工餐免费，但都是简餐。对于年薪几十万美刀的苹果人来说，吃中餐能花多少钱？他一听来劲，我们一起干！开家不大的店，天天让他们排长队！

说归说，做归做。赴美开餐馆，过过嘴瘾而已。但人活在世，不就是为了过嘴瘾吗？

我忘不了姑姑说的一句话："我们都是中国人的胃，这是永远改变不了的，到哪里都一样！"

独行侠

冰岛的凯夫拉维克国际机场，离首都雷克雅未克不远。冰岛不大，全国只有5条公路，这个由火山喷发堆积成的岛国，直到“二战”才开始为人认知。而地形地貌的独特，让它成为南极圈内的“火星”。

我们从机场候机，去往瑞典。

我坐在落地玻璃窗前，看着飞机的起落，人要是没有飞行的便利，怎么可能到达这么遥远的地方？海克拉火山喷泉、黄金大瀑布、蓝湖温泉泥浴……一个仅十万平方千米的地方，竟然有那么多惊喜与神奇。

我站起身来走几步，突然一个高个子的老男人冲我走过来：“请问，这冰岛的克朗到别的国家还能用吗？”他说的是中文，也许，他判定我也是中国人。我不知道怎么回答他，因为我也是第一次来冰岛，我也没用过当地的克朗。但我知道，在欧元国家，好多地方还在使用自己的货币，你用欧元，他找你克朗。我支吾回答：“应该是不通用的。”他的脸上显出一丝无奈。

他个子高瘦，穿着一件洗得发白的衬衫，背了一个几十年不见的尼龙丝背袋，像一个穿越过来的市井老头。交谈中，他说自己来自上海，一个人出来旅游。为什么一个人？以前也和人结伴去过几个国家，结果一个要往东，一个要往西，闹得很不开心，索性就一个人出来跑了。英语好不好？他只会5句英语，“你好”“是的”“不是”“谢谢”“再见”（他用英文连着讲了一遍）。那怎么出国？电脑上做功课呀！想去什么地方，把交通、路线、住宿、公交全都查好，打印在纸上，中英对照，到了一个国家就拿纸出来问。他出行住青年旅馆、坐公共交通、买打折机票，能省则省。前两天到了冰岛，青年旅馆是限时间的，要下午三时才能入住，他把包一寄存，四处闲逛去了。

说话间，他要登机了，说是要去看冰川，这是我们这次冰岛之行的缺憾，自由行好啊！

他的肩上斜背着那只粉红色的尼龙丝袋，急匆匆地走了。在一群衣着光鲜的老外堆里，他显得特别，一个黑头发的孤独老头。但他不孤单，他在用自己的方式行走世界。

望着他远去的背影，我的感觉只剩下佩服两字。不识英文，预算紧巴，年龄偏大，孤身一人 …… 这么多的条件都会成为看世界的障碍，但这没能绊住他远行的脚步。

他是一位独行侠。

火山石

一心想看大草原。

二十年前去过的赤峰，已现代化得不像内蒙古。

红山、绿草、牛羊…… 上次来匆匆，这次来不见。

驱车去玉龙沙湖，只有沙漠，只有摩托，只有人群，风吹草低见牛羊呢？

原来计划去通辽，我突然提出改变路线 —— 去锡林郭勒！

天旱，草枯。九曲湾，塘已近干涸，哪来九曲？去草原中心保护区，也不见没膝的草甸。只有几辆自驾车，在没有标识的原野上闲逛。只有似动非动的风能电机叶片，迎着风懒洋洋地转动。

地理教科书上的大草原呢？

平顶山，有火山口，所以山是顶平。附近的草地上，散落着无数的火山岩，也有小块的火山石，我捡了几块，又扔了。

我后悔没有捡一块留作纪念。

回程，在观景区，面对火山口，我突然发现有一块漂亮的火山石躲在草丛中，像在等着我的发现，喜出望外！

有一骑摩托周游的小伙子，见到我的火山石，也去寻找。

不知他找到没有。只知他的摩托上还带着咯咯叫着的活鸡，说是路上可以吃到鸡蛋，真是个会生活的人。借他的车拍了张照，扮了一回单车闯天涯的骑手。

原来草原是由火山衍变的。那块黑黢的多孔火山石就是佐证。

天路

河北坝上有天路，久闻。

路在山顶蜿蜒，盘曲上下，时见峡谷旷野，梯田人家，气势非凡，终成一景。陡坡生趣，弯道惊险，又有松林夹荫，野花绚丽，引人前往。

我们车上陡坡，几转之下天路没了，问路方知，得从野狐岭出去，有130多千米，调头。

路窄，仅容两车擦行，偏有车主停车，拍照采花，观景流连，不知后车塞成一路，鸣叫不止。我行我素，不顾公德，时病之甚也。

每至平阔处，必有车堵，村民牵马兜游，摊贩叫卖不绝。市场经济，经济到每个角落。

盘曲上下，山峦无穷，百十公里，亦是奇迹。

忽见对面车流滚滚，络绎不绝，方知今日周末，家长带孩来游天路。惊见孩儿纷纷从天窗钻出，危险万分，万一盘道急刹，后果不堪设想！

至野狐岭，车拥堵不堪，长龙排下几十千米。据说，有堵十几小时的。

草原天路，只见车流，恐成天堑。

想说爱你不容易

对于稻城亚丁，评价不一。网上评论说：你要去天堂，就去亚丁；你要去地狱，那也去亚丁。

眼睛在天堂，身体在地狱，这就是高反地区的真切感受。

稻城，是县城。亚丁，是村庄。要去亚丁景区，先到游客中心换乘大巴，然后再换电瓶车至洛绒牛场，再走路至山脚下，爬山去牛奶海、五色海。说得轻松吧？

我们第一天是走的短线，坐区间车到冲古寺，爬山看仙乃日神山。第二天走长线，看央迈勇、夏诺多吉峰。仙乃日是藏语里的观世音菩萨，央迈勇是文殊菩萨，夏日多吉是金刚手，三座山成为三怙主神山。

冲古寺是建在山坡的寺庙，金色的屋顶掩映在绿树雪山之中，显得庄严神秘。新的登山步道由铁丝钢管架成，每爬一级都气喘吁吁。珍珠海是倒映仙乃日峰的一面镜子，它蒙在云雾之中，没有露出神圣的面容。绕海子走一圈，心情格外爽朗。下山走的老步道，用圆木铺成，虽陡滑，但很有味道。

冲古寺不大，喇嘛们坐在庭院里，随心地交谈着。几棵参天的大树撑住天空，绿荫和金顶白墙交织成信仰的圣地，让人顿生虔诚之愿。在大殿礼佛，虔诚祈愿，众生平安，扎西德勒！

我们入夜是住在亚丁村的，海拔3900米。妹妹一行是先我们一二天到达的，他们一行三人，走到山脚下，实在没力气登山，往回撤。提了两个建议：一是租制氧机背上山，二是进山骑马，节省体力。

大早5点多起床，为的是赶第一趟班车进沟。导游帮我从小吃店老板娘处租来了小型制氧机，背着上山，300一天，比那氧气罐好多了。电瓶车还没上班，等吧。当紧赶慢赶地来到了马帮村上，前面已经有人排队了。前面有一对情侣，女孩上马了，小伙给挡下了——超重！原来载客的马匹都是川马，块头小，负重有限，但爬山厉害。售票处前有一小秤，得称体重。我上前一称，超重一斤！藏族大姐面无表情地说，不能坐！天哪！才一斤呀！我忽然想起背包里有制氧机，马上说我把机器拿出来给导游！她说，你拿啊！

我拿到了马票，6号，3.5千米，300元。制氧机嘛，拿到马票，小导游又塞到我手里。而后来的行程证实，这两个举动是多么正确！

这3.5千米基本是平地，为什么非要骑马呢？这里是四千多米的高原呀！每走一步都是艰辛。但这马匹每天只有三百匹次，不是每个人能骑上的。

马送客到山脚，这里就是许多人望而却步的地方。

神山，躲进了仙云里面。星点的雨，山谷的风，浸透了寒冷和阴湿。条条细瀑从陡峭的山壁上流下，聚集到涧沟里，淌出了自然的水鸣，奏响了天籁的美音。

山阶有的是片石，有的是用木头做的框，里面全是泥水。山崖边上是用木桩和麻绳串成的扶栏，歪歪扭扭。山路湿滑难行，风雨渗入肌肤，每走一步都要喘粗气，都是一次与身体极限较劲的挣扎，像是生命的一次挑战，像是向神山的一次跪拜。

同行的人有的畏难不前，有的花了800元让人背上山，有的干脆在洛绒牛场转悠了。我不知为什么，从一开始就坚定了信心：一定要登上去！也顾不上半月板的不适和三高的威胁！

气喘吁吁之中，忽然发现同行的人都不见了！寒风夹着雪粒打在脸上和雨衣上，心中一阵寒冷。突然，肚子一阵发紧，怎么办？幸亏发现了两个移动厕所柜，那门被风吹得无法关闭，只能一手拉着门绳，一边解决内急了。山风呼啸，真怕连人带柜一起吹下山沟！真是一生难得的如厕体验。

一脚泥一脚水，冰雨扑打在身上，终于走到了牛奶海。这汪高山间的水，不知道为什么和牛奶挂上钩，是因为水边白色的碎石吗？神山依然没出来照镜子，海子可以环游，我只能双手举过头顶，请旅友拍照留念了。从牛奶海到五色海，还要盘旋往上爬啊！

我终于上来了。五色海边有五彩经幡和玛尼堆，头顶上的神山被厚云遮盖，山体呈现彩色的岩壁，要是投影到水里，就是五色海了。我拍着这来之不易的景色，突然，胸口一阵绞痛，又是一阵，赶紧找个地方坐下，心想，在这个地方倒下，怕是没救了！谁会来救你呢？也没法救呀！强迫自己镇定，会过去的！这不是缺氧嘛！制氧机的量够不上啊！恍惚之间，蓦然耳边传来家乡人说话的声音——完了！开始幻听幻觉了！这山顶上怎么可能有老家人？缺氧！可是，溧阳话的声音是那么清晰，而且不止一个人！我镇静地睁眼搜寻起来，几位溧阳人站在我的边上，叽叽呱呱地商量要不要下水边，要不要爬山梁，他们的体力太好了！我的心定了下来，这是菩萨派人来救我的！我问："你们是溧阳人？"他们惊奇地答："你也是溧阳人？怎么一个人？"我答："我们一共十多个人。""哦！对了，刚才碰到了几个！"他们一行八人是自驾去拉萨的，拐到这里看风景。他们跑着，走着，轻松得好像如履平地！"老兄，我们先下去啦，你要紧吗？"我笑着说："你们下吧！我没事！""再见！""再见！"

如果不是神奇的传说，你会相信在这天堂与地狱交界之地，竟会碰上陌生的乡亲？

我找了一间房子的避风处，坐下歇着，绞痛消失了，这才想起午饭还没有吃，也许是饿的吧？

亚丁，藏语意为"向阳之地"，这里被誉为"香格里拉之魂""蓝色星球上的最后一片净土"。我也不知道自己是如何下的山。下山后，体力透支到了极限，那湿地上绕来绕去的木板路，已经让人再无赏景的力气。一位拄着拐棍的白发老太问我："牛奶海还远吗？"我告诉她："奶奶，别往前了！回去吧！你走不动的！"她一脸迷惘。

千里万里，来到这里，不达目的罢休了吗？

我只知道，在湿地的休息处，我坐着竟睡着了。

曾经问过导游，山上为什么不修缆车？她说这是藏区的神山，不能修的！那为什么电瓶车不开到山脚，而要绕行这么远的路？这里是海拔四千多米啊！导游说，你可以写信给甘孜州旅游局反映情况！

或许有人会说，你走不动可以不来啊！

是的，我差点把魂丢在这最后一片净土了。

我不后悔，毕竟我来过了。比起半途而返的旅人，我算坚持下来了。听昆山的两对夫妻说过，曾因错过了回程的班车，只能借宿在藏民的家里，因为，他们实在走不动了！他们对我提起这经历，依然心有余悸。而且，山顶上确实也猝死过游客。那为什么不能人性化一点？

稻城亚丁，来一次够了。我想起星云法师的话来："对于世间的一切，来了，并没有觉得欢喜，去了，并没有觉得可惜。"

然乌湖

然乌湖是个堰塞湖，雪山、森林、湖泊，有东方瑞士之称。

湖很狭长，它的尽头是阿扎贡拉冰川，又叫来古冰川，据说这里是世界第三冰川，也是蓝色冰川。

我们的车沿着湖岸向上。路上横了一道木杆，进来古冰川观景点要收费，骑马300元。我们的导游打了一通电话，说是去扎西家，木杆竖了起来，原来来古村里有民宿，旅行社和村上签了合同，我们要去村上用餐。

村上车不多，一位藏族老汉骑着三轮转悠，导游说这是村长在巡村呢。

一块木牌，用藏汉文写着“卓玛藏家乐”几个字，下面是“吃饭，住宿，各种来古土特产，联系人：格松卓玛”。

房子是简易的彩钢瓦顶，进屋里女主人热情地献上哈达。屋内不大，炉子烧得很暖和，藏式的桌椅，墙上挂着佛像，铜壶银碗，民族风格浓郁。一位女同胞把旅行包放在床上，她突然惊叫起来，床上酣睡着一个婴儿，男主人扎西笑容羞涩地说：“刚生下五天。”

卓玛在给我们准备酥油茶、糌粑，让我们自己动手捏。她才刚生产五天哦！一会儿，每人一碗面条端了上来，女主人在灶上够忙乎的。

我一个人在湖边散步。

来古村属于八宿县，海拔4020米，在藏语里是世外桃源的意思，2005年被《中国国家地理》杂志评为“中国最富有美景的村庄”。来古冰川是西藏最大的冰川，由六个冰川组成。

来古村很静，静到能听到雪落的声音，听到冰川裂开的声音，听到自己心跳的声音。

雾笼雪山，雪飘石滩。有马蹄踏过，有牛车碾过，有鸟儿飞过。高高的草垛，高高的雪峰，高高的天空。

我解下脖子上洁白的哈达，随手一扬，吹系到岸边的大树上，迎风飘展。这是我献给你的，然乌湖！

南迦巴瓦

南迦巴瓦也许是每个走318的人最大的牵挂。

“中国最美雪山”“西藏众山之父”“十人九不遇的羞女峰”……种种的评说不绝于耳，使一睹它真容的欲望变得强烈，也使它变得更加神秘莫测。

我坐在车上，默念着“嗡嘛呢叭美哞”六字箴言，期望能和南迦巴瓦有一面之缘。

站在色季拉山口，我们远眺了南迦巴瓦的雪峰，露出来了！大家兴奋地欢叫起来。但一会儿她又蒙上了面纱。

雅鲁藏布江大峡谷是挂牌不久的5A景区，从这里坐大巴可达峡谷边上去观看南迦巴瓦。

我们没有想到的是，下榻的索松村民宿，坐在床上都能看到南迦巴瓦山峰。这是江边一块突出的山崖，木栅围住牲口，却围不住野生桃花开得妖灼。满坡的荆棘中，有一高墩，踩破木梯爬上去，雅鲁藏布江就在脚下哗哗流淌，江岸山坡上的桃花成林成片，灼红了春天，灼红了江山，灼红了眼睛。

南迦巴瓦是喜马拉雅山脉的最东端，世界第28高峰，海拔7782米，雅鲁藏布江绕着她转了个弯，形成了最大的峡谷。她也是藏民心中的圣山，至今无人登顶。

我一个人沿路向南迦巴瓦走去，越过桃林，越过田野，在弯曲的土埂上，在陡峭的悬崖边，凝望她，凝望那旗云遮罩的峰顶。

在江边离山峰最近的山坡，数十架相机架着，镜头对准主峰，大家都在等待，想拍下“夕照金山”的美景。

那山顶的旗云，飘飘忽忽，一点点少，却始终不肯离去。三角形的主峰，下面是巨型的冰川，雪域的沟槽，像一条条洁白的哈达，铺展成千年万年雪川。

终于，南迦巴瓦与我们相见了！大家兴奋地拼命拍起照来！夕照金山。啊！天空又出现一轮明月，月照金山！

当她揭开面纱，那巍峨的气势慑人心魄！

我们坐在索松玫瑰餐厅里，边吃着牦牛肉火锅，边欣赏着窗外的南迦巴瓦。生怕错过美景，又跑到露台上去拍雪山，兴奋。在一片惊呼声里，厨房的厨师也冲到露台上，拿起手机拼命拍了起来。连服务员都连连说："难得一见！"

我们见到了南迦巴瓦，真真切切，仿佛伸手可触，幸运。

据说，能看到南迦巴瓦雪顶的人，一生都有好运。我想，缘分、运气是必不可少的，还要有神山的眷顾啊！

玛吉阿米

“在那东山顶上，升起来白白的月亮，年轻姑娘的面容，浮现在我的心上……”

我坐在八廓街拐角的黄色建筑里，眼光在人来人往的街上逡巡，玛吉阿米，你会来吗？

“如果不曾相见，人们就不会相恋；如果不曾相知，就不会有相思的煎熬……”

我没有见过玛吉阿米，但知道仓央嘉措见过。一位高坐布达拉宫宝座的六世达赖喇嘛，在这街边的店里遇上了“未出嫁的少女”，两人一见倾心，相爱相恋。他偷偷溜出宫来和她相见，她不知道他是雪域高原上的王。当雪地上的脚印出卖了他的行踪，大祸临头。他被押解赴京，在路上不知所踪。她被杀了头，香消玉殒。

玛吉阿米只是一个传说，一段故事。

沿陡窄的楼梯上行，服务生告诉我们没座位，要等。也许，大家都知道玛吉阿米的故事，大家都愿意来这里坐一坐，寻找一下当年两人相聚的气息。

呷一口浓浓的酥油茶，透过三楼的窗户，看着八廓街上虔诚磕长头的人们，看着身穿藏服扮演玛吉阿米的汉族女子们，我知道，玛吉阿米是不会来了。

餐厅里有一幅牧羊女的画像，背向画面。也许，玛吉阿米的容颜，永远是个谜。

玛吉阿米餐厅已经成了集团公司，在北京、西安都开了分店。餐单上的价码，很贵。他们卖的什么？卖的故事。当文化转换成了商品，有几人能从商品中咂摸出文化的滋味？

走出餐厅，对面的墙上，有佛龛。一位虔诚的阿妈在给菩萨合十膜拜。手里的经筒旋转成世间的轮回，或许，她的前世，就是玛吉阿米？

我走进“玛吉阿米”附近的新华书店，找一找，也许玛吉阿米在这里面。

餐厅的隔壁，就是必胜客，再往前是肯德基。八廓街上的洋快餐，已经在圣地占了一席之地。

仓央嘉措，一位爱美人不爱王座的情圣，他和玛吉阿米的故事，还能流传多少年？

第八辑

读书台题斋书法集

排名不分先后，以长者为尊和收藏次序为列

吴文光

第一批国家级古琴非遗传承人，琴家，书画家

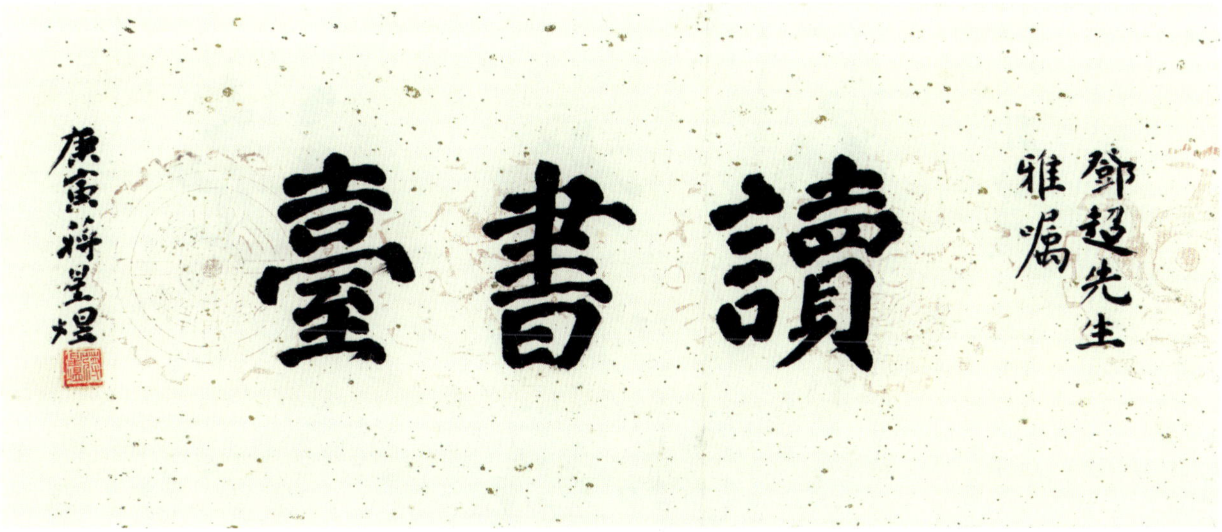

蒋星煜
溧阳籍上海戏曲史理论家

白桦
剧作家，诗人

孔仲起

中国美术学院教授，画家

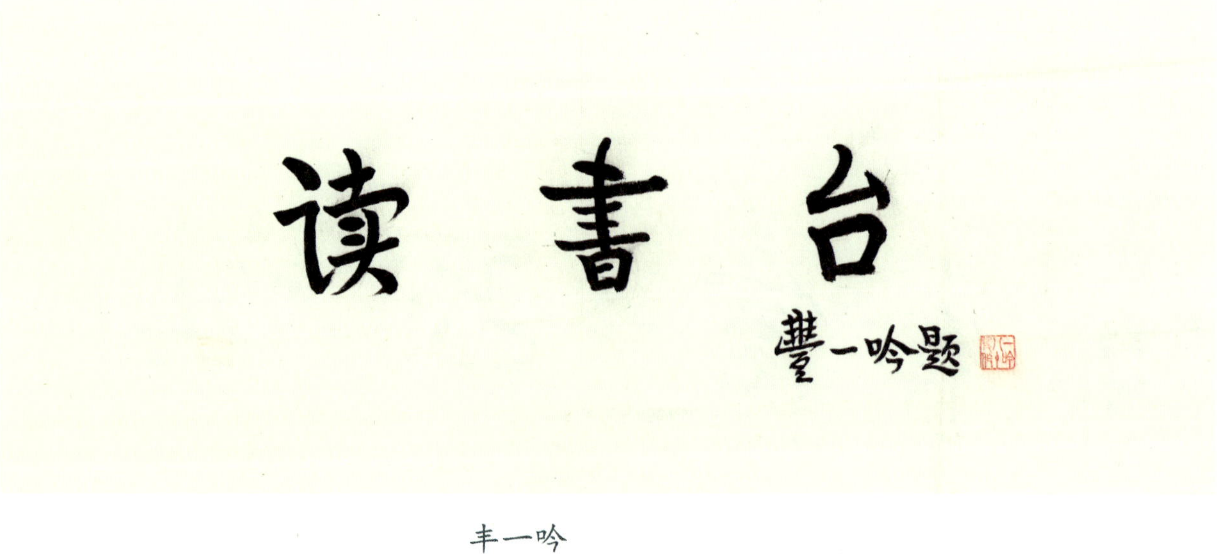

丰一吟

丰子恺之女，翻译家、画家

罗扬

中国文学艺术界联合会原副主席，中国民间文艺家协会原书记

童衍方

西泠印社副社长，上海中国画院画师，篆刻家，书法家，鉴赏家

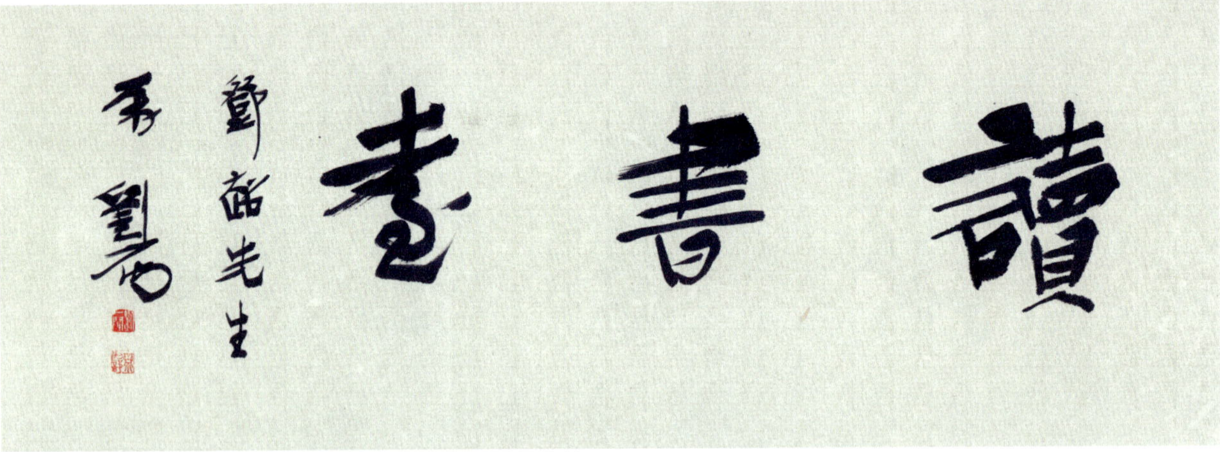

刘一闻

中国书法家协会理事，西泠印社社员，上海博物馆副研究员，篆刻书法家

徐秀棠

中国工艺美术大师，紫砂雕塑开宗大师

吴文光

吴文光

汪寅仙
中国工艺美术大师，国家级紫砂非遗传承人

王少华
南京博物院原研究员，文史专家

钱心梅

画家钱松喦之女

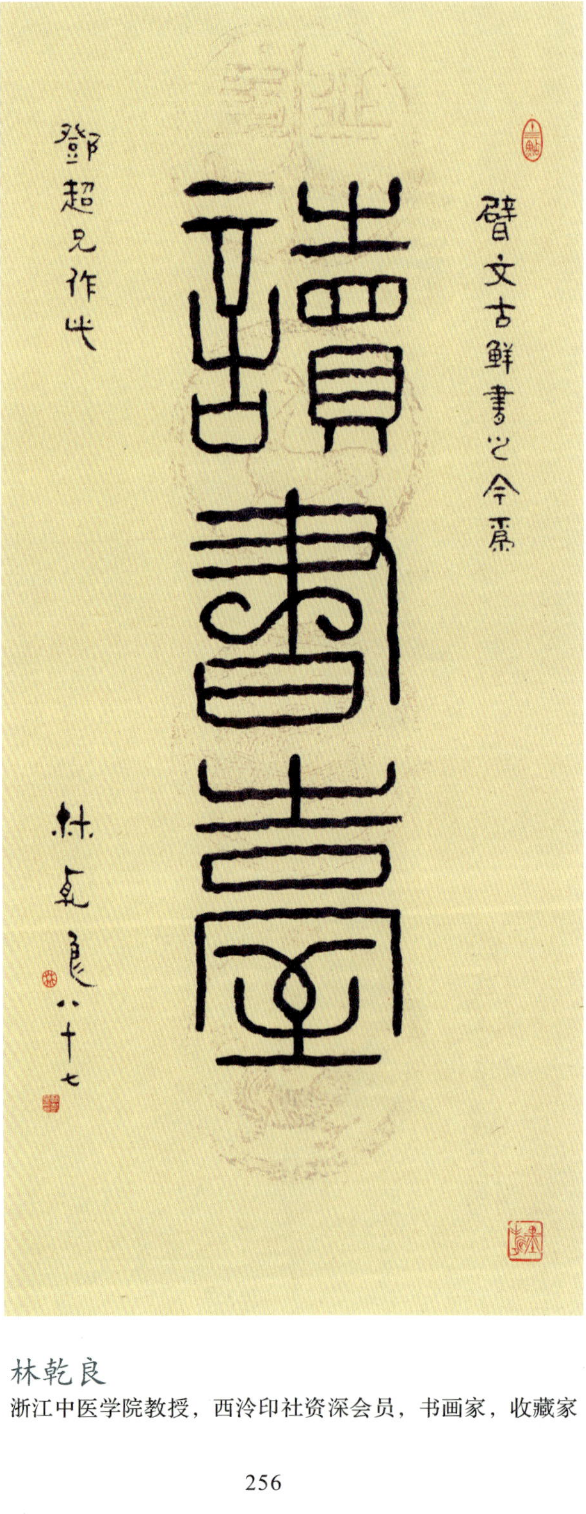

林乾良

浙江中医学院教授，西泠印社资深会员，书画家，收藏家

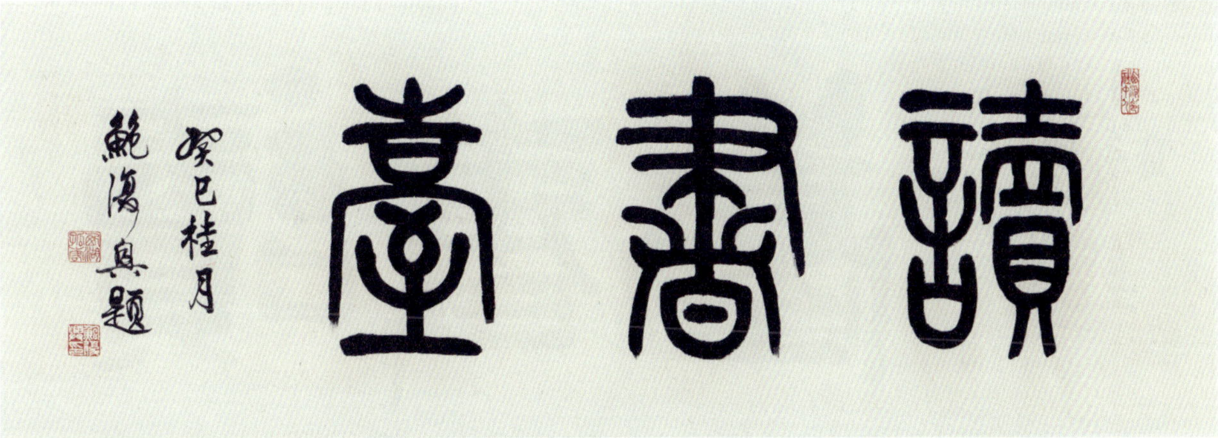

鮑复兴

浙江省博物馆原副馆长，西泠印社社员

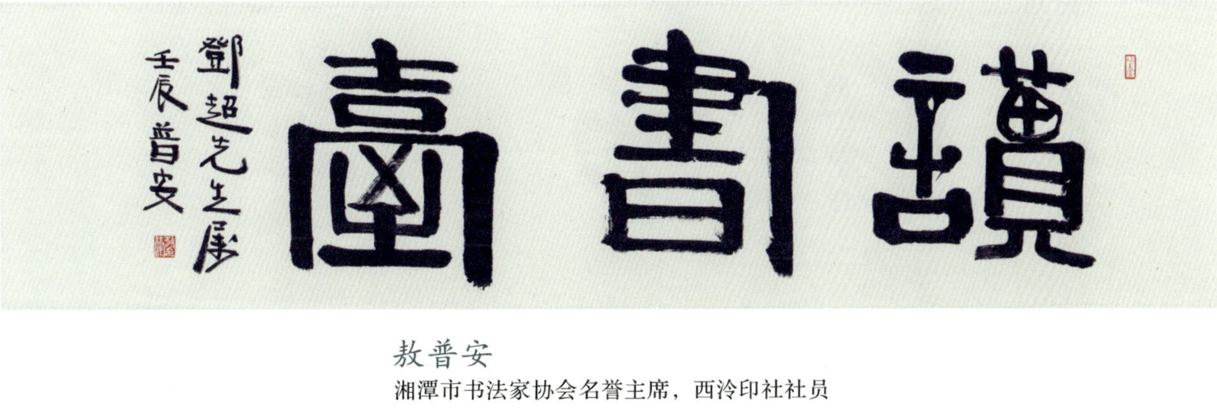

敖普安

湘潭市书法家协会名誉主席，西泠印社社员

王日曦
常州印社名誉社长，篆刻家，书法家

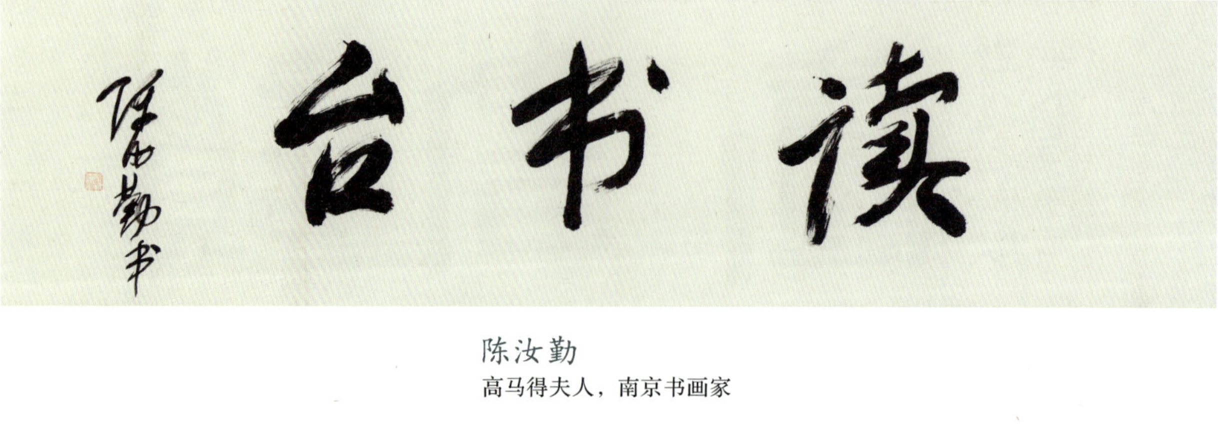

陈汝勤
高马得夫人，南京书画家

倪水通

洛阳美术院院长，洛阳市书法家协会顾问

本如法师

终南山净业寺方丈，华严宗第四十代祖师

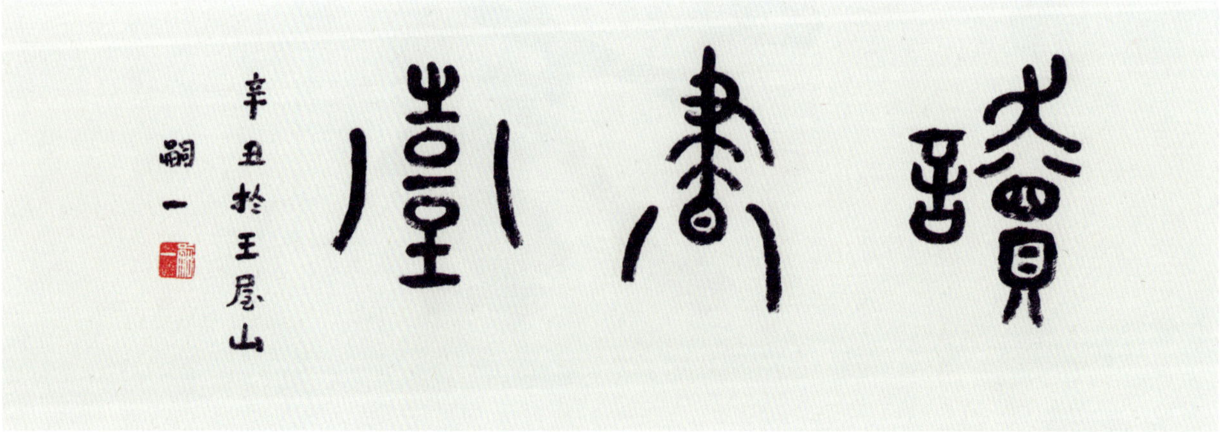

赵嗣一

河南省道教协会副会长，全真龙门派二十八代弟子

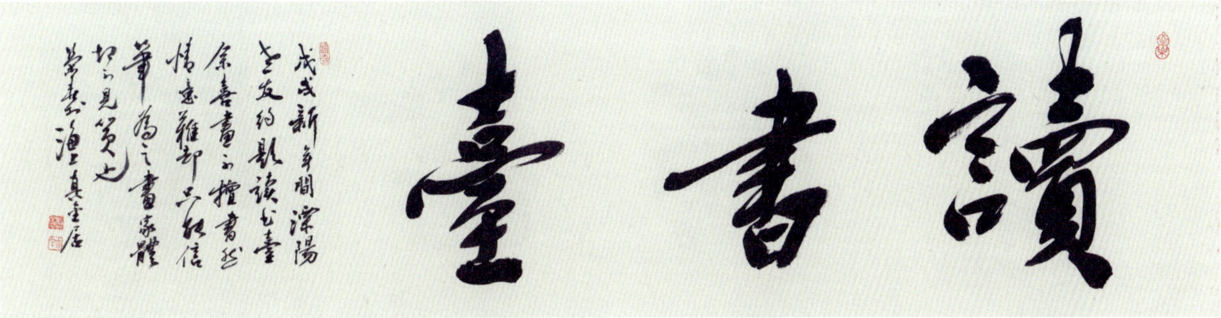

阮荣春
华东师范大学艺术研究所所长、教授、博士生导师

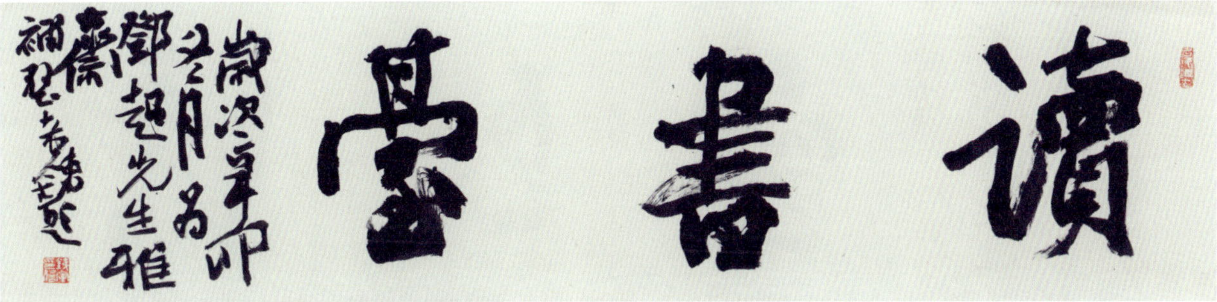

洪铁军
中国书法家协会理事，哈尔滨市书法家协会主席

刘文华

中国书法家协会理事，中国书法家协会培训中心原主任

周祥林

中国书法家协会理事，画家，导演

李彬

中国书法家协会理事，中国书法家协会培训中心教授

虞晓勇

北京市书法家协会副主席，北京师范大学艺术与传媒学院书法系主任

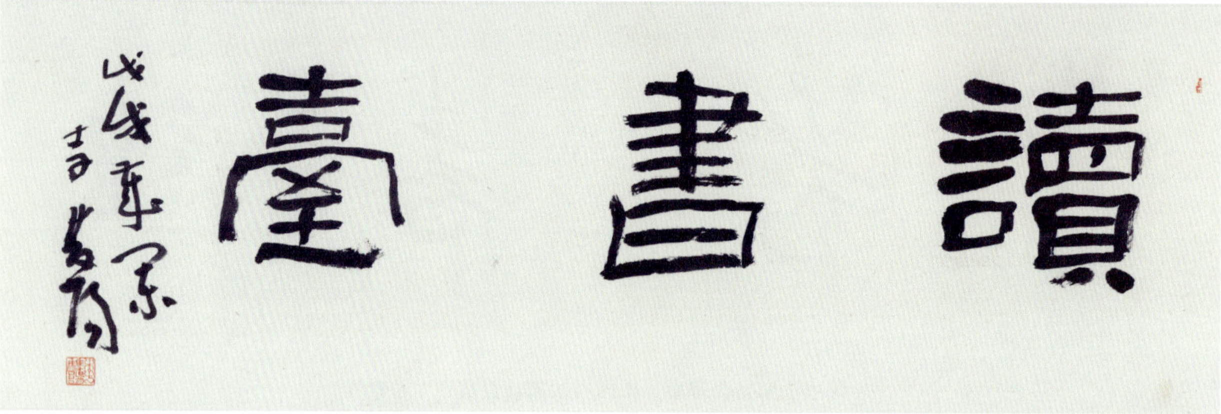

李双阳

中国书法家协会培训中心教授，江苏省青年书法家协会主席

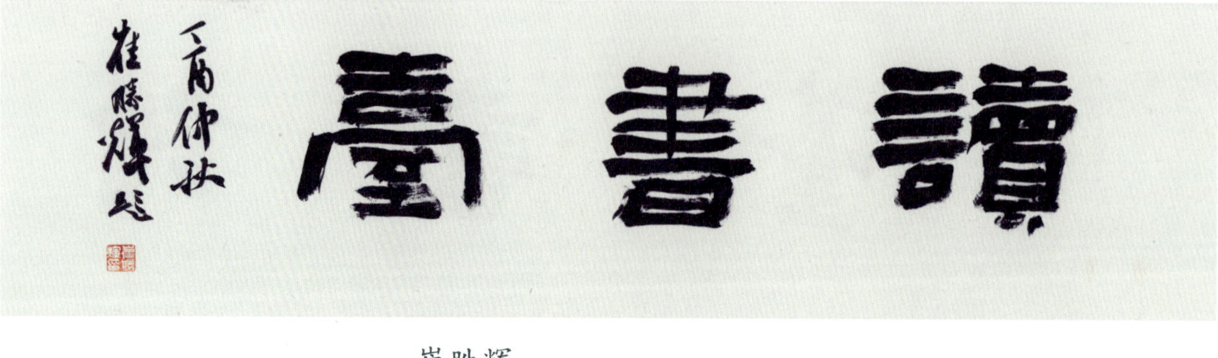

崔胜辉

中国书法家协会培训中心教授

张羽翔

中国书法家协会会员，广西书法家协会副主席，中央美术学院书法专业博士

潘蔚林

新疆维吾尔自治区书法家协会副秘书长，伊犁州书法家协会副主席兼秘书长

陈鹏举

上海收藏鉴赏协会副会长，上海诗词学会副会长

吕书庆

山西省书法家协会理事，长治市书法家协会原副主席

滕兰

香港女子书画家协会主席

丁一鸣

上海书画院执行院长

王建欣

天津音乐学院音乐学系教授，笛箫演奏家

李凤云

中国民族管弦乐协会古琴专业委员会副会长，天津古琴会会长，天津音乐学院硕士生导师

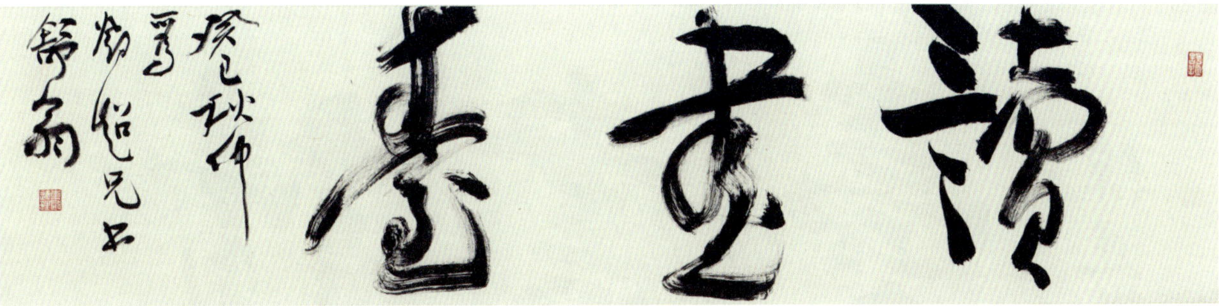

尹舒拉

浙江美术馆典藏部原主任，国家一级美术师

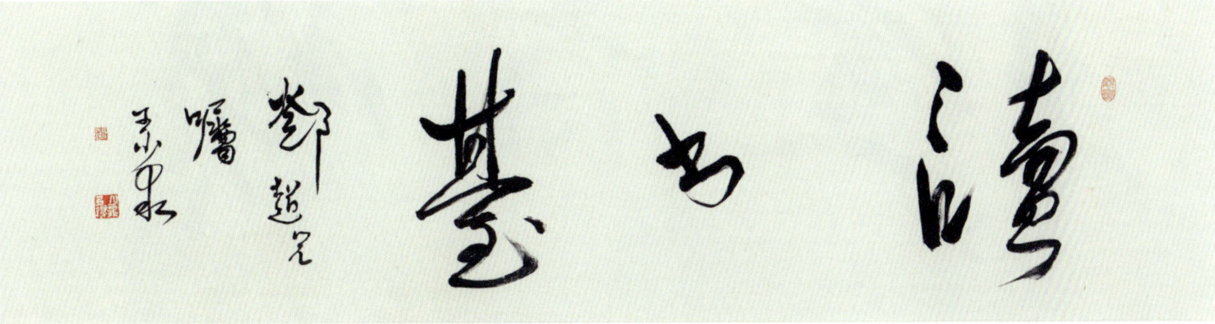

王少求

杭州之江画院院长，国家一级美术师

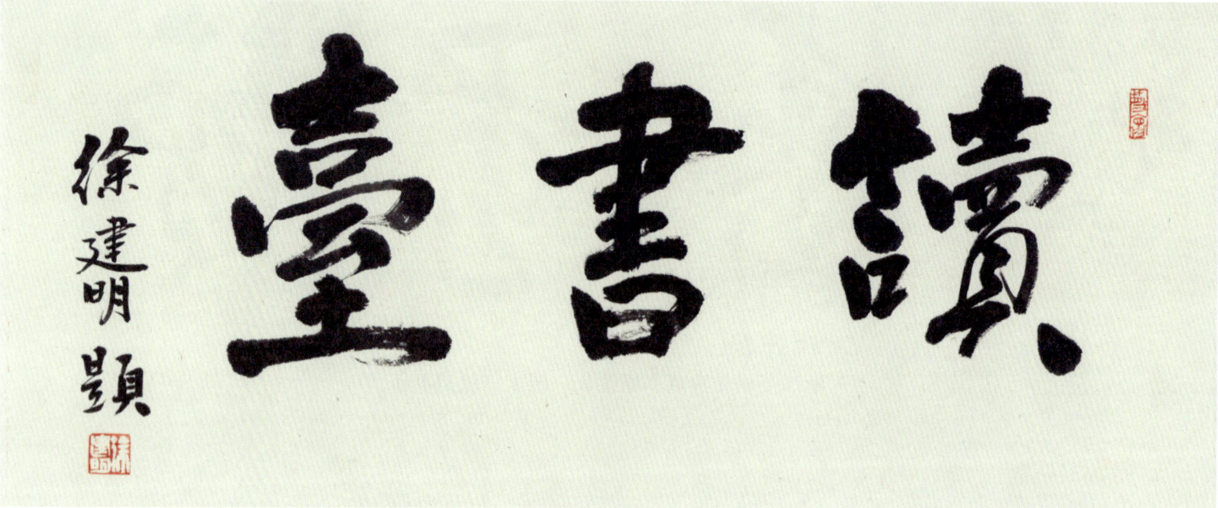

徐建明

南京艺术学院美术学院副院长，国家一级美术师

徐培晨

南京师范大学美术学院教授，江苏省花鸟画研究会会长

喻慧

中国工笔画学会副会长，江苏省国画院副院长

吴良安

上海市书法家协会楷书专委会委员

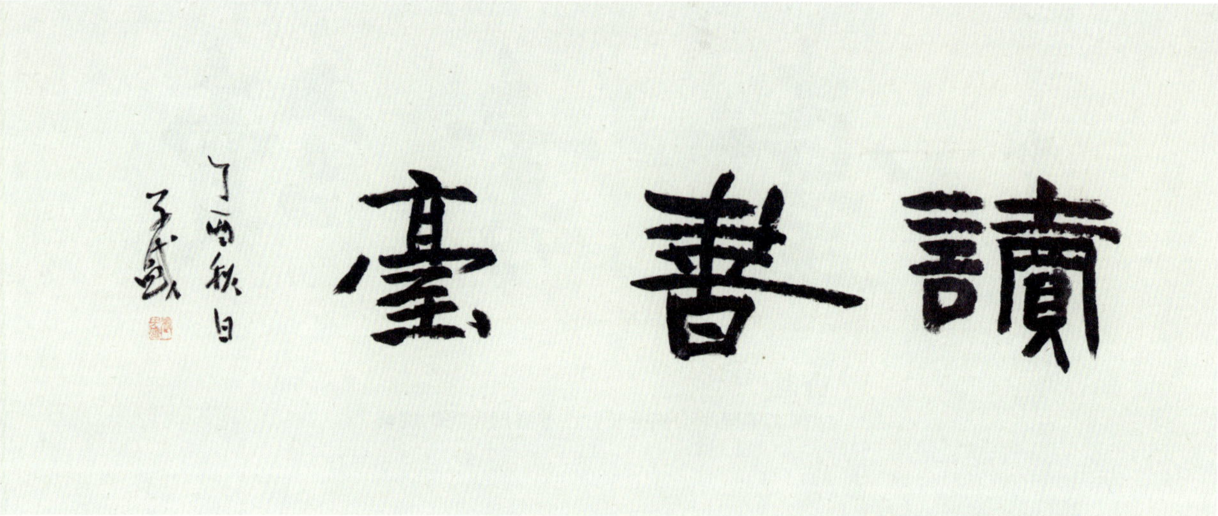

张子盛

古琴演奏家，天津七弦琴院院长

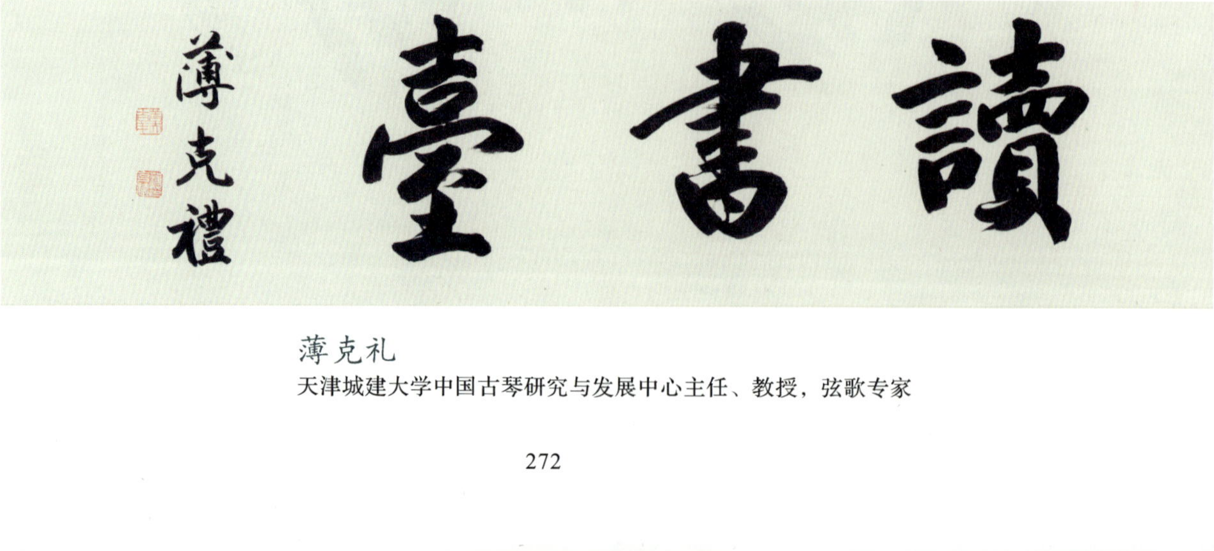

薄克礼

天津城建大学中国古琴研究与发展中心主任、教授，弦歌专家

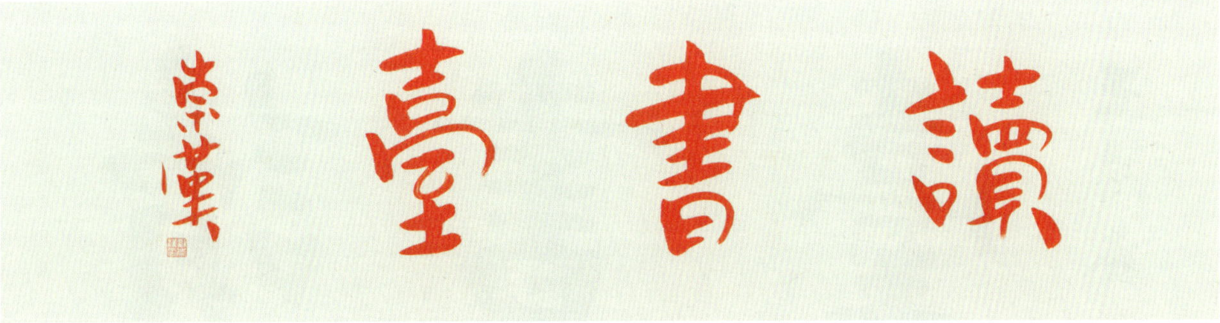

刘崇汉

河北省道教协会副会长，保定市道教协会会长

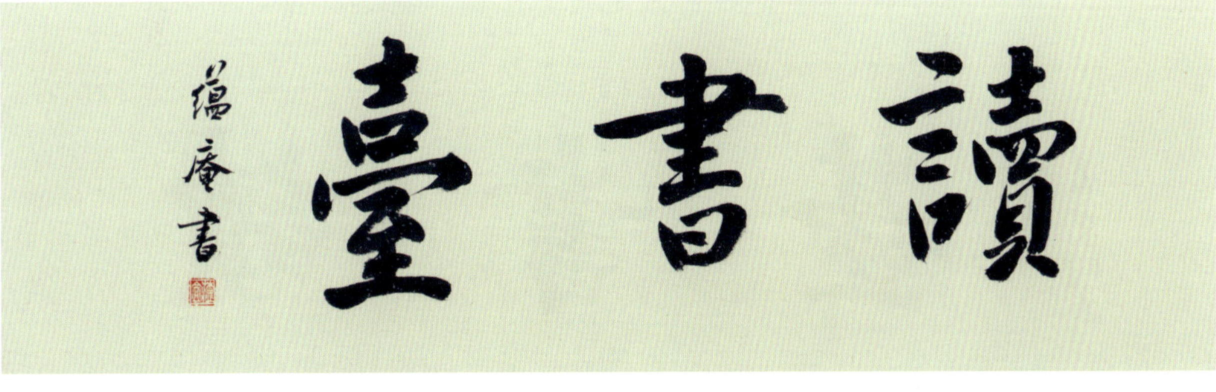

石玉

天津社科院研究员，琴家

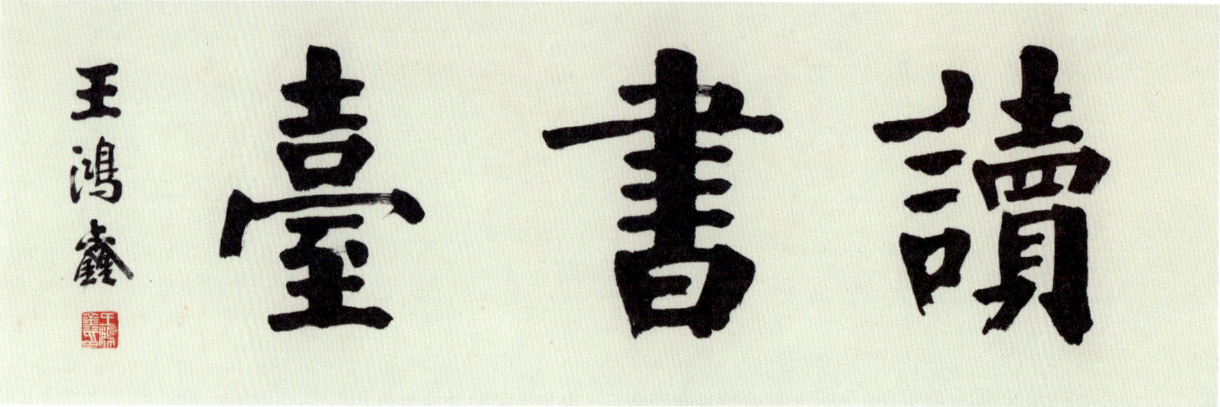

王鸿鑫

天津翔龙书画院副院长，《东方书法》杂志创作委员

王宜明

上海师范大学教授，《上海书法通讯》总编

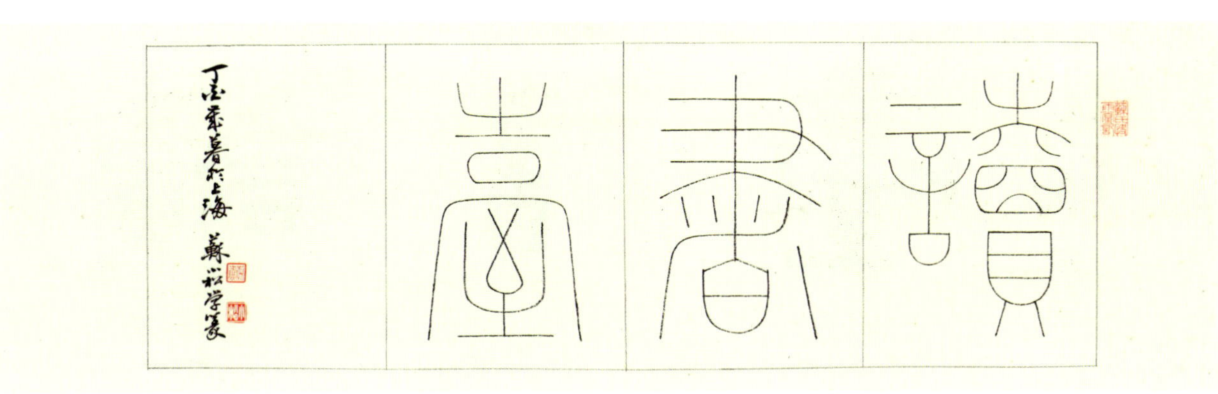

苏小松
上海书画院画师，上海大学美术学术学院客座教授

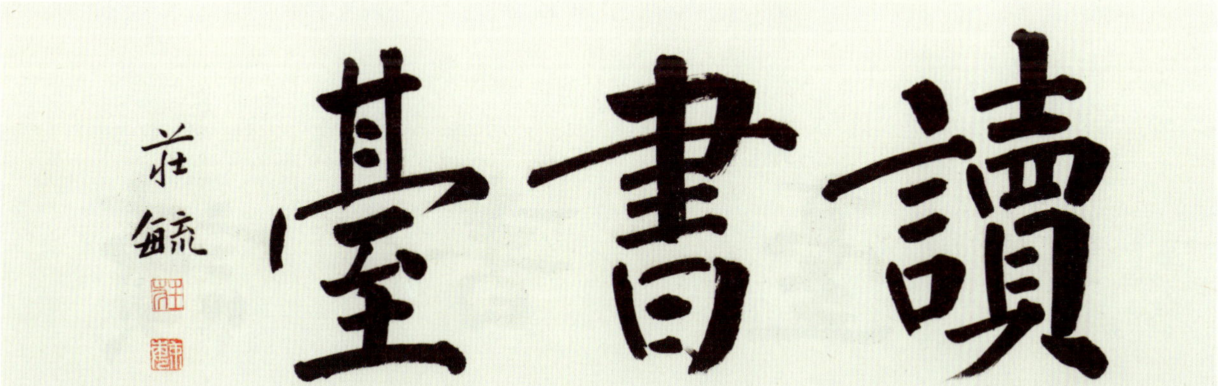

庄毓
上海琴家

陈东野

上海书法家

王卫军

江苏省书法家协会原秘书长

武力生

武中奇先生之侄，山东济南书画家

张玉新

扬州斫琴家

张智重

中国国家画院沈鹏书法精英班成员，解放军艺术学院客座教授

丁剑

中国书法家网首席执行官、总编辑

叶鹏飞

常州市书法家协会主席，国家一级美术师

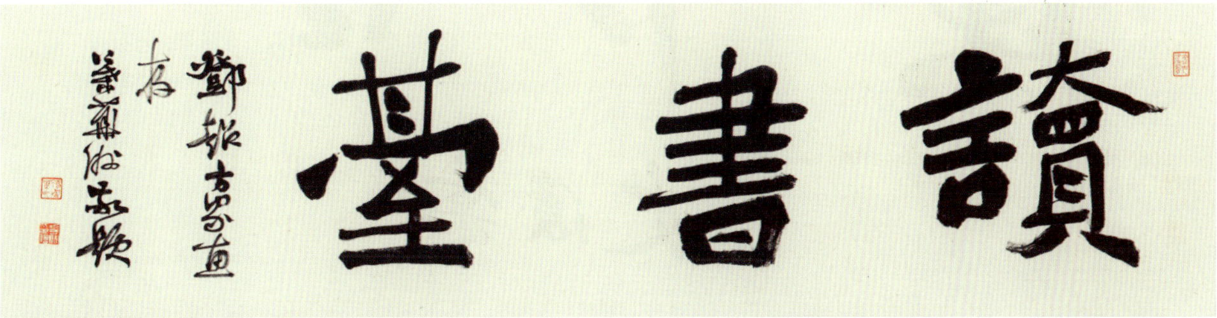

叶华洲

淮安市书法家协会副主席，江苏省国画院书法研究院特聘书法家

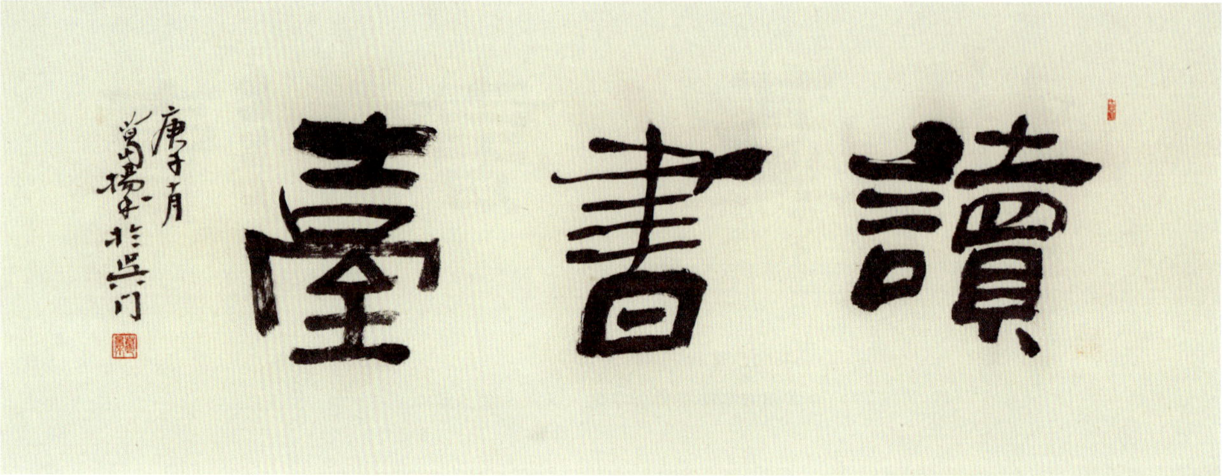

葛扬

苏州颜文樑纪念馆原馆长，画家

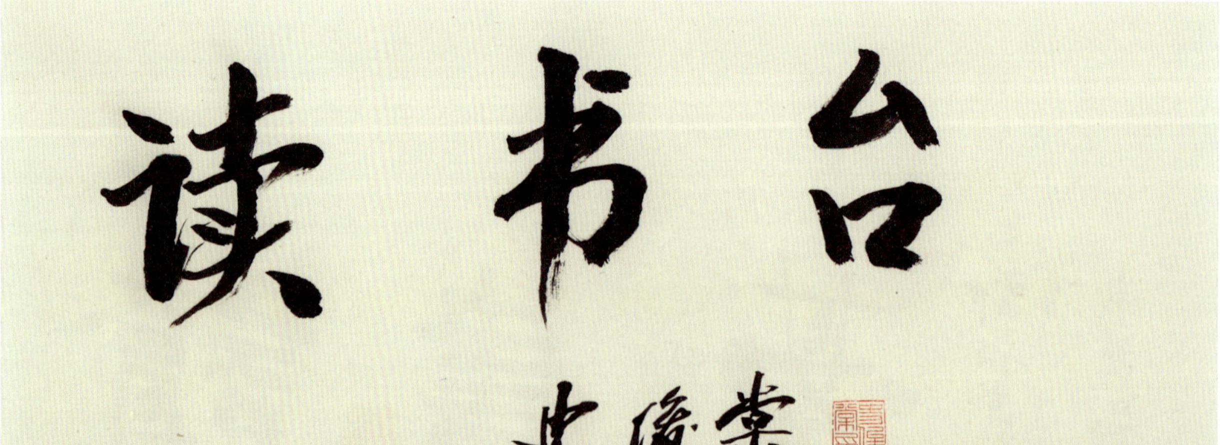

史俊棠

江苏省陶瓷行业协会副会长，宜兴市陶瓷行业协会会长

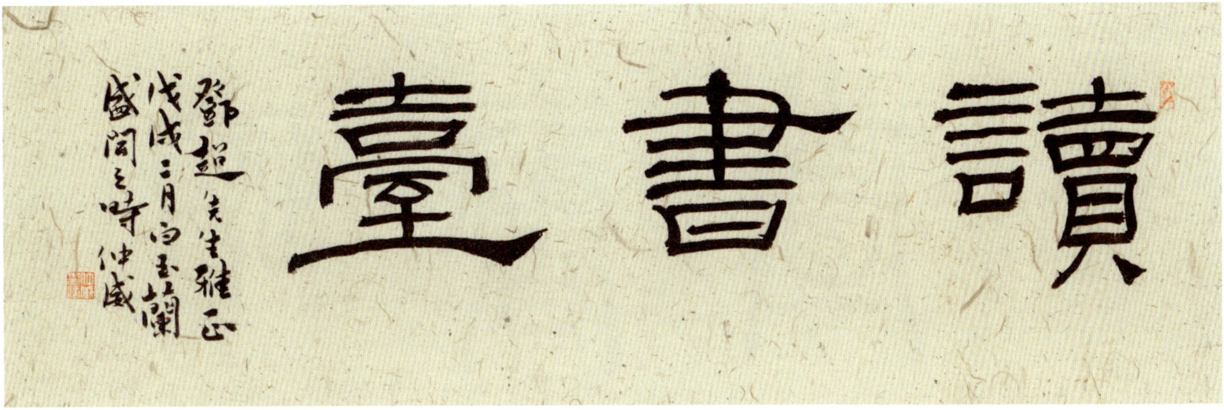

仲威

上海图书馆研究员，碑帖专家

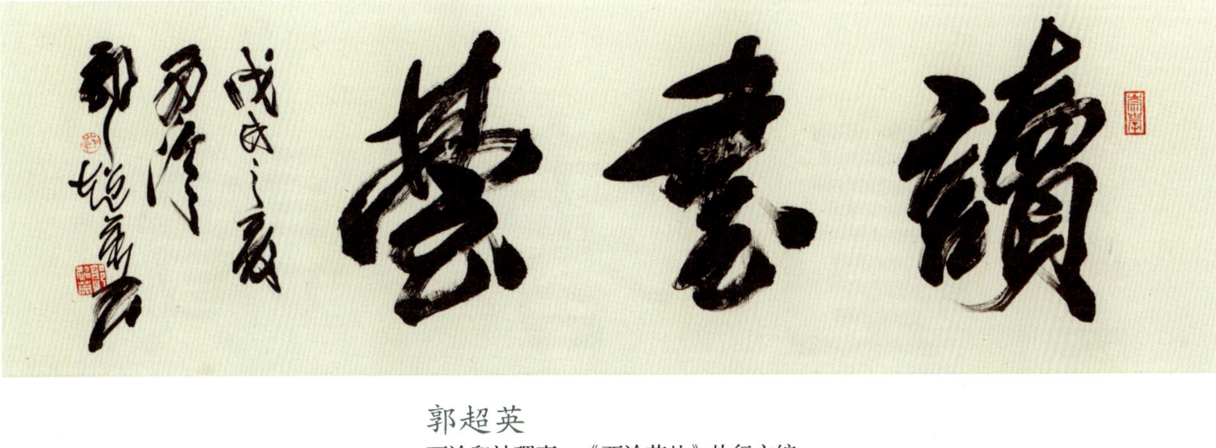

郭超英

西泠印社理事，《西泠艺丛》执行主编

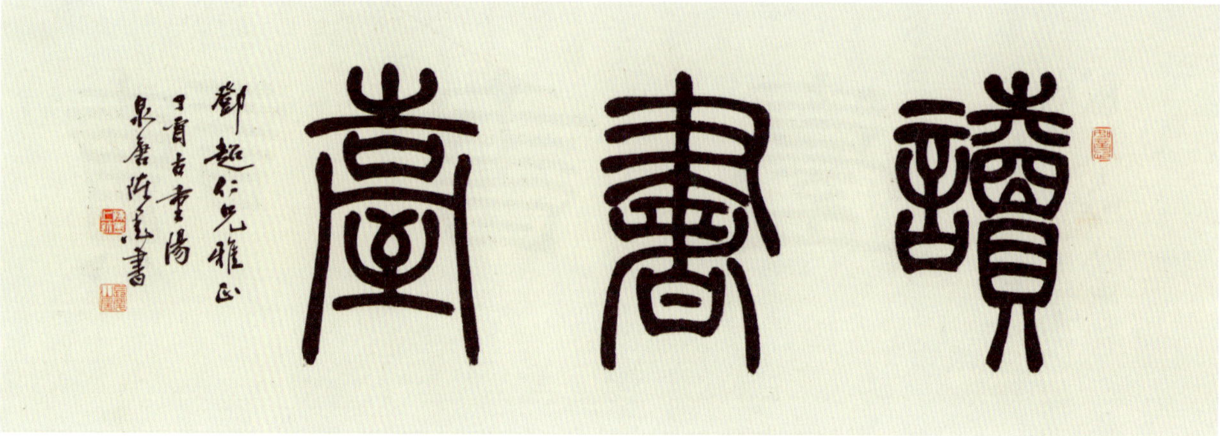

陈默

西泠印社理事，杭州篆刻家、书画家

宋一洲

杭州书画家、评论家

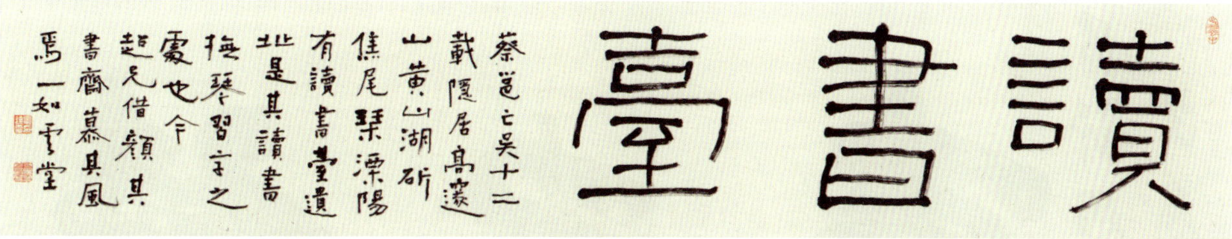

景迪云

浙江摄影出版社副总编，书法家

许墨林

无锡市文学艺术界联合会原秘书长，书法家

范华

陕西国画院原院长，中国艺术研究院特聘画师

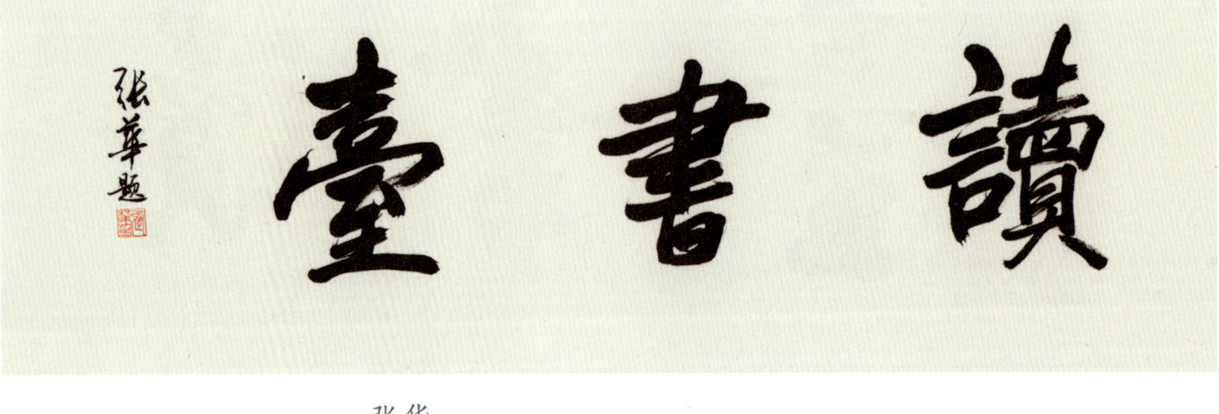

张华

陕西国画院副院长，中国艺术与考古研究专业博士

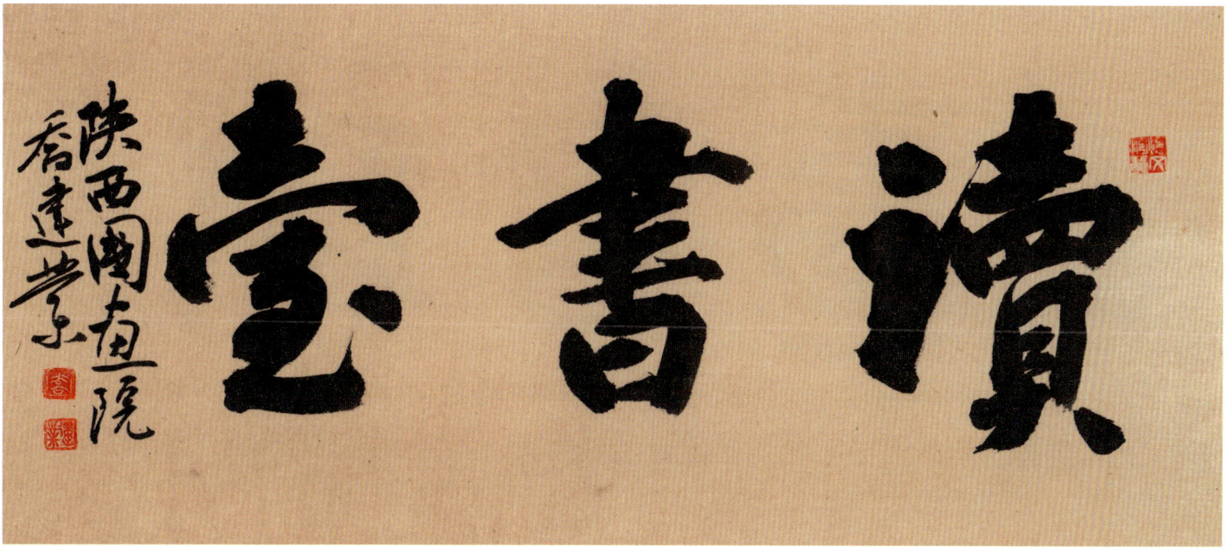

乔建业

陕西国画院副院长，国家一级美术师

石迦

石鲁之孙，陕西长安画派艺术研究院研究员，陕西国画院青年画院副院长

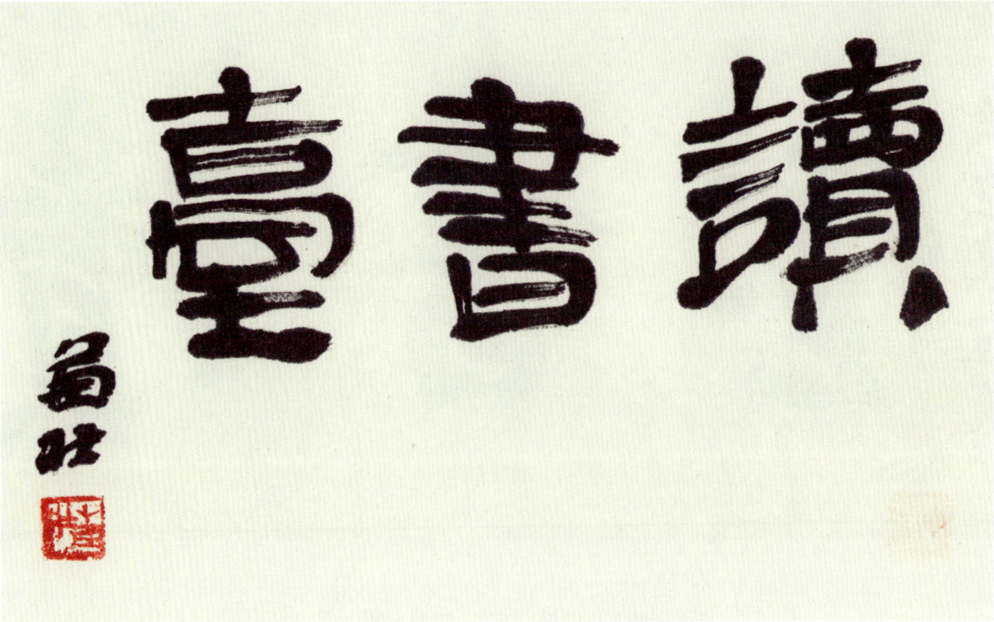

苗壮

陕西国画院画家，人民大学培训学院特聘教授

白海红

陕西国画院画家、创作研究室副主任

张立

中国国家画院青年画院画家，陕西省青年美术家协会副主席

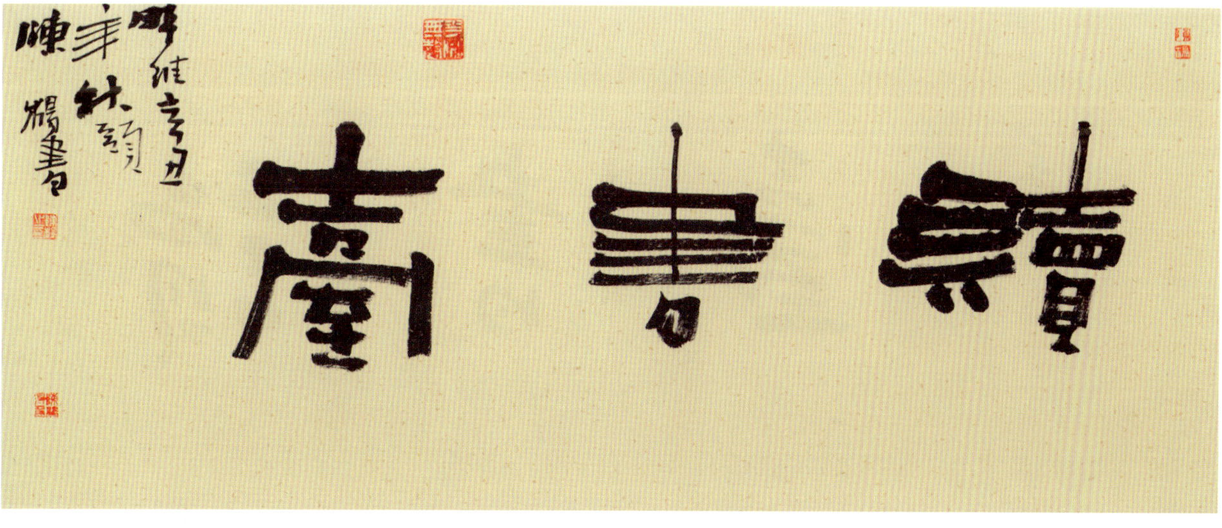

陈杨

陕西国画院画家，西安市文史研究馆研究员

金鑫

中国书法家协会会员，中国艺术研究院美术学博士

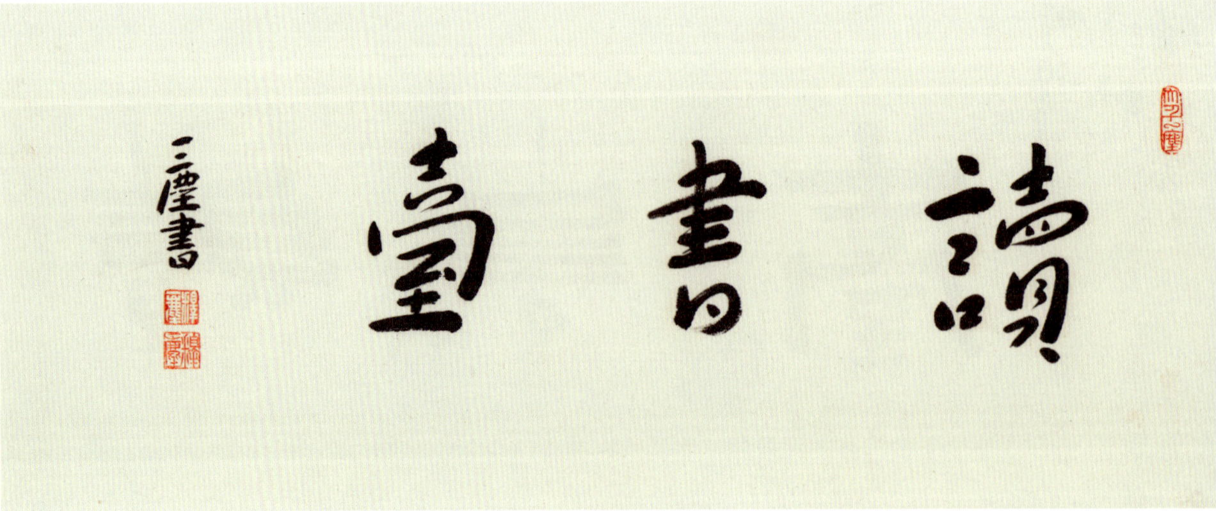

释一尘

陕西省画院联盟执行秘书长，陕西省美术家协会理论委员会委员

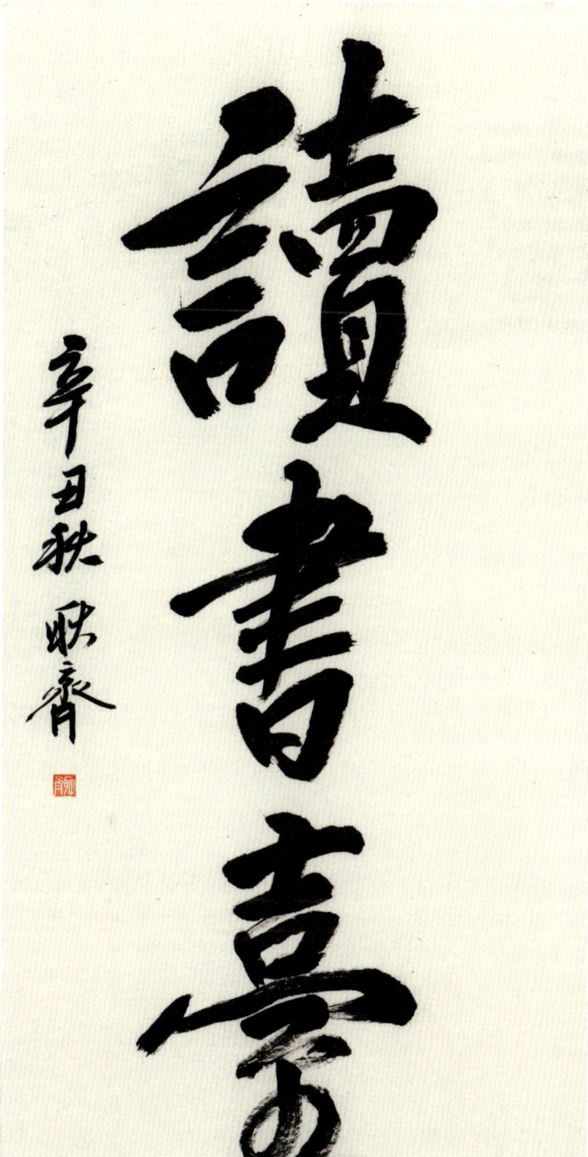

耿齐

陕西省青年美术家协会副主席，国家一级美术师

周建国

中国书法家协会会员，西泠印社社员

钱新

金陵书法艺术研究院院长

朱国平

中国书法家协会会员，温州大学美术与设计学院教授，华东师范大学艺术学博士

王迪

洛阳龙门博物馆馆长，洛阳美术院院长

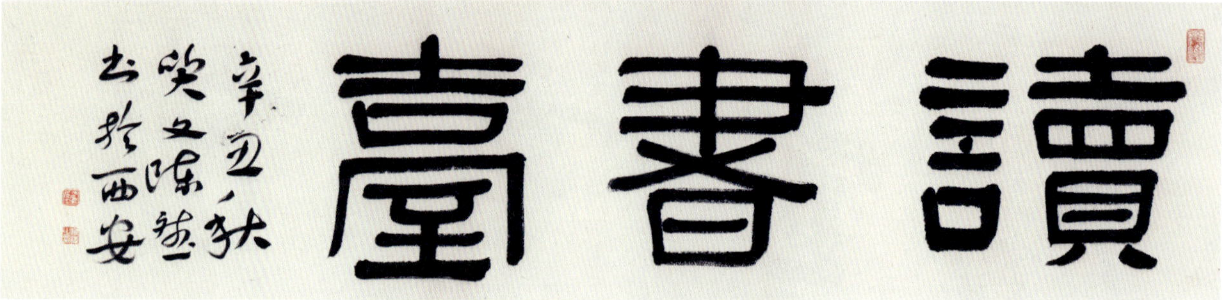

陈斌

陕西省中国画研究院副院长，西安美术学院国画系副教授

常洪涛

洛阳美术院秘书长，洛阳书画家

陆海龙

少林寺十八罗汉之一，登封圆峰武校校长

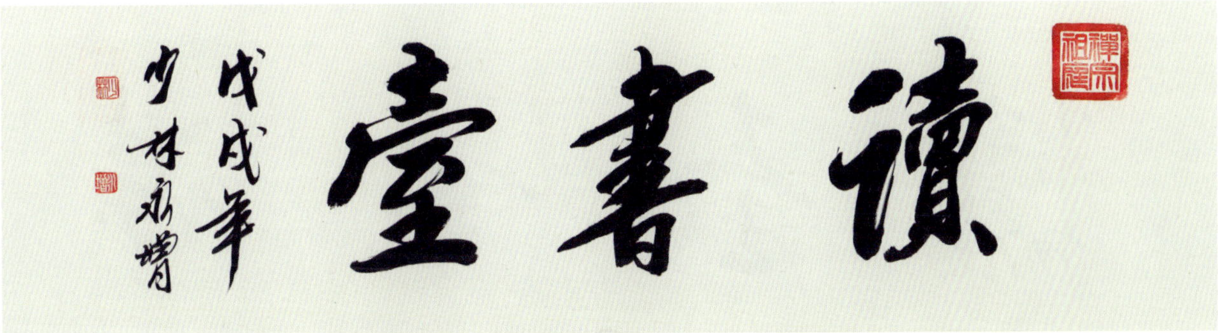

释永增

中国嵩山少林寺武僧教头，嵩山少林寺弟子院院长，禅学讲师，武隆区佛教协会会长

释常弘

中国书法家协会会员，黄山复松寺住持

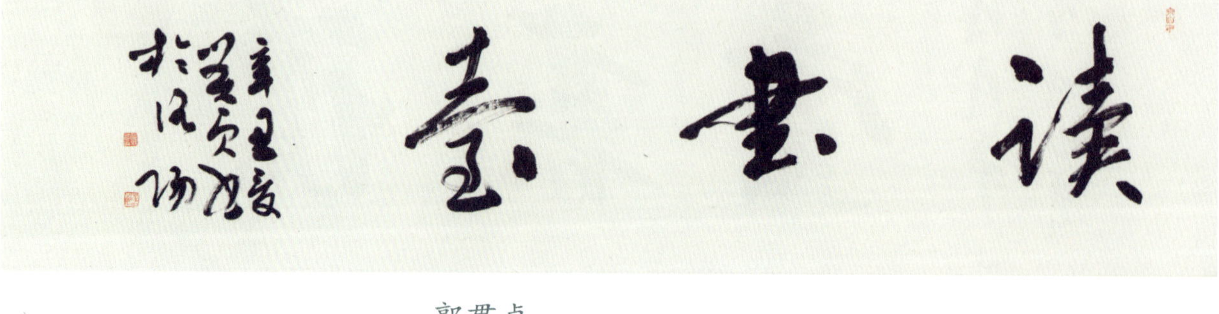

郭贯贞

洛阳白马寺释源美术馆馆长，书画家

张东辉

洛阳市青年书法家协会副主席，洛阳师范学院客座教授

张本金

洛阳美术院副院长兼创作部主任

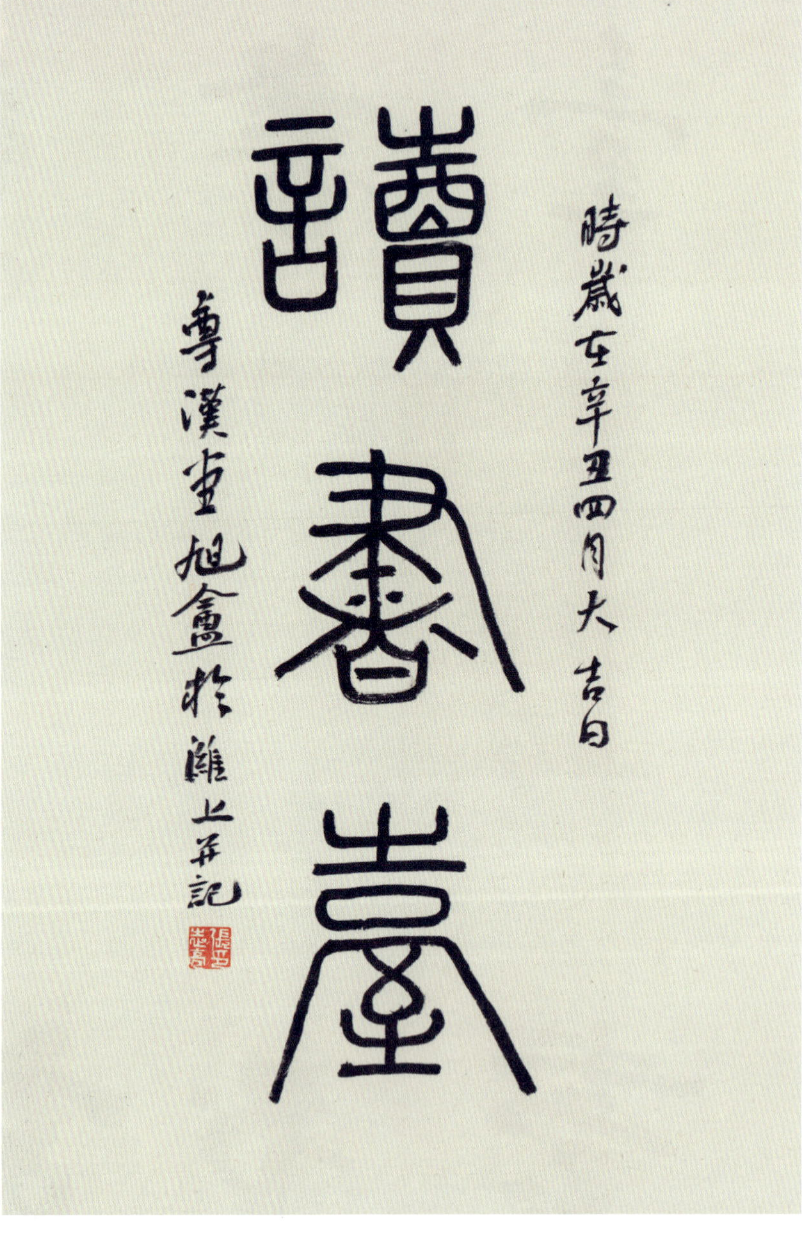

张志亮

山东潍坊市收藏学会秘书长，传拓技艺非遗传承人

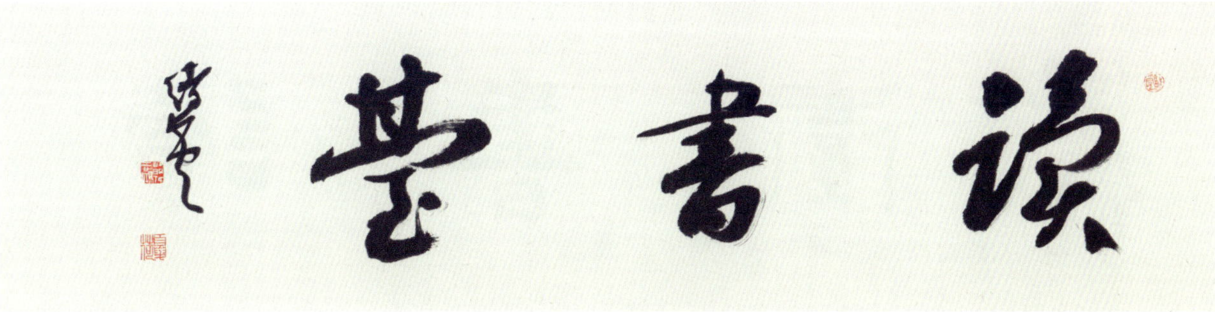

韩志鸿
山西省青年书法家协会副主席，衡漳印社社长

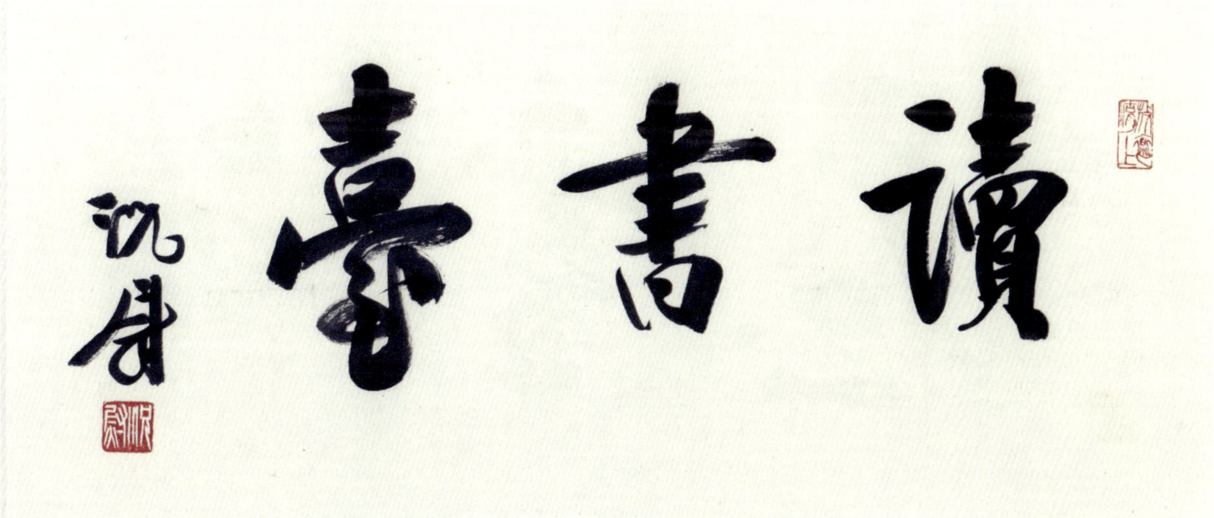

况尉
中央美术学院书法博士、教师，山东省书法家协会顾问

郭红仪

中国书法家协会会员，登封书法家

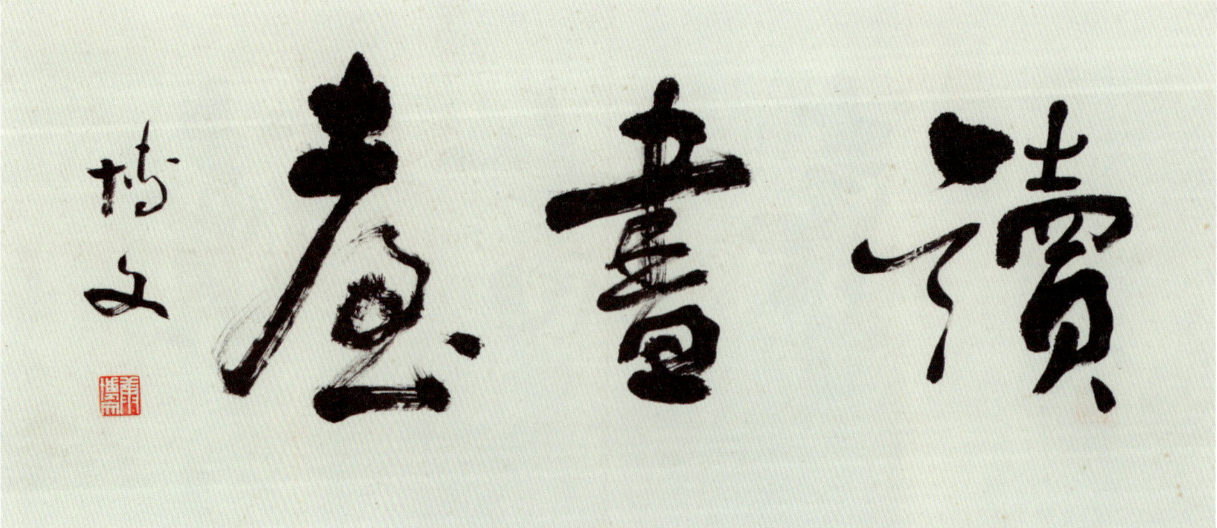

康博文

湘潭市书法家协会名誉主席，书法家

张修安

西宁画院画家，西安市青年美术家协会副秘书长

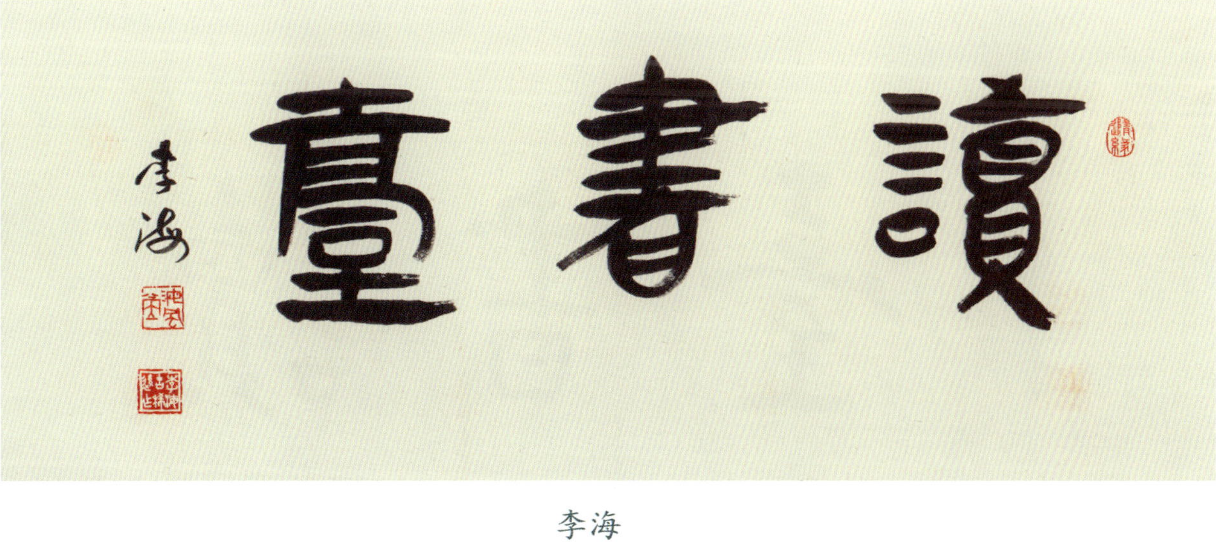

李海

广州书法家

张建林

石家庄书法家

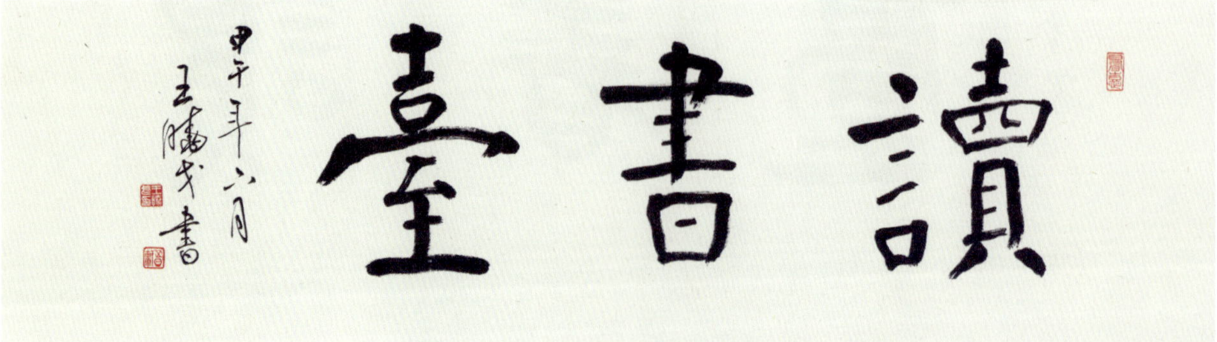

王晓戈

福建师范大学美术学院副教授、美术学博士

孙海莎

中国书法家协会会员，江苏省美术家协会会员

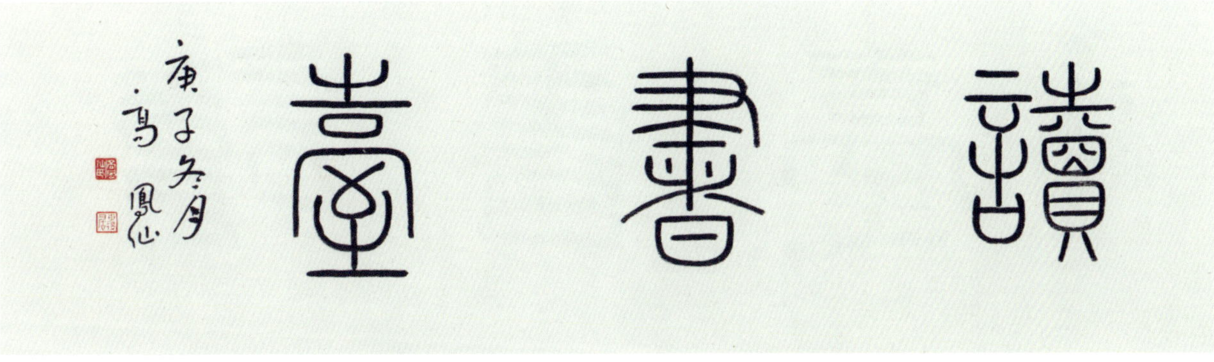

高凤仙

河北省篆书委员会委员，北京师范大学书法艺术硕士

秦临安

中国书法家协会会员，江苏省青年书法家协会篆隶委员会委员

任东

江苏省青年书法家协会活动策划与事业发展委员会委员，南京艺术学院书法篆刻专业硕士

袁良浩
书法家

雅公

乐山书画家

汤鸣皋

江苏省工艺美术名人，研究员级高级工艺美术师

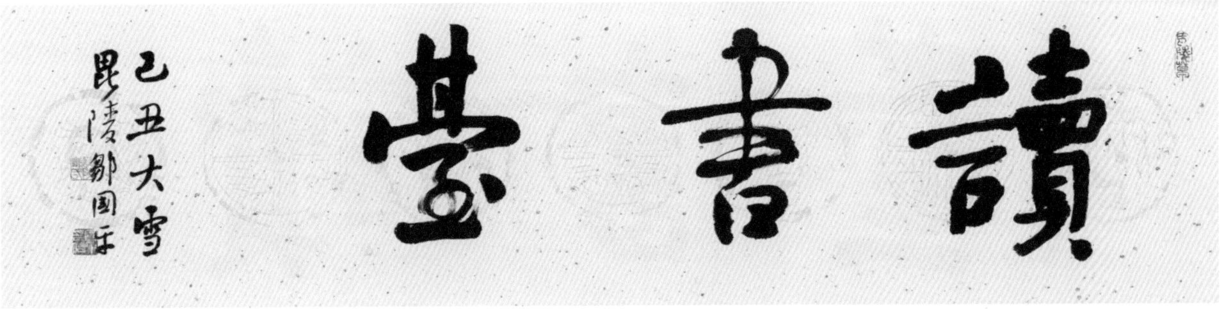

邹国平

常州书法家

陆林深

世界华人联合会诗书画研究院常务副院长，常州市作家协会理事

张泽江

江苏省书法家协会刻字委员会委员，常州画派研究委员会主席

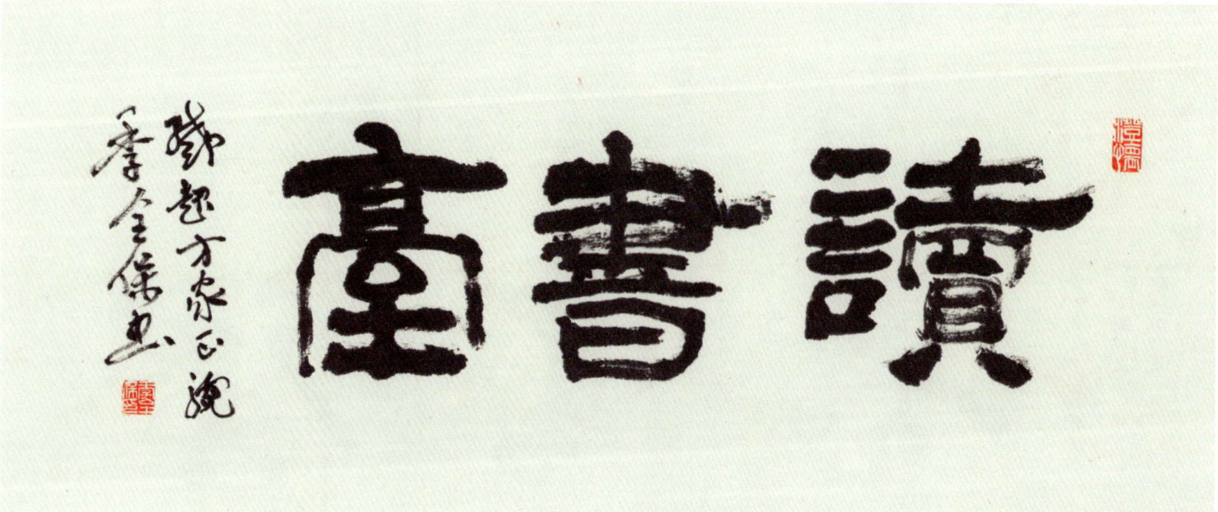

季全保

常州民俗学家、书画家

董水荣

中国书法家协会会员，溧水得意书画院院长

王俊平

中国书法家协会会员，吴冠中艺术馆篆刻创作室主任

谢琪

中国书法家协会会员，常州书法家

卞维忠

常州书法家

彭建勋

中国书法家协会会员，溧阳书画院副院长

江如福

溧阳市书法家协会原副主席兼秘书长

蒋才明

溧阳书法家

史解元

溧阳书画家

崔文敏

中国书法家协会会员，溧阳市人大原副主任，溧阳市书法家协会名誉主席

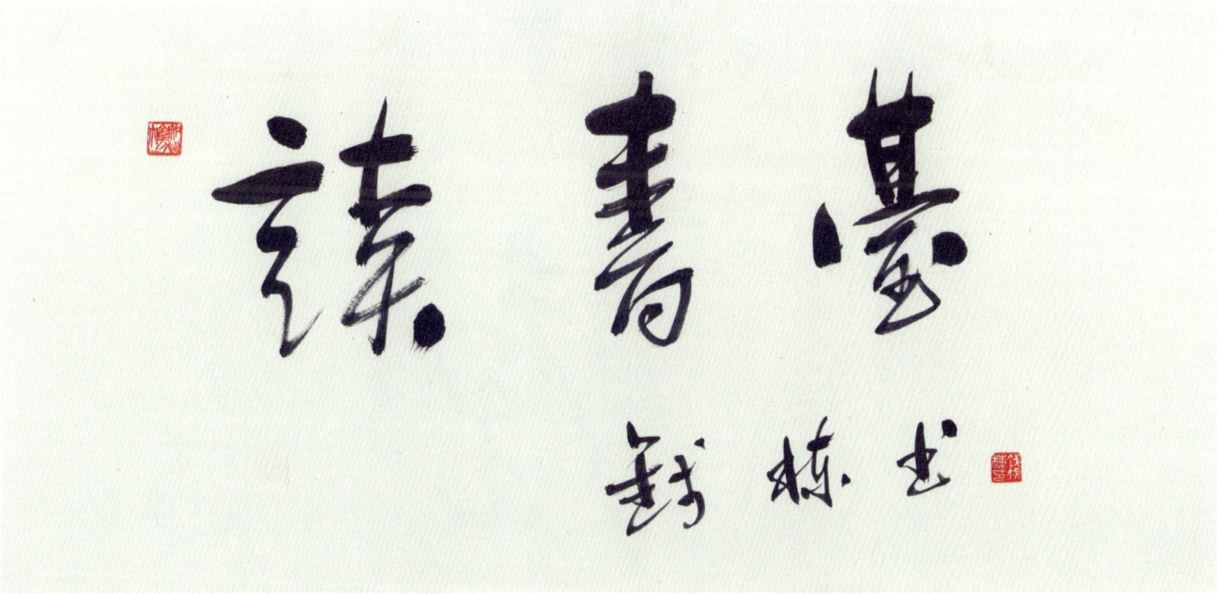

钱栋

溧阳市副市长，溧阳市民间文艺家协会名誉主席

沈伟

溧阳市广电网络公司总经理，溧阳市影视家协会主席

杨宗异

中国书法家协会会员，溧阳市书法家协会主席

黄晖

中国书法家协会会员，溧阳市书法家协会副主席

饶金龙

中国书法家协会会员，溧阳书法家

后　记

酝酿了好多年，终于有了这本书。

我亦曾是个文学青年，也梦想当个作家。诗歌、散文、小说，都尝试过，但后来不知为什么，我对文史和艺术有了兴趣，画册画论、书法书集、艺术创作、艺人轶事……成了我主要的阅读内容。为什么呢？因为它们美。

人，爱美是天性。

对于一个既不会书法、又不懂绘画的人来说，有时是恨老天没有给我这个天赋。怎么办呢？学会去欣赏，学会去鉴别，学会去评论，这就是我的初衷。

我喜欢看艺术展，欣赏那些人类创造出来的精神产品。喜欢看博物馆，故宫博物院、台北故宫博物院、南京博物院、法国卢浮宫、俄罗斯圣彼得堡冬宫、美国纽约大都会博物馆……外行看热闹，热闹一下也好。喜好没有错。而“呓语”的成书，也是一种凑热闹的表现吧！

本书的付梓，首先要感谢溧阳市委宣传部的扶持鼓励，感谢各位老师文友的帮助支持！特别要感谢各位题斋赐墨宝的大家、名家、友人，你们的慷慨付出，是我前进的动力。还有洛阳常洪涛、西安释一尘、登封陆海龙、南京任东、上海李维伦、上海陈锡林、溧阳葛亚东、溧阳饶金龙诸先生，他们有的不仅自己为我提笔书斋，而且恳请熟悉的书家帮助题写，此情此谊，感恩感恩！还要特别感谢苏州葛杨先生，为本书出版费心费力，体现了一位艺术家的家乡情谊。感谢苏州时忠德先生提供珍贵碑拓，感谢虞晓勇先生再次为我题写书名，感谢常济中先生精美的插图，更要感谢吴文光先生特赐墨宝！要感谢的人还有许多，恕不一一列出。

拜谢！